JE TE VEUX !
PARCE QUE C'EST TOI...

DU MÊME AUTEUR

Saga « *Je te veux !* »
3/6 tomes

1 - Loin de moi…
1ère édition : Reines-beaux - 2015 / Réédition en 2018 : autoédition

2 - Près de moi…
1ère édition : Reines-beaux - 2016 / Réédition en 2018 : autoédition

3 - Contre moi…
1ère édition : Reines-beaux - 2016 / Réédition en 2018 : autoédition

4 - Avec moi…
Autoédition - 2018

5 - Rien qu'à moi…
Autoédition — 2019

6 - Parce que c'est toi…
Autoédition — 2021

7 — Pas sans toi…
Autoédition — Prochainement

Saga « *À votre service !* »
2 tomes
2018-2020

Roman simple « *De la pluie entre nous.* »
2020

Je te veux !
6 – Parce que c'est toi...

JORDANE CASSIDY

Le Code de la propriété intellectuelle interdit les copies ou reproductions destinées à une utilisation collective. Toute représentation ou reproduction intégrale ou partielle faite par quelque procédé que ce soit, sans le consentement de l'Auteur ou de ses ayants cause est illicite et constitue une contrefaçon sanctionnée par les articles L335-2 et suivants du Code de la propriété intellectuelle.

Ce livre est une œuvre de fiction. Les personnages et les situations de ce récit étant purement fictifs, toute ressemblance avec des personnes ou des situations existantes ne saurait être que fortuite et indépendante de la volonté de l'auteur.

L'auteur reconnaît que les marques déposées mentionnées dans la présente œuvre de fiction appartiennent à leurs propriétaires respectifs.

Avertissement sur le contenu : cette œuvre dépeint des scènes d'intimité explicites entre deux personnes et un langage adulte. Elle vise donc un public averti et ne convient pas aux mineurs. L'auteur décline toute responsabilité pour le cas où le texte serait lu par un public trop jeune.

SUIVRE MON ACTUALITÉ :
Inscrivez-vous !

PREMIÈRE ÉDITION – Disponible en numérique et papier.
ISBN : 9782491818012
Autoédition – JUIN 2021 -Tous droits réservés.
Nuance Web, 8 rue du Général Balfourier, 54000 NANCY
© 2021 Jordane Cassidy, pour le texte et l'édition.
© 2021 Nuance Web, pour la couverture.

Ethan et Kaya sont à présent officiellement un couple. Si Kaya doit s'interroger dorénavant sur la profondeur de ses sentiments pour Ethan, ce dernier s'ouvre un peu plus auprès d'elle et lui montre un nouveau morceau de sa vie. Mais plus il s'investit dans leur vie de couple, plus il réalise que son passé bride leur avenir commun.

Quand les doutes et les désillusions s'accrochent à vos rêves d'une vie meilleure, quelle issue doit-on donner à son avenir ?

1

BIZARRE

Ethan jetait des regards ravis vers Kaya tout en conduisant. Complètement frigorifiée, elle tentait de se réchauffer les mains contre le chauffage du pick-up. Un air de déjà-vu lui revint en mémoire : la première fois qu'il était venu la voir chez elle afin de lui proposer son contrat de fausse petite amie pour l'aider à convaincre Laurens d'investir dans son entreprise. Beaucoup d'événements avaient traversé sa vie depuis ce fameux soir où il lui avait demandé de jouer ce rôle pour les besoins d'Abberline Cosmetics.

Aujourd'hui, Kaya était réellement sa petite amie. Un rôle qui résonnait avec bien plus de joie, de bonheur que ce qu'il considérait auparavant comme une simple nécessité, au mieux un mal pour un bien. Elle grelottait tout en grommelant d'être trempée.

— Arrête de sourire ! Il n'y a rien de drôle ! lui invectiva-t-elle.

— Désolé ! C'est juste que je me rends compte que, même en tant que petite amie, tu grelottes toujours de la même manière et tes lèvres sont toujours violettes. J'ai encore plus envie de te les réchauffer, ma petite amie !

— Très drôle ! À qui la faute si je suis frigorifiée ? Je sens la neige fondre entre ma peau et mes vêtements !

— Tu l'as cherché aussi, en voulant faire une bataille de boules de neige... Tu veux que je te réchauffe ? lui demanda-t-il alors, d'un air coquin et entendu. Je te jure que je m'arrête tout de suite !

— Rhaaa ! Tais-toi et conduis ! Je veux surtout me déshabiller rapidement !

— Putain, Kaya ! se mit-il à rire. Tu veux vraiment faire monter mon désir. Ne me dis pas des choses pareilles ! Maintenant, je te vois toute nue dans mes bras, toi sous moi... ou moi sous toi, comme tu veux ! Et là, ce n'est pas une question de gentillesse, de courtoisie, mais bien parce que les deux possibilités m'excitent !

Kaya le bouscula pour la forme, amusée par ses sous-entendus lubriques. Ethan se mit à rire de plus belle.

— De toute façon, moi aussi, j'ai froid et je pense que je n'aurais pas la patience d'attendre notre arrivée à la maison et les explications à donner à Charles et Cindy, pour enfin nous retrouver un peu seuls et nous réchauffer comme il se doit.

— Tu ne veux plus rentrer ? Qu'est-ce que tu racontes ? lui demanda-t-elle alors, suspicieuse.

Ethan braqua alors le volant de la voiture pour sortir de la grande route et se garer devant un hôtel.

— Mais qu'est-ce que tu fabriques ?

Il stoppa la voiture sur le parking et se tourna alors vers elle, l'œil vif.

— Je veux te faire l'amour... et réchauffer chaque centimètre de ta peau et de tes lèvres violettes !

Kaya déglutit. Ses joues rosirent instantanément. Les mots lui manquèrent.

— Je veux te serrer dans mes bras, te couvrir de baisers, poser mes mains partout sur toi. Je veux que tu gémisses et que tu fondes sous le passage de ma langue. Je te veux tout entière, parce que c'est toi, parce que tu es ma petite amie dorénavant et parce que je t'aime.

Les yeux transperçants d'Ethan ne firent que confirmer son intention de valider rapidement ses objectifs. Kaya ne trouva rien à objecter face au désir avéré de ce dernier. Elle se contenta de regarder ses doigts, complètement perdue quant à l'attitude à adopter maintenant.

— Rien à redire ? Parfait ! constata Ethan, satisfait.

Il sortit du pick-up sans plus d'explications. Kaya l'observa contourner la voiture, le cœur battant. Les promesses d'Ethan l'inquiétaient autant qu'elles l'excitaient. Il y avait toujours cette notion de chaud et de froid, de bien et de mal, de peur et d'attirance entre eux. Mais cette fois, la donne était différente : il l'aimait. La sincérité était là, sous ses yeux, et elle devait l'accepter, elle devait s'y habituer. Ethan avait retrouvé de son flegme depuis qu'ils avaient quitté ce champ couvert de neige. Sa facilité à exprimer ses sentiments envers elle la déstabilisait à présent.

Ethan lui ouvrit la porte, en parfait gentleman.

— Allons vite nous réchauffer à l'hôtel ! On ne peut pas rester plus longtemps mouillés, nous allons choper la crève.

Il lui tendit la main tendrement. Kaya l'accepta sans contester et sortit du véhicule. Une fois devant la réception de l'hôtel, Ethan lui demanda de l'attendre le temps de régler la réservation de la chambre, puis ils montèrent à l'étage. Dans l'ascenseur, Kaya demeura silencieuse. Le nouveau statut de leur relation la mettait vraiment mal à l'aise. Elle ne savait plus vraiment comment se comporter. Si sur le moment, dans le champ, au bord de la route, tout lui semblait limpide, pensant maîtriser la situation, depuis son entrée dans la voiture, tout était différent : elle doutait maintenant de la meilleure façon de se comporter.

— Arrête de réfléchir ! lui dit alors Ethan.

Kaya le regarda alors, surprise.

— Je ne réfléchis pas.

— Si, tu réfléchis. Tu t'interroges sur ce qui va se passer dans cette chambre.

Immédiatement, comme une coupable venant d'être prise sur le fait, Kaya baissa les yeux. Ethan la prit alors dans ses bras et soupira.

— Écoute, on va d'abord retirer nos affaires et se réchauffer. Et ensuite, on verra. Ne te bloque pas sur des détails. Je suis allé sans doute trop fort à te dire de telles paroles dans la voiture. Je n'aurais pas dû te dire tout ça aussi franchement et crûment. Finalement, ça ne te rassure pas. Je voulais te montrer à quel point j'apprécie notre nouvelle relation, mais tu paniques… Je réalise qu'il va falloir peut-être ajuster deux trois choses entre nous.

— Ce n'est pas ça… enfin si ! C'est surtout que tout me semble bizarre maintenant.

— Pour moi, rien n'a changé… à part que tu sais maintenant à quel point tu me rends dingue !

Esquissant un petit sourire fier, il lui déposa un baiser sur le front et l'invita à sortir de l'ascenseur. Une fois à l'intérieur de la chambre, l'émerveillement de Kaya concernant le lieu fit place à la colère.

— Mais t'es malade ! Ce n'est pas une chambre, c'est une suite ! Une chambre aurait suffi ! Surtout qu'on est en pleine journée et qu'on ne risque pas d'y passer la nuit. C'est de l'inconscience que de payer si cher quelque chose pour un usage si limité !

Ethan se pencha près de son oreille.

— Les chambres n'avaient pas de baignoire !

Kaya le fixa, peu convaincue.

— Ce n'est pas une baignoire, mais un jacuzzi ! Une douche aurait très bien pu suffire.

— Tu as vu la taille de leur douche ? lui demanda-t-il, peu satisfait. On n'y serait jamais rentré à deux ! Et je compte bien me faire réchauffer par tes caresses !

— Pourquoi ai-je l'impression que tu essaies encore de m'entourlouper ? Je croyais que les USA étaient le pays des obèses, de l'extravagance et donc que tout était fait pour répondre à cette tendance, non ?

Ethan lui retira son manteau et son bonnet.

— Non, tout n'est pas adapté…, Chaton !

Il l'aida ensuite à retirer son pull et son T-shirt.

— En tout cas, la gentillesse et tes envies ne doivent pas induire que tu te ruines ! répondit-elle plus durement.

— C'est déjà fait… commenta-t-il doucement, tout en se concentrant sérieusement à retirer les bretelles de son soutien-gorge. Il n'y a plus rien à craindre de ce côté.

Kaya grimaça, se sentant toujours aussi coupable de ses dettes.

— Ce n'est pas une raison pour recommencer ! murmura-t-elle pour la forme. Inutile de me rappeler ma responsabilité sur la santé de ton compte en banque...

— Tu n'es pas responsable, c'est moi. Je gère et dépense comme je le veux. Dis-toi que j'ai juste sauvé l'avenir de ma petite amie. N'est-ce pas le rôle de l'homme qui l'aime ?

Kaya grimaça. Ce nouveau contrat avait complètement changé le comportement d'Ethan, qui lui parlait plus ouvertement depuis. Il l'abandonna une seconde, puis revint avec deux serviettes. Il en déposa une sur les épaules de Kaya qu'il frictionna pour la réchauffer.

— Laisse-moi être gentil avec toi… lui glissa-t-il doucement à l'oreille. Ne râle pas ! Je veux juste marquer le coup pour notre première fois en tant que véritable couple. Je veux que ça reste un magnifique souvenir aussi bien sur le fond que sur la forme. Le cadre est important pour moi !

Il lui offrit alors un sourire malicieux.

— Idiot ! répondit-elle plus timidement. Regarde-toi ! Tu t'occupes de moi au point de t'oublier ! Déshabille-toi vite ! Je croyais que tu avais froid, toi aussi.

— Tu m'aides ? demanda-t-il alors, un grand sourire sur les lèvres, devant son inquiétude.

Kaya l'observa un instant, peu dupe.

— Je vais gagner du temps et faire couler l'eau de notre méga baignoire. Déshabille-toi en attendant !

Bon, pas d'effeuillage coquin pour moi, cette fois !

— Reconnais au moins que c'est cool, un jacuzzi ! s'en amusa-t-il.

Elle le fusilla du regard avant de sourire finalement, puis de chercher à quoi pouvait correspondre chaque bouton de la baignoire.

Ethan se déshabilla et étendit leurs vêtements humides sur des chaises. Kaya s'assit sur le bord du jacuzzi, une fois nue, mais hésita à s'installer. Ethan la rejoignit rapidement.

— J'ai les pieds tellement gelés que l'eau me paraît brûlante.

À l'inverse de Kaya, Ethan n'hésita pas à rentrer et à se plonger dans l'eau chaude. Il se recroquevilla pour apprécier la chaleur sur sa peau, puis s'approcha de sa petite amie. Délicatement, il lui mouilla les jambes et lui caressa les pieds. Kaya ouvrit la bouche de surprise en sentant l'eau brûlante sur sa peau.

— Entre d'un coup ! C'est le mieux ! lui dit-il alors.

Il lui offrit un sourire charmeur et il lui tendit ses bras. Kaya s'esclaffa, connaissant bien ce geste si important entre eux. Et cette fois-ci, elle ne se rebella pas, n'hésita pas et fonça dans ses bras, éclaboussant les extérieurs du jacuzzi au passage. Surpris, Ethan la serra fort et s'étonna de ne pas avoir eu à lutter davantage pour obtenir gain de cause, contrairement à leurs habitudes.

C'est ça qui change dans le statut de petit ami ? Moins de luttes ? Cool !

Kaya passa ses bras autour du cou d'Ethan et se recroquevilla un peu plus contre lui, à califourchon, laissant échapper les derniers frissons sur sa peau couverte par la chair de poule.

— Ça va mieux ? demanda-t-il au bout de plusieurs secondes de silence.

— Ça fait du bien !

— Tu vois que la suite plutôt que la chambre classique, c'était une bonne idée. On est tranquille, ensemble, au chaud, dans le jacuzzi…

Kaya posa sa tête sur l'épaule d'Ethan. Ce dernier ferma un instant les yeux et se laissa porter par leur petit câlin. Il lui caressa le creux de la nuque lentement.

— C'est sûr… il y a une amélioration évidente comparée au champ, à la neige et au froid. Mais tu ne me feras pas croire que ce faste était nécessaire.

Ethan sourit à son sarcasme.

— Et en plus, tu es dans mes bras ! souffla-t-il tendrement. Que demander de plus ? Je préfère ça même si c'est bizarre, plutôt que notre relation d'il y a une heure. Pas toi ?

— Disons que je suis passée du stade de la méchante qui quitte un homme à celle de l'idiote qui n'a rien compris à l'histoire. Ça m'agace, mais il y a pire.

Ethan grimaça

— Kaya, je suis aussi coupable. Je n'ai pas osé te dire quoi que ce soit plus franchement. Je n'ai eu aucun courage. Ne rumine pas.

Kaya se décolla de lui et le regarda droit dans les yeux.

— Ethan, quand tu m'as dit « je t'aime » l'autre jour dans la douche, tu le pensais vraiment, n'est-ce pas ? Tu as été franc ?

Ethan ne répondit rien, mais ne quitta pas son regard de celui de Kaya.

— La leçon sur le « I love you » n'était pas anodine non plus, pas vrai ? Ta demande du retrait de la clause « pas de mots doux » sur le contrat aussi ? Quand tu m'as exhortée à tomber amoureuse de toi, c'était parce que ce ne serait plus à sens unique, n'est-ce pas ? Tu as essayé de me dire les choses et j'ai tout compris de travers. Je n'ai pas vu la différence dans ton discours entre ce qui se passait entre nous au début et maintenant…

Ethan esquissa un petit sourire à ces souvenirs, mais remarqua la contrariété de Kaya.

— Depuis quand ? Depuis quand as-tu pris conscience de ce que tu ressentais vraiment pour moi ? demanda alors la jeune femme, très sérieusement.

D'abord gêné de dévoiler une vérité pouvant fâcher, Ethan se lança toutefois.

— Depuis mon retour des States, après Noël. Après notre journée ensemble…

— Pour l'anniversaire de la mort d'Adam ? demanda-t-elle pour confirmation.

Devant le silence d'Ethan et son visage lui laissant peu de doutes, Kaya se mit immédiatement à réfléchir et à se remémorer tout ce qu'ils avaient vécu depuis.

— Donc, au café, quand on s'est fâchés avant le Nouvel An et que je t'ai renversé une nouvelle fois de l'eau dans la figure…

— C'était parce que je ne voulais pas que mon cas s'aggrave, donc j'ai tout fait pour mettre un terme à ce qu'on vivait. Je pensais que la distance était la solution pour que tout cesse de mon côté. Mais bon, il est clair que je n'ai pas tenu. J'ai été pitoyable. Tenir seulement quelques jours, c'était vraiment une mauvaise résolution pour bien commencer l'année. Remarque ! Nous n'avions pas passé le Nouvel An, donc c'est peut-être moins grave... Cette fois-ci, j'ai juste eu peu de volonté ! Tu es ma drogue, que veux-tu ? Mon frère a raison. Ton prénom était pourtant un avertissement ! Ma marijuana ou un truc du genre... Il faut croire que je n'arrive pas à me passer de toi !

Kaya lui lança un regard blasé à l'évocation du sens peu glorieux de son prénom qu'avait révélé Max, puis reprit sa réflexion.

— Alors, ça n'avait rien à voir non plus avec tes cicatrices... lui demanda-t-elle de façon triste, tout en réalisant à côté de quoi elle était passée.

Ethan hésita.

— Il était plus facile pour moi de te sortir cette excuse plutôt que celle du connard amoureux transi... Sache que la façon dont tu t'en es occupées ce jour-là, après notre visite au cimetière, la façon dont tu as traité mon problème, a aussi accentué ma conviction que j'avais des sentiments plus profonds pour toi. Ça m'a encore plus effrayé sur ma réceptivité à ton égard. Je ne contrôlais pas ce qui m'arrivait et c'est pour ça que j'ai voulu prendre mes distances. Dès que tu touches mes blessures... sous mes cicatrices, ça... me fait peur. Je ne contrôle plus rien. Mais c'est aussi ça qui me fait dire que tu me fais du bien. Tu remues tout en moi et m'obliges à voir les choses autrement.

Il lui caressa alors le visage de sa main mouillée.

— Respire. C'est du passé. Ce n'est plus important.

— Ça l'est pour moi ! Ton appart' en bordel..., c'est à cause de moi aussi ? lui demanda-t-elle d'une petite voix.

Ethan se mit à rire jaune en réalisant qu'elle ne lâchait rien.

— Tu comptes reprendre tous les points plutôt négatifs de notre relation un par un ?

Kaya baissa les yeux.

— Je me sens tellement idiote, quand je repense à tout ça. Je ne pensais pas du tout à cette possibilité de sentiments entre nous. On avait un contrat, des objectifs, des convictions. Tout était tellement clair depuis le début. Et ton discours m'orientait souvent dans ce sens… Pas de mariage, pas de bébé, pas de sentiments, pas d'attaches, juste se faire du bien…

— Vraiment ? l'interrogea alors Ethan. Aucun sentiment ? Pourtant, c'est bien toi qui m'as dit que l'on est un couple lorsqu'il y a des sentiments réciproques, que l'on ne peut être la petite amie de quelqu'un sans de réels sentiments et, malgré tout, c'est toi qui as proposé ce contrat de couple. Pas vrai ? Donc, si tu as signé ce contrat de petite amie, c'est que finalement, tu en as aussi un peu, non ?

Devant son attitude moralisatrice et la confusion de ses sentiments, Kaya se mit à rougir.

— Tu crois toujours qu'il n'y a pas de sentiments entre nous ? lui demanda-t-il plus sérieusement. Kaya, tu es restée. Tu n'es pas partie. Tu aurais pu camper sur tes positions et me laisser en plan. Pourtant, tu es nue dans mes bras.

Kaya ne sut quoi répondre. Il n'avait pas tort, mais de là à partager exactement la même chose que lui : elle ne savait plus.

— Ethan, je suis consciente que les choses ont changé. Davantage chez toi que chez moi et que, dorénavant, tu attends beaucoup de moi, et notamment en ce qui concerne les sentiments, mais…

Ethan posa alors son index sur sa bouche pour la faire taire.

— Je serai patient. Je sais très bien où l'on en est tous les deux. Je sais juste que je dois remplir un peu plus ta jauge d'amour me concernant ! Ni plus ni moins. J'ai commencé à l'augmenter face à saint Adam, mais je sais aussi que j'ai encore du chemin.

Il lui déposa un baiser furtif sur la bouche.

— J'ai quelques idées en stock pour y parvenir néanmoins.

Il déposa un second baiser furtif sur ses lèvres et Kaya pouffa devant son ton badin.

— Laisse-moi deviner... réchauffer mes lèvres violettes, me tendre les bras, poser tes mains partout sur moi en... m'appelant Princesse !

Ethan lui sourit alors, heureux de l'énumération de leurs habitudes devenant maintenant des marques de tendresse.

— C'est ce qui te paraît efficace ? Avoue que cela te plaît !

Kaya le dévisagea d'abord, ne voulant vraiment pas lui répondre par l'affirmative, et baissa les yeux, troublée par autant de confidences entre eux.

— Tu sais, Princesse, ta liste des gestes affectueux est toute petite par rapport à la mienne ! Prépare-toi, car tout va changer maintenant. Le numéro un de ma liste est : te câliner tout le temps !

Kaya sonda ses prunelles fières et pleines d'envie.

— Tu n'es pas obligé de le faire tout le temps.

— Oh que si ! lui répondit-il de façon assurée. Tu n'imagines pas mon manque constant de toi. Toujours des contrats qui m'ont restreint parce qu'il fallait trouver des excuses ou répondre à des clauses pour que mes gestes soient conformes... Plus de retenue maintenant ! N'importe où et tout le temps désormais !

— Même maintenant ? osa-t-elle demander tout en devinant sa réponse.

— Encore plus maintenant ! Ce que j'ai dit dans la voiture, je le pense toujours, tu sais...

Il déposa un autre baiser sur sa bouche tout en jouant la légèreté. Kaya loucha sur ses lèvres un instant.

— Tu as dit que tu ne voulais plus de contrats et pourtant, tu as accepté celui d'être mon petit ami...

— Par la force des choses !

Ethan loucha également, leur nez restant collé l'un à l'autre.

— Tu crois franchement que j'allais refuser celui-là alors que je voulais plus que tout que tu sois réellement ma petite amie et non plus un leurre pour Laurens !

— Tu les as tous acceptés alors que tu n'en voulais plus...

— Je signerai encore tout ce qui m'apportera du bonheur avec toi.

Kaya se montra troublée par ses paroles si belles à son égard. Elle comprenait son abnégation en faveur des sentiments qu'il éprouvait pour elle.

— Vraiment ?

— Vraiment !

Kaya se détacha de son visage, l'air mystérieux.

— Parfait ! Ça tombe bien, j'ai un nouveau contrat à proposer !

D'abord dans l'incompréhension, Ethan leva les yeux, déjà fatigué et démoralisé par ce qu'elle préparait.

— Vas-y ! Dis-moi…

— Voilà l'idée !…

Kaya lança une salve d'eau chaude dans la figure en réponse.

— Je déconne ! C'était juste pour te faire marcher. Tu fais encore le mec trop gentil ! Tu ne dois pas tout accorder par amour ou pour rentrer dans mes bonnes grâces !

Elle lui envoya une nouvelle pichenette dans la figure pour le rabrouer. Bon joueur, Ethan lui sourit finalement et répondit à sa douche intempestive en la serrant dans ses bras et lui volant à nouveau un baiser.

— Vilaine ! Fais-toi pardonner ! Réconforte-moi !

— Il faut un contrat pour cela ? Ou bien le mettons-nous dans les clauses de celui des petits amis ? lui demanda-t-elle en déposant aussi un baiser sur ses lèvres.

— Petit ami ! répondit sans hésitation Ethan, grand sourire, tout en caressant son nez du sien. Tu peux aussi ajouter sexe, tendresse et amour.

— Ce que vous êtes exigeant, Monsieur Abberline !

— Aaaah ! Si je m'écoutais, tu serais surprise de mon exigence !

Il se colla un peu plus contre elle et réclama un nouveau baiser.

— Tu voudrais quoi exactement ? murmura-t-elle entre leurs lèvres qui commençaient à se dévorer.

— Pour commencer, l'amour toute la journée ! La totale !

Il déposa une série de baisers sur ses lèvres et ses joues en augmentant au fur et à mesure leur force d'impact.

— La totale ! répéta Kaya, joueuse. Ça ne fait pas un peu trop pour commencer une relation amoureuse ?

— Je ne sais pas faire comme tout le monde. Pas besoin d'aller crescendo. Trop frustrant. Mieux vaut vivre à fond...

Cette fois-ci, le baiser qu'il réclama devint langoureux. Tous deux avaient besoin de cet approfondissement des choses. Ethan voulait laisser dériver son cœur et Kaya voulait simplement se laisser aller au bonheur d'être avec lui, maintenant qu'elle avait fait le point sur leur situation. Ethan dévia ses baisers dans son cou, alors que ses mains caressaient ses hanches.

— Kaya, même si j'ai réalisé que j'étais amoureux lors de cette journée avec toi pour honorer ton Adam, je pense que je craque pour toi depuis plus longtemps encore. J'ai tellement soif de toi...

Ethan lui confiait ses sentiments avec une facilité qui l'étonnait lui-même. Il se sentait tellement bien qu'il ne voyait plus de problème à lui dire la vérité.

— Depuis le début, même si tu m'as énervé de nombreuses fois, tu avais aussi cet effet d'attraction sur moi. Tu me plaisais. Et encore aujourd'hui, j'ai l'impression d'être un aimant qui veut absolument se fixer sur toi. C'est vrai, c'est bizarre tout ça. Cette sensation étrange que tu m'es peut-être destinée, que tout ça a peut-être un sens : notre rencontre, nos contrats, nos tergiversations.

Kaya, j'en viens même à croire que ma vie peut vraiment changer avec toi…

La sincérité d'Ethan toucha Kaya, qui posa alors ses deux mains sur les joues de ce dernier et lui offrit un baiser délicat en guise de soutien. Ethan accepta son baiser comme une goutte d'eau à sa soif.

— Ne t'es-tu jamais demandé si la mort d'Adam n'était-elle peut-être pas une étape pour favoriser notre rencontre et notre relation ? Parfois, j'y pense, j'y crois. Parfois, je me dis que je déconne, que je deviens complètement dingue avec toi, à croire tout et n'importe quoi. Et puis des fois, je remercie quand même le destin de cette issue triste pour cet homme… Ce n'est, certes, pas sympa, mais je suis heureux qu'il soit mort, car j'ai pu te rencontrer. Cela n'aurait sans doute pas été le cas s'il avait été en vie. Tu te serais mariée avec lui, et moi...

Il soupira d'inquiétude à l'idée de vivre une vie sans l'avoir connue.

— Ne m'en veux pas s'il te plait, continua-t-il, mais oui, je suis content qu'il ne soit plus là...

Kaya observait Ethan silencieusement pendant son discours. Elle se mit à sourire finalement à la fin.

— J'ai aussi cette idée qui m'a trotté dans la tête parfois ! lui confia-t-elle alors. J'ai même engueulé Adam sur sa tombe à propos de cette idée qu'il ait pu t'envoyer à moi, juste pour m'embêter, pour me faire oublier son absence, pour que je pense à autre chose que mon quotidien !

Ethan s'étonna de cette révélation.

— Ça me rendait dingue, cette histoire avec toi ! C'était comme si j'avais rencontré Lucifer et que je devais composer avec.

— Lu… Lucifer ? répéta Ethan, dubitatif.

— Oui ! Tu es le Mal ! Tu m'as fait plein de misères, je te rappelle ! Tu m'as fait renvoyer de mon boulot deux fois ! J'ai failli me faire violer ! Ça veut ensuite pactiser en jouant mon âme et mon amour sur la table. Ça me guide vers la luxure, moi la pauvre fille qui n'a plus rien.

Ethan se mit à rire.

— Ça me plaît ! lui dit-il avec panache. Je suis ton diable et tu es mon ange !

L'entrain de Kaya à déverser tous ses malheurs s'effaça avec les derniers mots d'Ethan.

— Je suis loin d'être un ange ! lui répondit-elle vivement. La preuve, c'est que je t'ai fait souffrir pendant des semaines. Je suis aussi mauvaise que le diable.

— Je suis donc plus ange que toi ? s'amusa à répondre Ethan sur ce genre de discours aussi futile, que léger et agréable.

Kaya se perdit dans leur comparaison.

— Kaya, Lucifer est un ange déchu. Donc, tu peux me comparer aussi à un ange… mais noir !

Il haussa les épaules pour dédramatiser la discussion.

— Tu as aussi du blanc en toi ! se défendit Kaya, peu apte à le faire culpabiliser entièrement.

Ethan se mit à rire.

— Blanc ou noir, tant que tu m'aimes, ça me va !

Elle baissa à nouveau les yeux, ne voulant le blesser en réfutant. Ethan se rendit vite compte de son malaise et lui caressa les cheveux.

— Montre-moi combien de distance j'ai à rattraper pour le dépasser ensuite… Si ça, c'est ton amour pour Adam…

Il montra un écart entre ces deux mains pour quantifier son niveau d'amour pour Adam.

— Alors, dis-moi, continua-t-il, où je me situe en comparaison.

Kaya se montra une nouvelle fois gênée. Elle se sentait complètement perdue. Elle ne voulait ni le blesser ni lui donner trop d'espoir.

— Faut-il vraiment vous comparer ? lui demanda-t-elle alors, comprenant parfaitement son besoin de savoir son niveau d'affection, mais estimant que la comparaison avait quelque chose de malsain. Tu m'as dit toi-même que tu n'étais pas Adam et ne le serais jamais. J'approuve cela et je dois avouer que vous êtes complètement différents et que mon affection pour chacun se base sur des éléments, des détails très différents aussi.

— OK… alors, dis-moi ce qui te plaît chez moi ?!

2

DÉBUTANT

Une tomate ne pourrait paraître aussi rouge que le visage de Kaya ! Jamais elle ne s'était sentie aussi confuse. Si elle avait froid quelques minutes plus tôt, elle avait maintenant extrêmement chaud.

— Ce que… j'aime chez toi ?

La question était aussi compliquée pour Kaya que de pouvoir dire comment était gouverné le Liechtenstein. Elle ne pouvait plus jouer comme la dernière fois lors de leur slow, en usant d'une certaine légèreté ou en faisant diversion, pour ne pas répondre franchement. La discussion était plus sérieuse et légitime aujourd'hui.

— Je ne peux plus répondre ton appartement ou ton costume, pas vrai ? lui souffla-t-elle, hésitante.

— J'aimerais effectivement un peu plus de détails, cette fois. On a quand même évolué depuis !

— C'est très compliqué, ce que tu me demandes. Est-ce que je te pose ce genre de question, moi ? Non ! Bon, alors ?

Elle tenta finalement la diversion et l'agacement. Malheureusement, elle réalisait également qu'elle était très mauvaise comédienne. Ethan n'était pas dupe.

— Très bien... capitula Ethan. Je commence. Tu aimes manger des Corn Flakes le matin, tu prends ta douche très chaude, tu utilises une montagne de vaisselle juste pour faire des œufs au plat, tu parles en dormant et tu dis des trucs complètement délirants, tu es hyper frileuse, tu n'aimes pas qu'on te force à faire ce que tu ne veux pas, tu aimes les brownies, tu aimes mes mains sur ton corps...

Kaya resta sans voix. Il ne venait pas de lui dire ce qu'il aimait chez elle, mais il venait d'énumérer ses manies, tous ces petits trucs au quotidien qui montraient combien il l'avait observée, combien de temps ils avaient passé ensemble pour savoir tout sur l'autre.

— Veux-tu que je continue ? s'en amusa Ethan, face à son malaise.

— Tu as le chic pour arriver toujours à me ridiculiser ! lui souffla-t-elle, penaude. Je me sens tellement nulle à côté de toi.

Surpris, Ethan grimaça en voyant la façon dont elle se dépréciait.

— Tu n'as vraiment rien à me dire ? Ce n'était pas mon intention.

— Je sais. Tu te comportes juste comme un homme amoureux. C'est moi qui suis complètement à la ramasse. Je me sens tellement égoïste. Plus le temps passe, plus tu me montres tes sentiments pour moi par de petites attentions touchantes et plus je réalise mon aveuglement.

Ethan soupira et l'invita à poser sa tête contre son épaule. Kaya se laissa faire.

— Pardon... lui déclara-t-elle à l'oreille.

— Tu rattraperas ton retard plus tard.

Malgré les efforts d'Ethan, Kaya sentit qu'elle devait réagir. Elle le blessait toujours un peu plus en ne répondant pas à ses doléances.

Je dois avancer vers lui. Kaya, qu'est-ce que tu fabriques ? Tu as toi aussi une liste pourtant ! Alors pourquoi tu as si peur de l'énumérer ?

Elle redressa sa tête et le fixa. Elle inspira un bon coup, le rose aux joues, et se lança.

— J'aime m'endormir sur toi !

Ethan haussa un sourcil de surprise et de curiosité. Il ne pouvait qu'admettre ce fait néanmoins.

— Tu es… très confortable ! ajouta-t-elle, enthousiaste avant de réaliser que ce n'était pas un compliment des plus sympathiques.

Confortable ? Que c'est nul ! Autant dire que c'est un bon oreiller à défaut d'être un petit ami !

Se sentant malgré tout très maladroite dans ses mots, Kaya ne quitta pas son regard pour lui signifier sa détermination à vouloir continuer. Ethan esquissa un petit sourire, mais ne dit rien. Il était impatient d'en entendre plus, de pouvoir gonfler son cœur de bonheur, de le charger d'espoirs nouveaux.

— J'aime…

Kaya quitta Ethan du regard, cherchant quelles suites donner à son intention de le complimenter.

— J'aime…

— Oui ? répondit Ethan, tout ouïe.

— J'aime jouer aux jeux vidéo avec toi !

Ethan accepta cette nouvelle proposition non sans cacher une certaine déception sur le manque de pertinence de ses compliments qu'il espérait plus intimes.

— On dirait que ça t'écorche la langue d'avouer ce que tu aimes chez moi ! pesta Ethan, amer de voir sa difficulté pour trouver des choses bien en lui. Tu restes dans le factuel plutôt que sur l'essentiel, sur l'être. Ne dis rien. Finalement, c'est peut-être mieux.

Kaya laissa tomber ses épaules de déception. Elle se savait blessante, mais n'était capable que de maladresses.

Pourquoi je n'arrive pas à lui dire quelque chose de bien ?

Ethan lui caressa la joue, voyant bien la tristesse de Kaya dans son attitude prostrée. Il la blessait malgré lui. Sa déception face aux tentatives de la jeune femme amplifiait leur distance émotionnelle. Il souffla.

— OK ! Qu'est-ce que tu as aimé en jouant à Mario Kart avec moi ? transigea-t-il, pour ne pas être trop blâmant. La dernière fois, tu m'as dit que tu avais un tortionnaire dans ton dos. À moins que tu sois maso, pourquoi maintenant as-tu aimé jouer à ce jeu avec moi ?

Kaya le regarda à nouveau. Ethan exprimait une nouvelle fois sa gentillesse plutôt que de l'accabler pour ses propos blessants.

— J'ai aimé que tu m'apprennes à jouer… lui dit-elle alors d'une petite voix. Même si tu étais dur par moments. Je n'avais jamais conduit... ni joué à un jeu vidéo auparavant.

Ethan lui sourit. Finalement, il lui apportait des plaisirs simples, des nouveautés et peut-être que cela pouvait être considéré comme un compliment.

— Moi, j'ai aimé sentir tes cheveux mouillés sous mes narines.

Kaya se montra surprise.

— Tu as vraiment pensé à ça ?

— Moui…, répondit-il, songeur. Tu sentais bon. Ça m'a plu, l'abricot ! Tu sais bien que ça m'a toujours plu et là, j'ai aimé que tu sois dans mes bras et que je puisse les sentir sans que ça soit gênant pour toi ou pour moi.

Elle sourit à la mention de son fameux shampooing et réfléchit alors à ce qu'elle avait réellement aimé dans ce moment à deux sans vraiment oser le dire.

— J'aimais bien... que tu m'encercles de tes bras, aussi. C'était... rassurant, même si c'était troublant.

Un nouveau sourire plus franc, plus satisfait, se dessina sur la commissure des lèvres d'Ethan tandis que Kaya se cachait le visage de ses mains à présent, accablée par la honte.

— Tu aimes quand je te serre dans mes bras par-derrière ?

Kaya hocha la tête timidement tout en le regardant à travers ses doigts. Avouer ce genre de choses lui était difficile, mais Ethan aimait voir cette nouvelle timidité, cette pudeur naissante chez Kaya.

— Je t'ai parlé à l'oreille aussi ! Tu as aimé ? As-tu frissonné ?

Kaya prit un nouveau fard. Ces demandes n'étaient pas indécentes, mais touchaient son intimité, son jardin secret, ces détails gênants qu'on se refuse d'avouer.

— N'exagère pas ! rétorqua-t-elle pour nier toute intrusion dans ses secrets.

Ethan se mordit la lèvre et laissa glisser ses doigts le long de la colonne vertébrale de Kaya.

— Et là, ça te donne des frissons ?

La hargne soudaine de Kaya disparut aussi vite sous ses caresses. L'exquis mélange entre chatouilles et plaisirs lui provoquait effectivement un frisson le long de l'échine. Elle se cambra un peu plus, exposant plus clairement sa poitrine aux yeux d'Ethan. Une invitation à un voyage enivrant qu'il accepta sans rechigner en lui saisissant un téton de ses lèvres. Kaya eut un léger sursaut de surprise devant ce geste pour le moins licencieux, mais ne protesta pas. Au contraire, elle se redressa sur ses genoux pour prendre plus de hauteur et laisser à Ethan la possibilité d'avoir accès à plus de territoire à embrasser. Ethan grogna, baladant maintenant ses mains sur les fesses de Kaya, puis remontant jusqu'à ses reins.

— Vas-tu encore me dire que ça t'indiffère, vilaine Princesse ?!

— Disons que vous pouvez faire beaucoup mieux, Monsieur Abberline. Si vous ne vous contentez que des amuse-bouches, pas moi !

Un sourire carnassier apparut cette fois sur les lèvres d'Ethan.

— Ah ? Tu as faim maintenant ? Veux-tu que je te redise ce que je t'ai dit dans la voiture tout à l'heure ? Tu sembles un peu plus disposée à l'entendre…

À ce bon souvenir, Kaya rougit.

— Kaya, cette fois, toi et moi, ça va être différent… lui murmura-t-il avec désir. Tu vas avoir contre toi ton petit ami. Te rends-tu compte de ce que cela signifie ?

— Ça change tout ? lui dit-elle en gémissant alors qu'il baladait ses doigts vers son intimité.

— Oh que oui ! Je vais être très très très tendre ! Je t'ai dit que je ne me retiendrai plus. As-tu peur de la tendresse ?

Kaya resta silencieuse quelques secondes, perturbée de devoir exprimer des sentiments contraires à leurs habitudes d'opposition. Elle se rassit sur lui.

— J'ai peur de la tendresse… avec toi.

Cette fois, ce fut Ethan qui ne put sortir un mot.

Tu as peur d'un amour ensemble ? Pourquoi ma tendresse t'effraie-t-elle ?

Il baissa les yeux. Pouvait-il la blâmer alors que lui-même doutait toujours d'une issue favorable à cette folie douce entre eux ?

— C'est vrai… C'est assez déroutant, la tendresse ensemble. Pour être honnête, ça m'excite autant que ça me terrifie parce que je sais que ça va forcément me mettre KO, une fois la vague de tendresse passée. J'ai peur de mon manque de toi après, de la douleur que ça peut m'infliger…

Kaya le dévisagea, surprise qu'il ressente les mêmes craintes qu'elle. Ethan lui prit les mains pour la rassurer et accentuer leur complicité.

— C'est un peu l'idée que j'ai des choses, oui… commenta Kaya, soulagée. Tu as raison, finalement. Au-delà de partenaires de souffrance, nous nous ressemblons peut-être plus que nous ne le pensons. Nous fonctionnons un peu pareil tous les deux. Nous avons nos peurs, nos angoisses, nos espoirs. Et ce sont les mêmes. J'ai peur de tomber amoureuse à nouveau et de souffrir après.

Ethan se mit à réfléchir avant de lui répondre.

— Kaya, si nous nous sommes trouvés, c'est parce que nous nous complétons au-delà de nos points communs sur la vie qui nous a fait souffrir. Nous avons besoin de l'autre et ce besoin est lié à la conviction que l'autre peut nous comprendre et ne nous trahira pas. Si je veux avancer avec toi, c'est parce que j'ai confiance en ce que nous avons tissé ensemble. C'est un ouvrage cabossé, avec des trous, des ratés, mais pour l'instant cet ensemble, je le trouve chouette. Je m'y sens bien dedans. Je me sens plus serein quand je suis avec toi… Enfin, sur nos périodes câlines surtout, car tu m'as retourné aussi le cerveau un certain nombre de fois ! Mais ce qu'on a créé, je ne l'ai créé avec personne d'autre. Je ne l'ai jamais vécu de cette façon. C'est fort. Anarchique, mais bienvenu. Oui, j'ai peur de notre tendresse, mais elle me fait aussi me sentir tellement vivant. Donc, même si on fait les choses maladroitement, si on a des ratés, nous avons aussi notre force d'être faits du même bois, du même tissu.

Kaya s'esclaffa devant l'image de leur relation.

— Je ne veux pas que tu recules par peur du lendemain…, continua-t-il d'un ton doux. Je veux consolider cette confiance entre nous. Je sais que c'est ce qui nous manque le plus et c'est ce qui bloque la réalisation de ton amour pour moi. Il y a Adam, mais il y a aussi moi. J'en suis… conscient. Je suis… compliqué et tu as besoin de mieux me cerner.

Il lui tripota ses doigts avec une certaine nervosité. Kaya le regarda faire, le cœur serré par ses vérités entre eux plus ou moins agréables à dire et à entendre.

— Kaya, je sais que j'ai un long chemin à parcourir avant que tes sentiments ne se débloquent, mais j'irai à ton rythme. J'attendrai. En même temps, je n'ai pas le choix.

Il laissa échapper un rire un peu cynique, amer sur la réalité des faits. Kaya se trouva touchée par sa patience, sa sincérité. Les efforts qu'il tentait de faire pour elle étaient indubitablement une preuve d'amour en soi. Elle ne pouvait le réfuter. Il l'aimait, ne le nuançait pas. Sa franchise fonçait droit vers son cœur emmuré par le deuil et venait mettre un grand coup de massue dedans. Elle le prit dans ses bras pour lui faire un câlin. Elle avait besoin de ce contact contre lui, de lui signifier qu'elle entendait ses doléances et qu'elle, aussi, travaillait dans ce sens.

Tout avait changé en quelques heures. Les âmes et les cœurs parlaient et tout se déliait entre eux. L'homme et la femme se parlaient enfin derrière la princesse et le connard. Elle ferma les yeux quelques instants. Même s'il ne lui avait pas dit rapidement ses sentiments, elle comprenait à présent pourquoi.

Tu es comme moi, Ethan. Nous sommes deux cœurs écorchés. Nos peurs nous rongent et nous empêchent de nous ouvrir à l'avenir. Tu as fait un pas vers moi en dévoilant ton amour pour moi ; je dois aussi en faire un vers toi et avoir confiance en nous.

Ethan la serra contre lui et lui caressa à nouveau le dos.

— J'attendrai, Kaya, mais s'il te plaît, ne me fais pas attendre trop longtemps. Je n'en demeure pas moins impatient !

Kaya resserra son étreinte.

— Donne-moi juste le temps d'analyser ma situation. Je sais que je suis heureuse lorsqu'on est ensemble, je sais aussi que j'aime quand tu... me consoles. J'apprécie ta façon d'être de plus en plus attentionné avec moi, mais je ne sais pas si je dois considérer cette affection comme un sentiment aussi profond que l'amour. Il y a, c'est vrai, cette histoire de confiance, mais pas seulement.

— Il y a Adam... souffla Ethan, conscient du réel problème.

Kaya resta silencieuse un instant puis soupira. Elle se recula pour faire face à Ethan.

— Oui, il y a Adam. Je suis un peu perdue concernant mes sentiments. Entre lui et toi, je ne sais plus ce qui est vrai, ce qui n'est qu'illusion, ce qui est moral. Je suis une femme endeuillée et...

— Kaya, tu as le droit de tomber à nouveau amoureuse. Si tu juges qu'un deuil d'un an n'est pas suffisant, alors dis-moi au bout de combien de temps tu pourras ouvrir ton cœur à quelqu'un d'autre.

— Le problème, c'est que je ne veux pas le remplacer ni l'effacer, mais je reconnais... que j'aime aussi ce que tu me proposes.

Ethan lui serra les doigts, songeur, jusqu'à ce qu'il s'arrête soudainement en repensant aux paroles de Cindy sur l'amour pour un défunt.

— Je ne te demande pas d'abandonner ton amour pour lui.

— Quoi ? Pourtant, tu as toujours été de ceux qui considèrent que c'est tout pour toi, et rien pour les autres.

— Mmmh..., c'est vrai. Mais je réalise que je n'obtiendrai rien ainsi avec toi. Si tu dois m'aimer, je dois accepter que ton cœur ait une part dédiée à un autre homme. Ça me fait clairement chier, mais si je t'oblige à le renier, tu reculeras et ne m'aimeras pas.

Kaya regarda ses doigts dans ceux d'Ethan.

— Je t'épate, c'est ça ? se mit à rire amèrement Ethan. Je sais, je tente d'être un mec cool.

Elle s'esclaffa à sa remarque.

— Oui, je suis surprise.

— Kaya, je veux bien l'accepter si tu considères que c'est un amour passé et que je suis ton amour présent, que je suis celui qui a la place la plus importante dans ta vie actuelle. Pour moi, le plus important, c'est que je sois celui qui partagera le plus avec toi maintenant et demain.

Émue, Kaya sentit sa gorge se serrer par la délicatesse particulière d'Ethan et son besoin tout à fait compréhensible finalement.

— Merci… lui dit-elle alors d'une petite voix.

Un silence s'installa entre eux avant qu'Ethan reprenne.

— J'aimerais… que tu fasses un truc pour moi dans ce sens.

Intriguée, Kaya le fixa alors, attentive, à son écoute.

— J'aimerais que tu retires ta bague de fiançailles.

Instinctivement, Kaya toucha sa bague en forme de fleur violette.

— Je suis ton petit ami et voir la bague de fiançailles d'un autre à ton doigt, c'est un peu comme un affront à mes efforts.

Kaya examina sa bague qu'elle connaissait pourtant par cœur.

— Je ne l'ai jamais enlevée…

— Il y a un début à tout, et s'il doit y avoir un début à nous, peut-être qu'on pourrait commencer par ça. Si je voulais être intransigeant et plus indélicat, plus connard quoi, je pourrais en acheter une autre pour la mettre à ton doigt. Mais tu me taxerais de jaloux, possessif, n'ayant pas la valeur du sens d'un anneau à ce doigt et j'en passe ! J'opte donc pour une stratégie plus soft.

Kaya comprenait parfaitement sa requête. Le retrait de cette bague, c'était faire un pas vers Ethan et accepter que son amour pour Adam n'était plus un obstacle entre eux pour avancer.

— Kaya… Adam est maintenant ton passé. Le passé reste au passé. Tu dois la ranger avec lui dans une boîte à souvenirs.

Elle fixa Ethan un instant, le cœur serré et la tristesse sur son visage, et observa encore sa bague, symbole de tous ses souvenirs avec Adam et de tous ses espoirs perdus. Ethan était un nouvel espoir, de nouveaux projets d'avenir. Il évoquait sa renaissance. Elle repartait à zéro avec lui et il devenait au fur et à mesure son guide, son éclaireur pour tout recommencer autrement.

Sans dire un mot, elle retira sa bague qu'elle posa sur le tapis au pied du jacuzzi. Ethan ferma les yeux quelques secondes lorsqu'elle posa sa bague au sol, soulagé et heureux d'assister la jeune femme dans ce geste significatif de tant de choses entre eux. Kaya ne cacha pas sa douleur dans l'exécution de ce geste et ses yeux s'embuèrent. Elle savait qu'elle devait le faire, mais son cœur saignait. Elle se séparait d'une grande partie de sa vie avec cette bague. Voyant le malaise de Kaya, Ethan lui fit un câlin et l'embrassa sur la tempe, puis la joue et la bouche. Les baisers d'Ethan se voulaient réconfortants. Ethan s'était mis en mode consolation.

— Kaya, dis-moi où je dois poser mes mains pour soulager ta tristesse et te rassurer sur ton choix.

Kaya lui attrapa sa main et la serra, le regard reconnaissant.

— Ta main dans la mienne, c'est déjà un très bon début.

Ethan laissa tomber sa tête en arrière et sourit. Son cœur gonflait de bonheur d'heure en heure. Chaque mot, chaque geste vers lui était une victoire éclatante. C'était la première fois qu'il en cumulait autant en si peu de temps.

— J'aime ces débuts avec toi ! s'exclama-t-il alors. Et si pour bien approfondir ce début entre nous, on entamait plein de débuts de câlins, de caresses, de baisers ?

Kaya se mit à rire alors que leurs fronts se touchaient à présent.

— Je ne sais pas pourquoi, mais je sens qu'avec toi, on trouvera toujours un début à quelque chose pour qu'il n'y ait jamais de fin.

— Je n'aime pas le mot « fin ». Encore plus quand il s'agit de toi.

Il l'embrassa alors, s'assurant qu'ils étaient toujours au début de câlins et non vers une fin. Kaya répondit volontiers à ce baiser. Elle désirait sa tendresse, ses caresses, sa chaleur.

— Ethan, et si on commençait le méga câlin que tu m'as vendu dans ta voiture ?

Ethan pouffa, bluffé par la requête de Kaya pour le moins coquine et surtout assumée tout à coup.

— Kaya… toi… je vais te dévorer !

3

PASSIONNEL

    Cela faisait plusieurs minutes maintenant qu'Ethan avait cessé de l'embrasser. Il lui avait demandé de changer de position dans le jacuzzi et de se placer entre ses jambes, le dos contre son torse. Elle avait obtempéré sans discuter, fébrile à l'idée d'obtenir plus d'attentions coquines de la part de son partenaire de jeu. Elle espérait qu'il lui caresse la poitrine tout en l'embrassant dans le cou, qu'il balade ses mains sur ses courbes jusqu'à ce qu'elles descendent vers son entrecuisse, mais il n'en fut rien. Il avait juste plongé sa tête dans son cou et l'avait serrée fort dans ses bras pendant plusieurs minutes. Il ne bougeait plus depuis, ne disait rien et se contentait de garder cette posture, faisant chuter par la même occasion son envie de lui. N'en pouvant plus, Kaya décida de parler.

    — Ethan, il y a un problème ? Pourquoi m'as-tu demandé de me mettre dos à toi ? Je croyais que tu voulais me dévorer...

    — C'est toujours le cas... répondit-il sans bouger d'un iota.

    — Tu as une drôle de façon de le montrer.

    — Tu te languis de moi ?

    Kaya put sentir son sourire contre sa peau.

Bien évidemment, pourquoi dois-je m'inquiéter alors que, finalement, j'ai foncé droit dans son piège ! Il voulait juste m'entendre le réclamer.

— Disons que tu as un peu refroidi la machine…, tu vois.

— Je sais. Mais donne-moi encore cinq minutes comme ça, s'il te plaît. Après, on fera tout ce que tu voudras.

— Qu'est-ce qu'il y a ? Pourquoi tu nous as mis en pause tout à coup ? Quelque chose ne va pas ?

Elle le sentit soupirer contre son cou. Il resserra davantage son étreinte.

— J'ai besoin de te serrer dans mes bras. J'ai besoin de t'enfermer contre moi quelques minutes.

Kaya essaya de tourner la tête vers lui pour comprendre. Ethan sortit alors son visage de son cou et la fixa.

— J'ai failli te perdre il y a quelques heures… Comprends-moi, nos contrats étaient principalement basés sur le sexe. Seul le dernier nous autorisait à plus de gestes ou mots affectueux entre nous, comme se tenir la main, mais ça a été écourté par notre dispute et ton départ. Depuis le jour où tu m'as pris dans tes bras, à la fête foraine, que tu m'as fait ce câlin et que tu m'as dit qu'il n'y avait pas que le sexe dans une relation pour consoler, pour donner de l'attention, j'ai… espéré d'autres signes d'attention de ta part. En particulier, des câlins. J'ai éprouvé le besoin, de plus en plus vif, de t'avoir dans mes bras, sans avoir de raison à donner. J'ai tout le temps eu envie de retrouver tes bras ensuite. J'avais de plus en plus besoin de m'assurer que tu n'étais qu'à moi. Kaya, j'ai besoin de ces attentions venant de toi, autres que sexuelles. Je veux des moments où on est juste dans les bras l'un de l'autre, à discuter, à faire des trucs simples, anodins, où il n'y a rien de plus normal. Je commence à comprendre ce qu'est vraiment un couple, comme toi tu le vois. Si je me contentais juste de relations sexuelles auparavant, avec toi, je veux plus. J'ai, jusqu'à maintenant, toujours eu cette impression que tu m'échappais constamment, que je n'avais pas eu suffisamment de toi. Et je me rends compte que c'est aussi parce que je ne pouvais pas te garder près de moi comme je le voulais. Maintenant, je prends ce droit. Maintenant, on est un couple et je peux donc réclamer ce genre de choses...

Kaya le dévisagea, stupéfaite par la raison de son geste. Elle ne s'imaginait pas qu'il pouvait avoir de tels besoins la concernant.
— OK, restons comme ça dans ce cas.
Elle se blottit un peu plus contre lui, son dos frottant un peu plus ses cicatrices. Ethan se montra ravi. Il appréciait enfin ce qu'il attendait depuis si longtemps.
— Disons qu'on se réchauffe juste d'une autre façon ! continua-t-elle, attendrie.
Elle lui caressa le bras qui l'encerclait et posa l'arrière de sa tête contre l'épaule Ethan qui lui déposa un baiser sur la joue.
— Je t'ai dit que le numéro un de ma liste de gestes affectueux était de pouvoir te câliner tout le temps…
Kaya sourit alors qu'il lui susurrait ces mots à l'oreille.
— Je vais explorer toutes les sortes de câlins que tu voudras bien me donner. S'il y a bien une chose qui titille ma curiosité, c'est bien de connaître la Kaya câline avec son petit ami !
Kaya bascula ses jambes sur le côté pour prendre une position fœtale, encerclée par le corps d'Ethan. Elle posa sa tête contre sa clavicule et ferma les yeux.
— Moi aussi, je veux connaître le « Ethan » câlin avec sa petite amie !
Ethan se mit à rougir soudainement, ne s'attendant pas à cette phrase sortant de la bouche de la jeune femme. Son cœur se mit à battre plus fort.

— Vraiment ? Enfin... je veux dire, tu es OK pour que j'aille dans ce sens ? Tu m'as dit plus tôt avoir peur de ma tendresse alors...

Kaya ouvrit les yeux et le fixa

— Tu veux que je tombe amoureuse, oui ou non ? Pour cela, il faut bien que je trouve des éléments qui t'avantagent... et je crois que, moi aussi, j'ai envie de ces câlins-là entre nous.

Elle cacha alors son visage dans le cou d'Ethan pour ne pas lui montrer son trouble. Il lui était encore difficile de lui dire de telles paroles sans avoir peur de trop s'exposer. Ethan baissa sa tête puis approcha Kaya un peu plus contre lui. Il ramena ses jambes vers lui pour qu'à eux deux, ils ne forment qu'une boule. Un cocon sécurisant, où juste être contre l'autre suffisait.

— Pardon, Kaya. Pardon pour Claudia. J'ai sous-estimé l'antagonisme qu'il y avait entre vous. Je sais qu'elle est en partie responsable de ta décision de me quitter, quand nous étions au zoo.

Kaya posa sa main sur la joue d'Ethan. Ce dernier se sentit soulagé de la voir plus chaleureuse que rancunière.

— Tu as agi comme un frère.

— Elle est allée trop loin. Je ne sais pas ce qu'elle t'a dit dans le détail, mais je sais qu'elle a participé à semer le doute entre nous. Elle me l'a dit plus ou moins.

— Elle a voulu te protéger.

— Elle nous a mis en danger ! s'exclama Ethan, agacé.

Kaya se décolla un peu de lui et lui caressa la nuque.

— Ne lui en veux pas. Elle m'a aussi permis de réfléchir sur nous.

— Oui, au point de vouloir me quitter ! pesta-t-il.

— Ethan, je suis là, donc tout va bien.

— Sauf si elle recommence, sauf si elle continue de s'acharner à nous séparer...

— Je pense qu'il faut que tu lui parles. Rassure-la.

— Je l'ai déjà fait…

Kaya remarqua un véritable agacement chez Ethan, accompagné d'une certaine peur.

— Je suis sûre que tu trouveras les mots qu'il faut pour la rassurer et pour qu'elle comprenne que nous essayons d'avancer dans le bon sens.

Ethan se montra peu convaincu. Il se sentait trahi par sa sœur. Il attendait son soutien et il avait eu l'inverse ; il ne comprenait pas pourquoi elle se montrait si dure envers Kaya.

— Après tout, j'arrive un peu comme une rivale qui vient lui voler son frère !

— Pfff ! Ridicule ! Je ne lui appartiens pas.

— Tu sous-estimes l'amour qu'elle te porte et ta fratrie. Une part de soi est toujours dédiée à sa famille.

Ethan observa Kaya, qui semblait convaincue de ses dires, elle qui pourtant n'avait pas de famille, encore moins de frère ou de sœur.

— Tu devrais être aussi dure que moi, à son égard. Pourquoi la protèges-tu ?

— Parce que c'est ta sœur et que c'est important.

Ethan souffla et lui frotta la tête, même s'il était plus vindicatif qu'elle. Elle s'accommodait de la rancœur de Claudia pour son bien-être. Cela le touchait énormément. Elle satisfaisait ses espoirs d'être considéré à sa juste valeur.

Il se leva tout à coup du jacuzzi, bousculant Kaya au passage.

— Sortons !

— Quoi ? La séance câline est finie ?

— Oui ! On va devenir des canards à force de barboter.

Il quitta la baignoire et se sécha. Kaya le rejoignit, silencieuse. Il la sécha également avant de l'embrasser.

— Ethan, je ne veux pas que tu te braques. Ta sœur est juste inquiète. Ne te fâche pas contre elle ou moi.

Ethan soupira et sourit finalement.

— Je ne me braque pas. Je n'ai pas l'intention non plus de t'en vouloir pour quoi que ce soit alors que dans l'histoire, tu es la victime. Il est juste temps maintenant de te dévorer ! Le quart d'heure « petit câlin » est fini. On passe au grand câlin. Je n'ai plus envie d'en parler. Je veux juste qu'on s'occupe de l'autre, qu'on se retrouve...

Sans attendre une quelconque réponse de la part de sa petite amie, il souleva Kaya par les jambes et la porta jusqu'au lit. Il la posa délicatement sur le matelas et glissa les draps par-dessus leurs corps et leurs têtes.

Si elle avait pu ressentir une certaine impatience dans le jacuzzi à désirer son méga câlin, en cet instant, Kaya ne faisait plus autant la maline. Elle avait l'impression de revivre sa première fois, ce moment où elle laissait sa virginité pour découvrir les méandres du désir et de l'amour. Le regard d'Ethan avait changé. Son désir d'elle était palpable. Il plongeait son âme dans la sienne en un simple regard sur elle. Elle se sentait absorbée par ses pupilles marron chocolat.

— C'est bizarre. Ce n'est pas notre première fois, pourtant j'ai l'impression que c'est tout comme ! s'en amusa Ethan. Cette fois-ci, c'est... différent ! C'est notre première fois en tant que véritable couple.

Ethan déposa un léger baiser sur ses lèvres. Kaya fut heureuse de voir qu'il ressentait les mêmes appréhensions.

— C'est ma première fois avec ma petite amie... ajouta-t-il doucement.

— J'avoue que je me sens maladroite. Notre première fois n'avait rien de stressant ou d'effrayant, c'est vrai. On ne pensait pas à cela.

— Tu te sens stressée ? Tu as peur ? s'inquiéta alors Ethan.

Kaya se mit à rougir.

— Je… non ! C'est juste que… tu vois…

Ethan lui passa une mèche de cheveux derrière son oreille.

— Kaya, je vais te faire l'amour, cette fois. J'ai envie d'être tendre avec toi, mais je ne veux pas que cela te fasse peur, que tu stresses, que tu ne te sentes pas à l'aise avec moi. Pas maintenant que tu es ma petite amie. Je ne veux plus aucune gêne, plus aucune retenue, plus aucun doute.

— Je n'ai pas peur ! Enfin si…, mais ce n'est pas contre ton comportement. C'est juste que… je n'arrive pas à voir où on va maintenant. On avait un contrat, des cadres définis, une finalité. Ça passait ou ça cassait. Aujourd'hui, on se dirige sur quelque chose de plus sérieux, de plus aléatoire, de moins contrôlé. Mettre des sentiments dans une relation, c'est s'exposer sans filet…

— On a toujours un contrat ! lui répondit-il, amusé, tout en tentant de la rassurer.

— Oui, mais là, ça nous amène à une plus grosse prise de risque.

Ethan embrassa la pointe de son nez.

— Si c'est pour toi, je veux prendre tous les risques. Ça ne me gêne pas. J'y suis prêt depuis un moment déjà.

— Ethan…, s'inquiéta Kaya.

Le regard inquiet de la jeune femme fut balayé par un baiser d'Ethan sur sa bouche.

— J'aime prendre des risques avec toi. Par exemple, voir comment tu vas réagir si… je pose ma main sur ton sein.

Kaya se crispa en sentant une de ses mains sur sa poitrine. Ethan approcha sa bouche de son oreille.

— Vas-tu accepter ma proposition de jouer avec moi dangereusement ou la rejeter, mmh ?

— Tu prends des petits risques, Ethan Abberline ! lui répondit Kaya, taquine.

Ethan pouffa dans son oreille face aux répondants de sa belle.

— Petits risques… J'avais oublié : tu es ma guerrière, c'est vrai. Je prends note… Je vais donc augmenter le risque.

Lentement, il fit glisser le bout de ses doigts le long de son ventre, jusqu'à arriver vers son autre zone érogène : son sexe.

— Tu as peur maintenant ? lui demanda-t-il en ne voulant rien rater de sa réaction.

Kaya ferma les yeux alors qu'elle sentait le bout des doigts de son petit ami caresser ses poils pubiens. Son cœur s'accéléra tandis que sa libido augmentait.

— Non ! murmura-t-elle alors qu'il la fixait avec désir.

— Stressée ?

— Impatiente ! répondit-elle rapidement, tout en ouvrant les yeux.

Ethan écarquilla légèrement les siens, avant de lui offrir un grand sourire.

— Impatiente ?

Il glissa un doigt en elle tout à coup.

— Mon Dieu ! Moi aussi !

Kaya gémit et s'empressa de l'embrasser, à la grande surprise d'Ethan. Sa fougue l'enorgueillit. Ce fut le déclic mettant fin à leurs fantasmes latents pour passer à une action plus franche. Leurs langues se retrouvèrent. Kaya tenait la tête d'Ethan pour qu'il ne s'éloigne pas de ses lèvres. Ethan se sentait désiré comme jamais. Elle se colla davantage contre lui et ils accentuèrent leurs caresses.

— Toujours impatiente, je vois ! s'extasia-t-il entre ses lèvres. Tu en veux plus, je parie ?

— Dévore-moi ! Vite !

Ethan grogna et ne se fit pas prier. Il quitta ses lèvres et laissa traîner sa langue le long de son corps, parsemant çà et là des baisers avant de s'emparer de son intimité. Kaya lâcha un spasme de surprise, avant de gémir de plaisir. Ethan alternait entre baisers sur l'intérieur de ses cuisses et caresses linguales sur son clitoris. Kaya se sentait partir. Ethan embrassa ses jambes, ses genoux, puis reprit possession de son sexe avec sa langue avec passion.

— Kaya…, je crois que je vais te laisser volontairement des traces sur ta peau, après mon passage.

Il aspira l'intérieur de sa cuisse tout en la fixant. Une marque apparut sur sa peau.

— Tu es à moi. Chaque centimètre de ton corps est à moi. Chaque soupir d'extase que tu auras m'appartient.

Il replongea entre ses jambes et souffla sur sa peau. Kaya était partagée entre l'exaspération d'être sous l'emprise de son sadisme et le bonheur de recevoir chacune de ces attentions si possessives.

— OK, fais tout ce que tu veux, mais ne me fais pas languir ! râla Kaya, ne supportant plus de voir son plaisir inassouvi. Sinon je vais continuer à te détester !

Ethan sourit et remonta vers sa bouche pour l'embrasser.

— Tout ce que je veux ? Vraiment ? Tout, tout…, vraiment tout ?

— Ethan !

Il s'amusa à déposer alors un nouveau suçon au-dessus de son pubis, à l'aube de son ventre. D'agacement, Kaya le poussa et se mit à califourchon sur lui, avant de l'embrasser sur la bouche et de laisser traîner sa langue autour de la sienne.

— Tu vas souffrir ! lui dit-elle alors, vengeresse, alors qu'Ethan resta subjugué par l'ardeur de Kaya à vouloir le maîtriser.

Elle commença à déposer des baisers sur son torse, au-dessus et autour de ses cicatrices. Ethan se mordit les lèvres.

— Torture-moi autant que tu veux ! Mon corps est ton terrain de jeu ! dit-il d'une voix rauque. Fais ce que tu veux de moi.

Kaya se redressa pour le sonder, pour vérifier si c'était son désir qui parlait et était sincère ou s'il agissait par servitude au nom de sa gentillesse à ne pas vouloir la contrarier. Devant son sourire conquis, elle plissa les yeux et lui jeta son oreiller à la figure. À présent aveuglé, Ethan gloussa sous l'oreiller, avant de manquer de s'étrangler en sentant la langue de Kaya sur son pénis.

— Tu fais moins le malin, Monsieur « chaque-centimètre-de-ton-corps-est-à-moi ! ». On ne t'entend plus !

Ethan posa ses mains sur l'oreiller qui couvrait son visage et le serra contre lui.

— Kaya…, put-elle entendre à travers l'oreiller, je t'aime !

Elle retira alors soudainement le coussin de sa tête pour qu'il lui fasse face.

— Pourquoi faut-il toujours que tu me dises cela au moment où je porte une certaine attention à un certain endroit de ton anatomie ?

Ethan s'esclaffa devant son air agacé, repensant à la première fois où il avait osé lui dire ce mot d'amour ultime. Il s'assit alors et la prit dans ses bras.

— Pardon. Ce n'est pas parce que tu portes... certaines attentions à certains endroits de mon anatomie que je t'aime, Kaya. Je t'aime pour tout ce que je peux partager avec toi, Kaya Lévy. Je t'aime parce que je suis heureux d'être avec toi. Je veux que tu saches que je suis tout à toi, de ma bouche à mon sexe, de mon cœur à mon âme, de Paris à New Haven. Et, oui, je veux que tu sois tout à moi aussi, que tu partages ce que je ressens.

Kaya frotta son visage contre sa joue doucement.

— Tu m'as manqué, hier soir ! lui dit-elle alors dans un murmure. Dormir sans toi, ce n'est pas pareil. Se disputer n'a rien d'agréable, surtout quand on a partagé les nuits précédentes ensemble.

— Je n'ai pas beaucoup dormi non plus. Je n'avais pas mon parfum d'abricot sous le nez pour m'endormir. Tu es comme mon doudou !

Ethan s'amusa de sa comparaison, mais Kaya lui montra un visage affecté.

— Tu… dormiras toujours avec moi ?

Ethan fut décontenancé par sa demande si touchante. Il pouvait constater une nette progression depuis qu'elle connaissait ses sentiments. Elle s'ouvrait à lui enfin, même si c'était de façon timide.

— Je ne vois pas les choses autrement ! lui répondit-il alors en chuchotant. Je suis ton petit ami maintenant. Je te l'ai dit : « je ne vais plus te lâcher ». Donc, on fera des câlins tout le temps, surtout la nuit !

Il déposa un baiser sur ses lèvres. Kaya passa ses bras autour de son cou et se blottit contre lui.

— Je suis contente d'être ta petite amie.

Ethan s'esclaffa.

— Moi aussi, je suis content que tu le sois ! Crois-moi !

— Ne te moque pas ! Je suis sincère !

— Je suis sérieux également ! Je revis depuis deux heures ! Et que tu me dises maintenant ça, je suis encore plus heureux.

Kaya grimaça, le rose aux joues.

— J'ai encore plus envie de te garder dans mes bras !

— Je veux aussi rester dans tes bras…

— Alors, restes-y ! Tout le temps !

Kaya le fixa alors et lui sourit tendrement. Elle se positionna mieux sur lui et invita Ethan à la pénétrer. Elle avait envie de plus que ses bras. Elle se sentait en confiance depuis qu'ils avaient parlé dans ce champ, au bord de la route. Elle se sentait même soulagée depuis. Un poids l'avait quittée : celui de la peur de la vengeance et de la trahison qu'Ethan lui avait toujours plus ou moins fait miroiter au début de leur relation. Il ne voulait plus la blesser désormais. Elle ferma les yeux, allant et venant contre Ethan. Elle pouvait sentir le souffle de ce dernier s'accélérer et devenir de plus en plus fort contre sa peau, jusqu'à ce qu'il la bascule sur le matelas et reprenne les rênes de leurs ébats.

— Est-ce que je peux marquer partout ta peau de mon passage, Princesse ? insista-t-il alors.

— En ressens-tu vraiment le besoin ? Je ne veux pas ressembler à un léopard.

Ethan secoua la tête positivement.

— Je veux que tu sentes mes lèvres sur toi et que tu te rappelles combien je t'aime, même quand tu n'es pas dans mes bras. Ainsi, tu ne pourras plus sentir le manque de mon absence. Si tu ressembles à un léopard, c'est que je t'aurais montré combien je t'aime.

Kaya resta muette, complètement submergée par le flot d'affection venant d'Ethan.

— Et crois-moi, j'ai beaucoup de marques à te faire sur le corps pour te montrer combien mon cœur bat pour toi !

Kaya fonça sur ses lèvres, cette fois-ci, vraiment impatiente.

— Alors, entache mon corps de ton amour, Ethan…

4

FRATERNEL

Le pick-up se gara devant la maison des Abberline. Alors qu'il coupait le moteur, Ethan se mit à rire en constatant le nouvel état de stress de Kaya.

— J'ai comme une impression de déjà-vu ! s'exclama-t-il alors.

— Ce n'est pas drôle ! Que vont-ils penser de moi ? Hormis le fait d'être une fille capricieuse, qui dit un coup « oui », un coup « non », je doute de paraître comme quelqu'un de stable, de rassurant ou de bien pour leur fils.

— De bien pour leur fils ? Tu parles comme une petite amie qui va se fiancer !

— Me fianc... Je n'ai jamais dit ça ! N'importe quoi ! Je dis juste que je passe pour l'indécise de service !

— On dirait que tu joues ta vie ! Tu les as déjà rencontrés, je te rappelle ! La première fois, ton angoisse pouvait encore se justifier. Mais là, tu te fais des nœuds au cerveau pour pas grand-chose... sauf si cela te tient à cœur de paraître parfaite comme petite amie, auquel cas c'est vraiment très très mignon, comme attitude.

Ethan ricana de plus belle, puis embrassa une de ses joues rosies soudainement, à cause de l'association du mot mignon avec son comportement. Il lui caressa ensuite le visage, fier de ce nouveau statut entre eux et surtout du regard qu'elle portait sur leur nouveau couple.

— Tu n'as pas à t'inquiéter. Tu sais être rassurante quand il le faut.

Kaya haussa les épaules, boudeuse.

— C'est juste que je ne veux pas qu'on me juge négativement. Ça m'embêterait qu'on se trompe sur mon compte malgré les apparences. Et dernièrement, tout a été compliqué.

Ethan regarda au loin, songeur.

— Je ne crois pas que tu aies à t'affoler. Ils sont même plus confiants que moi sur beaucoup de choses et je pense réellement qu'ils sont contents que je te connaisse. En fait, tout le monde dit que j'ai changé depuis que je te connais.

Ethan se montra un peu mal à l'aise. Sa révélation toucha Kaya qui lui attrapa la main.

— Je pense qu'on a changé tous les deux ! compléta alors Kaya. Même si tout n'est pas évident, notre contrat a eu son effet malgré tout : on se calme mutuellement nos angoisses. Tu as fait beaucoup de bien sur mon comportement face à la mort d'Adam. J'ose espérer avoir dompté certaines craintes vis-à-vis de tes cicatrices. Je sais que tout n'est pas réglé, mais on avance.

Elle lui sourit alors, heureuse de simplement pouvoir lui parler, de pouvoir trouver des moments pour se confier et partager leurs émotions ou humeurs. Ethan glissa ses doigts dans les siens et porta la main de Kaya à ses lèvres. Il se sentait serein, apaisé. Rien ne semblait pouvoir l'atteindre. Même si effectivement tout n'était pas réglé, il était prêt à avancer un peu plus avec elle et à lui parler de lui.

— Allons-y ! déclara-t-il alors. Nous avons encore beaucoup à faire !

— Ah bon ?

— Oui, tu verras.

Le visage énigmatique d'Ethan ne rassura guère Kaya qui grimaça. Ses mystères, elle savait qu'ils n'étaient jamais bons pour elle. Ethan sortit de la voiture et attendit Kaya pour lui tendre la main.

— Cette main, je ne la lâche plus ! lui dit-il avec fierté.

Kaya sourit timidement, émue par ces nouveaux gestes affectueux entre eux. Ils étaient un couple. En lui proposant ce contrat de couple officiel, elle s'engageait à se comporter comme une petite amie modèle et à garantir la bonne marche du couple qu'ils formaient à présent. Elle réalisait encore difficilement ce que cela impliquait entre eux. Ils étaient passés d'une relation de convenance à une relation plus profonde, plus affectueuse, plus sincère aussi. C'était comme s'ils se redécouvraient et repartaient à zéro. Par moments, elle se sentait submergée par les sentiments nouveaux d'Ethan, ne sachant comment les gérer. Par d'autres, elle se sentait rassurée, en sécurité. Elle retrouvait ce confort qui lui avait réchauffé le cœur lorsqu'elle vivait avec Adam.

Alors qu'ils se dirigeaient vers la porte d'entrée, elle repensa au chemin qu'elle avait parcouru depuis la mort d'Adam. Son chemin mental en particulier. Du vide au désespoir, elle se sentait aujourd'hui moins anxieuse, plus sereine. Un autre avenir se dessinait pour elle sans dettes et avec Ethan. Elle observa alors celui qui était dorénavant son petit ami. Il paraissait aussi heureux.

Le bonheur est-il d'aller plus loin ensemble ? Faut-il vraiment continuer à laisser aller nos cœurs entièrement vers l'autre ?

— Prête ? lui demanda alors Ethan, la main sur la poignée de la porte d'entrée.

— Ta sœur ne va pas être ravie de me revoir. Si tes parents sont confiants, je doute que ce soit le cas pour tout le monde.

Ethan lâcha la poignée de la porte et se tourna vers Kaya. Il lui attrapa les deux mains, puis la regarda droit dans les yeux.

— Arrête de t'inquiéter ! On a un désaccord avec elle, je te le concède. Je ne vais pas te mentir en te disant que je suis pour l'instant en colère contre elle et donc en mauvais termes avec elle. Tu le sais. Mais je sais aussi que le temps fera les choses et prouvera que notre relation n'est pas construite qu'avec des bouts de scotch et des clauses !

Kaya écarquilla les yeux.

— Tu as écouté ma conversation avec ta mère dans la cuisine l'autre jour ! Tu nous as entendues ?!

Ethan se pinça les lèvres et haussa les épaules.

— Je ne t'ai rien dit parce que je ne savais pas quoi dire dessus, en fait. Je ne pouvais trouver des arguments qui puissent aller dans mon sens sans dévoiler mes sentiments. Ça m'a toujours agacé, mais je ne pouvais pas vraiment le contredire. Mais maintenant, tout appartient au passé. On a évolué en quelques jours. On est un couple ! Et tes bouts de scotch, je vais les remplacer par de la glu ultra forte pour que rien ne se sépare !

Il lui offrit un immense sourire et déposa un baiser sur ses lèvres.

— Allons leur dire que, finalement, les plans ont changé.

Il lâcha ses mains et baissa la poignée de la porte avec entrain, puis rentra dans le hall.

— C'est moi ! cria-t-il à la maisonnée.

Kaya se posta derrière son dos. Cindy sortit de la cuisine, suivie de Claudia. Charles fit son apparition depuis la porte du salon. Tous furent surpris en voyant Kaya derrière Ethan, puis Cindy sourit. Elle fixa un instant son fils d'un air entendu. Ethan lui répondit par un grand sourire fier.

— Voilà… dit-il tout en ramenant Kaya devant lui, je vous présente Kaya, version « ma petite amie » !

Charles ouvrit sa bouche de surprise avant de rire. Cindy sautilla tout en applaudissant tandis que Claudia se contentait de croiser les bras tout en s'appuyant contre le mur du couloir. Kaya se rendit compte rapidement que la joie des parents n'était pas parvenue jusqu'à leur fille. Sans attendre, Cindy alla serrer Kaya dans ses bras.

— Bienvenue à nouveau à la maison, Kaya.

Elle lui frotta le dos de façon rassurante, puis se tourna vers Ethan et en fit autant, mais de façon plus enjouée. Elle lui colla ensuite un baiser sur la joue, comme pour le féliciter implicitement de la réussite de leurs discussions de la veille. Ethan ne cacha pas sa gêne devant la démonstration d'amour assez surprenante de sa mère adoptive et se frotta la joue, un peu agacé.

— Je suis content pour vous ! déclara alors Charles. Kaya, finalement, nous nous revoyons plus tôt que prévu.

Kaya lui sourit, soulagée par leur accueil.

— Pardon pour tout ce dérangement.

— Ne t'inquiète pas ! intervint Cindy. Si ça convient à Ethan, ça nous convient aussi.

— De toute façon, nous n'allons pas vous déranger plus longtemps ! coupa Ethan. Nous n'allons pas dormir ici. Nous sommes juste venus vous prévenir des dernières nouvelles.

— Comment ça ? demanda Charles. Où comptez-vous aller ?

Kaya regarda Ethan, aussi surprise que sa famille devant cette annonce.

— Je compte l'emmener au Sanctuaire.

Il y eut d'abord un silence surpris avant que Claudia sorte du sien.

— Tu n'es pas sérieux ?! Tu délires !

Kaya tenta de comprendre pourquoi Ethan parlait de sa discothèque comme nouveau lieu de résidence, sans y parvenir.

— Je suis très sérieux.

Cindy et Charles restèrent silencieux, analysant l'annonce surprenante de leur fils.

— Mais enfin ! continua Claudia. Aucune femme n'a jamais pu y entrer et elle, elle pourrait ?

Claudia montra de la main Kaya, comme si elle parlait d'une vulgaire chose.

— Maman, dis quelque chose enfin !

Cindy sonda le regard déterminé de son fils. Charles attendit le verdict du juge pour émettre son avis.

— Ethan est assez grand pour savoir ce qu'il veut faire, et avec qui. S'il souhaite lui montrer cet endroit, c'est son choix. Nous n'avons pas notre mot à dire.

— Mais Maman ! s'offusqua Claudia.

Ethan se dirigea alors vers Claudia et l'attrapa par la main. Il l'emmena plus loin, dans la véranda.

— Maintenant, ça suffit ! s'énerva-t-il.

— On parle du Sanctuaire ! ne se démonta pas Claudia. Même Maman et moi n'avons jamais pu y mettre un pied dedans. Les femmes n'ont jamais été autorisées à rentrer là-bas. C'est toi qui l'as instauré. Et là…

— Oui, je déroge à ma règle !

— Mais pourquoi ? Tu te rends compte que si ça se passe mal avec Kaya, tu le regretteras longtemps.

— J'en suis conscient, mais… si je veux que ça marche avec elle, je dois retirer toutes les limites que je me suis imposées, je dois faire tomber mes remparts...

Ethan soupira et finalement la prit dans ses bras.

— Je sais que tu t'inquiètes, mais je suis tellement heureux avec elle. Tout est loin d'être réglé, notamment pour ce qui concerne mon passé. Je le sais. Malgré tout, je veux me donner une chance d'y croire. Elle me change. Même si tout n'est pas simple, elle me fait du bien. S'il te plaît, laisse-moi essayer.

Claudia soupira à son tour.

— Je suis inquiète. On sait tous les deux ce qui se passera si tu viens à être extrêmement déçu.

— Tu m'as toujours compris et je sais que ça ne changera pas. Je dois prendre ce risque.

— Avec ta première petite amie, souviens-toi, ça avait été un fiasco. Je ne veux plus te revoir dans cet état. Je préfère encore lorsque tu ne mets pas de sentiments dans tes relations et que tu changes de femmes toutes les semaines. C'est plus sûr de faire comme à ton habitude ! Là, tu te laisses envahir par un comportement trop dangereux avec elle et...

— Avec Kaya, c'est différent sur beaucoup de points ! la coupat-il. Je sais que cela ne paraît pas évident au premier abord, mais elle me fait prendre conscience de beaucoup de choses sur moi, sur les sentiments, sur les relations. Elle me grandit.

Claudia s'esclaffa.

— Tu parles comme un homme amoureux. C'est pire que je ne le pensais ! Tu as craqué ! Il faut que tu arrêtes ça vite !

Ethan fronça les sourcils.

— Je l'aime, oui. Tu as raison. Je suis amoureux. Bizarrement, je l'accepte plus facilement maintenant. Je l'ai nié autant que je pouvais. J'ai essayé. En vain. Donc, je fais avec. Et je me sens mieux depuis. Encore plus depuis que j'ai discuté tout à l'heure avec Kaya et qu'elle a accepté d'être ma petite amie. J'ai l'impression que tout peut être possible avec elle si je m'en donne les moyens.

Claudia quitta ses bras et le regarda droit dans les yeux. Elle serra les poings.

— OK ! Comme d'habitude, tu n'en fais qu'à ta tête. Je te laisse le bénéfice du doute. Mais si ça tourne mal, ne compte pas sur moi ! Je t'aurais prévenu.

Ethan sourit doucement, en repensant aux paroles de Kaya.

« C'est ta sœur ! Tu sous-estimes l'amour qu'elle te porte et la force de ta fratrie. »

Il observa sa sœur qui croisa les bras et fit une moue faussement agacée.

— Je pourrai éternellement compter sur toi…, lui répondit-il alors. Ça aussi, je le sais. Tu ne m'abandonneras jamais. Quoi qu'il arrive. Tu es… de ma famille.

Claudia décroisa les bras tout à coup, surprise par ses paroles attendrissantes. Elle s'approcha de lui et posa son front sur son torse. Elle inspira fort.

— Tu es horrible avec moi ! Me dire de telles fadaises, ce n'est pas toi ! Et tu veux que ça me rassure ? Qu'est-ce qu'elle t'a fait ?

Ethan se mit à réfléchir.

— Je me pose la question tous les jours !

Claudia posa la paume de ses mains sur le torse d'Ethan qui la regarda faire, sans montrer de résistance.

— Elle te les touche, elle aussi ? Pas vrai ? Je n'ai plus l'exclusivité ?

Ethan ferma les yeux un instant et souffla avant de la serrer dans ses bras.

— Je te l'ai dit. Avec elle, tout est différent. Cependant, elle ne sera jamais toi. Tu es ma sœur. Il n'y a que toi qui as ce titre ! Personne d'autre !

Claudia glissa ces bras autour de son cou et déposa un baiser sur sa joue.

— La phrase facile encore pour me rassurer ! Beau parleur !

Ethan lui décocha un immense sourire.

— Ça marche, non ? Tu m'as fait un bisou !

— Non ! Je ne suis pas idiote ! Tu es un manipulateur ! Je sais très bien que tu veux juste me caresser dans le sens du poil ! Tu as de la chance que je t'aime et que je ne t'en tienne pas davantage rigueur ! Mais ne joue pas trop à ça avec moi ! Je ne suis pas Kaya ; tes mots doux ne m'atteignent pas !

Elle s'éloigna alors de lui et quitta la pièce avant d'énoncer sa dernière menace.

— T'as intérêt à garder ma photo sur ta table de nuit dans ta chambre !

Ethan grimaça devant son terrible avertissement.

— Pourquoi l'enlèverais-je ?

Claudia sourit et partit. Ethan resta un instant seul, réalisant bien que l'avertissement de sa sœur était un garde-fou face à sa folie, sa désinvolture concernant Kaya. Il ne pouvait que comprendre ses inquiétudes. Il se passa la main dans les cheveux et regarda autour de lui. Kaya avait déjà foulé cette pièce, cette maison, et c'était déjà sans doute trop. Le Sanctuaire restait le seul territoire neutre, dénué de son empreinte. Le seul lieu où il pourrait toujours se réfugier pour l'oublier si tout venait à échouer. Et pourtant, il voulait l'y conduire.

Le Sanctuaire, c'est mon passé. Je dois faire un pas vers elle, vers mon passé. Les révélations y seront peut-être plus douces...

Ethan quitta la pièce à son tour et alla retrouver Kaya avec les Abberline.

— Tout va bien ? lui demanda Charles.

— Tout va bien. Partons, Kaya.

Kaya opina de la tête. Ethan lui attrapa la main et ouvrit la porte d'entrée.

— On se tient au jus. Cindy, n'en fais pas trop. Charles, tu m'appelles si elle fait une rechute. Embrassez Max pour moi.

Charles acquiesça. Cindy grimaça comme si elle était la gosse à surveiller. Kaya leur dit un « au revoir » de la main, gênée par ce départ très rapide.

Une fois dehors, Ethan ouvrit le garage.

— Tu comptes rester évasif encore longtemps ? lui demanda-t-elle alors, un brin agacée de ne rien comprendre. C'est quoi « le Sanctuaire » ? J'ai bien essayé de demander à tes parents, j'ai fait chou blanc. L'un a souri mystérieusement en me disant « tu verras » et l'autre m'a répondu « que c'était toi qui devais m'en parler ». Et vu votre repli pour discuter seuls, à Claudia et toi, j'ai vraiment l'impression qu'on parle de quelque chose de sacré !

Ethan entra dans le garage avec le même sourire mystérieux que son père. Il contourna un objet caché sous une bâche qu'il caressa du bout des doigts.

— Le Sanctuaire est ma maison... avant d'être une discothèque. Il y a deux Sanctuaires. Un à Paris, ma discothèque, et un ici... ma maison.

Kaya le dévisagea alors, perplexe. Ethan soupira et s'expliqua davantage devant son air perdu.

— Je n'ai pas vécu très longtemps avec les Abberline à proprement parler. Très vite après avoir quitté Paris avec eux, les choses se sont accélérées pour moi. Je ne me sentais pas à l'aise chez eux. C'est là qu'on m'a proposé d'avoir mon... Sanctuaire, un lieu de repli.

Kaya ne cacha pas ses interrogations au vu des expressions changeantes se succédant sur son visage. Même si elle restait muette, Ethan remarqua qu'elle réfléchissait au quart de tour sur tout ce qu'elle savait de lui.

— Ne t'inquiète pas, je t'expliquerai tout là-bas...

Il débâcha alors l'objet et Kaya put y découvrir une voiture.

— C'est à toi ? lui demanda-t-elle alors.

— Oui ! lui répondit-il tout sourire.

— Tu as une *Mini* et tu ne me l'as jamais dit !?

— Les secrets sont faits pour être dévoilés au compte-gouttes, sinon c'est moins marrant si tout est dit d'entrée ! Allez ! Monte !

Tous deux prirent place dans la petite voiture. Kaya ne perdit pas une miette des détails de l'intérieur.
— Elle te plaît ?
— Elle est géniale !
Ethan se mit à rire.
— J'ai déblayé la neige devant le garage pendant que tu te pavanais avec l'autre gigolo pour pouvoir justement la sortir...
— Ethaaaan ! fit alors Kaya d'un air menaçant. Tu ne vas pas remettre une pièce sur Victor ?
Ce dernier leva les yeux, n'en pensant pas moins.
— Les grands axes sont débloqués. On va pouvoir rouler tranquillement.

Ethan fit reculer la voiture et bientôt, la *Mini* retrouva la route.
— Je suis désolée pour ta sœur... déclara Kaya, ennuyée. Ma présence affecte votre relation.
— Ne t'inquiète pas ! C'est réglé. Elle a juste peur pour son frère et adopte un réflexe défensif, comme tu me l'as gentiment rappelé !
Kaya regarda sa main sur le pommeau de la voiture. Ethan posa alors celle-ci sur la cuisse de la jeune femme pour la rassurer.
— Si elle le fait, c'est qu'elle voit que c'est sérieux entre nous. Soit plutôt flattée qu'on ait une crédibilité à être ensemble !
Il lui fit un clin d'œil complice. Kaya s'esclaffa alors.
— Je préfère ne pas créer d'histoires ! Désolée.
— J'aime quand tu crées des histoires. Même si ça m'énerve en premier lieu, finalement ça rend les choses moins monotones. Ça les fait évoluer !
— Je n'ai pas cette impression. J'ai l'impression d'embourber plus que de libérer...
— On s'embourbe pour mieux se libérer !
— Quel optimisme ! Je ne te pensais pas si positif !

— Je suis positif depuis qu'une certaine femme est devenue ma petite amie ! Tous les problèmes me coulent dessus. Je ne vois que mon bonheur !

Kaya tenta de cacher son sourire heureux, mais n'y arriva pas devant celui éclatant de son petit ami. Ethan lâcha finalement un soupir lorsque Kaya accepta sa défaite et se mit à rire.

— Plus tu me souris, plus la vie est belle ! Qu'est-ce que ce sera lorsque tu seras folle de moi ? Putain ! Kaya, dépêche-toi ! Tombe vite amoureuse ! Monte plus vite la jauge d'amour ! J'en peux plus !

5

JOUEUR

— Tout va bien ? Tu es pâle ?
— Ça va...
— En es-tu sûr ?
— C'est juste que... Donne-moi une minute pour m'y faire.
— Tu sais, Ethan, je ne veux pas t'obliger à quoi que ce soit. Ton corps parle pour toi. Tu sembles anxieux depuis plusieurs minutes. Ton sourire a disparu depuis qu'on s'est garé. Si ça ne va pas et que tu préfères faire demi-tour, dis-le. On verra plus tard.
— Non ! gronda alors Ethan.
Il la regarda droit dans les yeux.
— Donne-moi juste une minute. Je ne veux pas reculer, mais avancer ! Je veux que tu m'aimes et tu ne peux le faire qu'en apprenant à me connaître, et pas uniquement de façon superficielle...
Il se toucha le torse, montrant qu'il prenait sur lui pour avancer. Kaya soupira. Cela faisait cinq minutes qu'ils étaient devant la porte d'entrée d'une maison, qui ressemblait à un ancien petit entrepôt réhabilité. Cinq minutes qui dévoilaient l'angoisse profonde d'Ethan à montrer une partie secrète de sa vie.
— Ethan, je n'ai pas besoin de ça pour... tomber amoureuse. Faire des choses qui te gênent pour t'assurer mon affection n'est

pas sain. Encore une fois, tu te sacrifies pour l'autre. Faisons demi-tour !

Elle lui attrapa la main pour le guider vers la voiture. Ils firent plusieurs mètres avant qu'Ethan ne l'oblige à s'arrêter.

— Non !

Ethan réaffirma sa volonté de continuer en retirant sa main de la sienne.

— On y va !

— Ethan…

— Je veux vraiment que tu entres dans cette maison, bon sang ! C'est sincère ! J'y tiens ! Je veux partager cette partie de moi avec toi. Seulement, cette maison…

Il se tourna alors pour regarder son refuge de façon nostalgique.

— C'est mon Sanctuaire. Ce nom, ce n'est pas anodin. Tu disais que ton prénom avait pour signification, entre autres, le refuge. Ça, c'est mon refuge. J'aimerais que tu sois aussi mon refuge et que cette maison soit notre refuge à tous les deux…

Il baissa la tête, un peu gêné par cet aveu. Kaya se rapprocha de lui et lui serra la main.

— C'est une très belle idée ! déclara-t-elle alors avec un sourire bienveillant. Devenir un de tes refuges...

Ethan s'esclaffa.

— J'ai toujours de bonnes idées !

— Pas toujours !

Ethan fronça les sourcils, puis grimaça.

— Montre-moi ton refuge, Ethan. Je serais heureuse de le découvrir et peut-être de partager avec toi la sérénité qu'il t'apporte.

Ethan l'embrassa sur le front. Tous deux revinrent vers la porte d'entrée et Ethan glissa la clé dans la serrure. Il posa la main sur la poignée et inspira fortement pour se donner du courage. Avant de presser la poignée vers le bas, il se tourna une dernière fois vers Kaya.

— Tu es la première femme à entrer ici, comme tu as pu le comprendre tout à l'heure. Claudia et Cindy n'ont jamais été autorisées à entrer. C'est assez bizarre pour moi...

— Pourquoi ? se hasarda à demander doucement Kaya, se rendant bien compte des blocages et excuses d'Ethan pour retarder l'échéance et repousser son anxiété.

— Je ne voulais pas de famille ici. Surtout pas de femmes. Aucune personne du sexe opposé. Sous aucun prétexte...

Il se frotta le nez avec l'index, se remémorant visiblement cette période de sa vie.

— Parce que les femmes sont toutes... les mêmes... continua-t-il gravement. Elles sont dangereuses.

— Toutes visent le même intérêt : te blesser ? C'est ça ? osa demander Kaya.

Ethan écarquilla les yeux, surpris par l'analyse juste de Kaya. Cette dernière lui sourit une nouvelle fois. Elle était heureuse de pouvoir mieux cerner cet homme blessé et d'y réagir au mieux en conséquence. Elle lui remit en place une mèche de cheveux et laissa glisser sa main sur sa joue. Ethan ferma un instant les yeux pour apprécier cette douce caresse.

— Dis-moi ce que je peux faire ou toucher dans ton refuge. Je ne veux pas être envahissante alors que tu prends sur toi et fais des efforts pour me montrer ton histoire. Montre-moi, explique-moi et prends ton temps. J'attendrai. Nous ne sommes pas pressés. OK ?

Ethan rouvrit les yeux. Son regard transmettait sa peur, sa reconnaissance, son envie de sortir de sa souffrance. Kaya ne put s'empêcher de déposer un baiser sur ses lèvres pour le réconforter. Ethan la prit alors dans ses bras et blottit son visage contre le cou de la jeune femme.

— Reste tout le temps dans mes bras, Kaya. Ne me quitte jamais.

Kaya lui frotta le dos doucement.

— Ça va être dur de faire la visite de ton sanctuaire dans ces conditions !

Elle se mit à rire légèrement suite à sa boutade.

— Crétine ! lâcha-t-il, toujours caché dans son cou.

— Hey ! Je ne suis pas une crétine ! protesta-t-elle alors, tout en lui donnant un coup à l'épaule.

Ethan se détacha de son cou, la bonne humeur retrouvée grâce à la légèreté bienvenue de Kaya.

— Si ! Une princesse crétine qui se pense drôle !

— Je suis drôle ! Très drôle !

— Ah oui ? Vraiment ? Prouve-le ! insista Ethan, plein de défis.

— Je viens de le faire !

— Là ! Maintenant ! Prouve-le !

Prise au dépourvu, Kaya se mit à réfléchir activement à quelque chose de drôle jusqu'à ce que l'idée de génie percute son esprit. Ethan put vite remarquer de l'espièglerie apparaître sur son visage. Elle posa alors une main sur le menton d'Ethan et commença la comptine.

— Je te tiens, tu me tiens par la barbichette…

— T'es pas sérieuse ? C'est ça ton idée pour me faire rire ?

— Joue le jeu au lieu de critiquer ! Je vais te mettre ta race et te montrer combien je suis rigolote !

Ethan pouffa en découvrant son côté rebelle avec ce nouveau vocabulaire.

— C'est ça ! Bientôt, tu vas me dire que tu as vécu au sein d'un clan de voyous et que tu vas me tabasser ?! Tu parles à un Blue Wolf, je te rappelle !

— Tu as peur d'un simple jeu, Blue Wolf ?

Peu convaincu, Ethan s'exécuta pourtant. Il posa également sa main sur le menton de Kaya.

— Je n'arrive pas à croire que je suis en train de faire ça avec toi...

— Alors imprime dans ta tête que je suis « surprenante », en plus d'être drôle.

— Et ambitieuse, un poil prétentieuse, assez déconcertante.

— Et tu m'aimes comme ça, n'est-ce pas ? lui répondit-elle du tac au tac.

Une nouvelle fois, Ethan s'esclaffa devant le culot soudain de sa petite amie.

— Je rêve ou tu me cherches vraiment ?

— Je te tiens, tu me tiens, par la barbichette...

— OK, tu me cherches vraiment. Tu vas me trouver. Tu vas perdre !

Kaya finit de réciter sa comptine sans prendre la peine de répondre à ses intimidations. Très vite, chacun se concentra tout en fixant l'autre et en essayant de ne pas sourire.

— Que tu es sérieuse ! Très intéressant... Je réalise que je ne t'ai jamais vue concentrée sur quelque chose.

Kaya ne répondit rien à sa remarque. Elle se contenta de se gratter la joue de son autre main.

— C'est ça ta tactique ? Ne rien dire pendant tout le long du jeu ? Ça veut dire que tu préfères les grimaces ?

Rapidement, Ethan lui fit une première grimace. Son visage se déformant sous les yeux impassibles de Kaya qui se contenta de lever un sourcil de surprise. Ethan se délecta finalement de ce jeu. C'était la première fois qu'ils jouaient comme des gamins. Il se rappela cependant leur partie de Mario Kart où, là aussi, il n'y avait que peu d'enjeux.

— Tu n'as pas aimé ma grimace ? s'amusa Ethan. Mince ! Tsss ! Je confirme ! Tu n'es vraiment pas drôle !

Ne se laissant toujours pas démonter, Kaya resserra son emprise sur le menton d'Ethan et l'obligea à rapprocher son visage près du sien.

— Tais-toi ! Tu bavardes trop !

Elle lui déposa un baiser sur la bouche et le repoussa à bonne distance. Ethan ne put s'empêcher d'esquisser un petit sourire.

— Tu souris, Chaton ! lui fit remarquer Kaya. Tu souris !

— Les grimaces et la discussion sont autorisées dans ce jeu ! contesta-t-il pour sa défense.

— Pas du tout ! Pas chez moi !

— Et en plus, elle refait les règles en sa faveur...

— Tu vas perdre ! Tu te retiens déjà de sourire !

Ethan tenta de se reconcentrer.

— Je réfléchis juste à la prochaine fois que je te ferai l'amour. Prochaine fois qui risque d'arriver juste après avoir franchi cette porte et qui risque d'être mémorable à plus d'un titre, Chaton !

Confuse, Kaya se mit tout à coup à rougir. Réalisant qu'il avait enfin réellement capté son attention, Ethan persista.

— Je vais vite te déshabiller et te peloter encore et encore. Mmmh ! J'en ai des frissons d'avance ! Pas toi ?

Kaya se recroquevilla un peu en repensant à tous les suçons qui ornaient son corps à présent. Ethan n'avait pas été avare à l'hôtel ; il avait recouvert sa peau de son amour tout comme il avait pris soin de s'assurer que l'intérieur de son corps se souviendrait toujours de lui. Elle rougit davantage en repensant à ce qui s'était passé dans cette chambre d'hôtel. Ils avaient lâché prise tous les deux. Bien plus qu'à leurs habitudes, comme si le fait d'être un véritable couple, comme si le fait de connaître l'amour d'Ethan, avait débloqué des choses. Ses caresses lui étaient parues plus douces, ses baisers plus chauds, ses coups de reins plus engagés.

Quant à ses mots doux... Elle repensa aux mille « je t'aime » qu'il avait prononcés tout au long de leurs ébats.

— Tais-toi ! lui ordonna-t-elle pour ne plus divaguer dans ses souvenirs licencieux.

Kaya eut tout à coup très chaud.

— Concentre-toi !

Ethan remarqua son trouble grandir.

— Tu crieras sans gêne « oh oui ! Ethan ! Encore ! » Ça tombe bien, les voisins sont à vingt mètres de la maison. On ne nous entendra pas !

De son autre main, Kaya obstrua la bouche d'Ethan. Ce dernier ne tenta pas de résister et se contenta de la regarder droit dans les yeux, puis de la déshabiller du regard, repensant lui aussi à tous les suçons qu'il avait imprimés sur sa peau.

— Tais-toi ! répéta-t-elle alors, agacée de se sentir si faible en entendant sa voix lui dire des choses si osées.

— Tu vois ! râla Ethan. On ne peut pas jouer avec toi ! Tu gâches tout ! Tu n'es vraiment pas drôle !

Ethan l'attrapa par la taille de sa main libre et alors que chacun continuait à tenir le menton de l'autre, Ethan avança sa bouche bloquée par la main de Kaya vers les lèvres de cette dernière pour y déposer un baiser indirect. Kaya se mit à rougir de plus belle. Tous deux louchèrent sur leurs lèvres et sur la main de Kaya entre eux deux, puis se regardèrent à nouveau. Chacun réalisa leur posture pour le moins incongru : une main agrippant le menton de l'autre, la seconde servant de rempart pour l'un et permettant un contact plus rapproché pour l'autre. Tout à coup, tous les deux pouffèrent avant de se mettre à rire. Kaya relâcha le menton d'Ethan et retira sa main de sa bouche. Ethan retira son bras de la taille de cette dernière et lâcha son menton.

— J'ai l'impression de pratiquer une gym à la mode, où il faut avoir des postures bizarres avec sa compagne ! D'ailleurs, il n'y a pas un jeu qui nous oblige à avoir des positions bizarres ? On pourrait le remanier, version sexe ?

— Tu as vraiment de drôles d'idées ! déclara Kaya un peu mal à l'aise.

— Tu m'inspires à tester tellement de choses amusantes et coquines. Ce n'est pas de ma faute.

Ethan haussa les épaules innocemment.

— En attendant, tu voulais poser tes mains partout sur moi. Là, tu as pu explorer mon menton ! rétorqua Kaya, malicieuse. C'est déjà pas mal !

Ethan se mit à rire.

— Je ne l'ai même pas embrassé !

Sans attendre son consentement, Ethan ne se gêna pas pour déposer un nouveau baiser sur ce menton frondeur, avant d'effleurer la peau du cou de Kaya de ses lèvres.

— Finalement, nous avons perdu tous les deux à ce jeu et je n'ai pas pu te montrer à quel point je suis drôle ! grommela Kaya, déçue. C'est nul !

La mine boudeuse de Kaya attendrit Ethan qui embrassa la joue de sa chérie tout en laissant échapper un léger rire.

— C'était une tentative pour le moins originale, je l'avoue. Tu as quand même réussi à me faire rire, donc tu as à moitié gagné. La prochaine fois, tu y arriveras. De toute façon, tu deviens drôle quand tu fais de l'humour par accident. Souviens-toi de mon fou rire au gala à propos de tes pieds. Quel moment d'anthologie !

Kaya grimaça devant son air moqueur, puis réalisa que cet intermède avait dissipé l'anxiété d'Ethan. Tout n'avait pas été vain. Elle s'étonna même de leur nouvelle entente et des propositions qu'elle souhaitait partager avec lui.

Ça me rappelle les moments avec Adam. Nous avions cette grande complicité que je ressens aussi avec Ethan depuis peu. Suis-je en train de vraiment tomber amoureuse de toi, Ethan ?

Elle regarda la poignée de la porte.
Que cache-t-elle ?
Ethan remarqua son regard vers la maison.
— Tu t'interroges ? lui demanda-t-il alors.
— Je mentirais en disant le contraire. Il y a à la fois de la curiosité, de la nervosité, de l'inquiétude, et quand je vois l'anxiété qui t'entoure, ça me laisse encore plus perplexe.
— Je crois que je le suis un peu aussi. J'ai la même sensation. J'ai très envie que tu entres, mais ça m'oppresse, parce que...
— Je suis une femme. Je sais...
— Parce que je vais devoir te dire certaines choses sur moi surtout... Des choses dont je ne suis pas vraiment fier.
Kaya se saisit de la main d'Ethan.
— On y va ? lui proposa-t-elle. Prêt ? On a le temps pour les confessions !
Ethan hocha la tête. Il posa sa main sur la poignée et ouvrit enfin la porte.
— Attends-moi là deux secondes. Je dois éteindre l'alarme.
Rapidement, Ethan réapparut. Il activa l'interrupteur et les lumières s'allumèrent, laissant à Kaya la possibilité de voir la pièce principale. Dans un premier temps, elle fut surprise du décalage avec son appartement de Paris. Si celui de Paris était typiquement l'habitat d'un homme posé, rigoureux, mature, tout semblait plus désordonné ici. Il y avait à la fois une atmosphère adulte et enfant qui régnait.
Comme un enfant qui a grandi trop vite...
— Il y a un peu de ménage à faire parce que ça fait un moment que je ne suis pas venu et il faut allumer le poêle pour chauffer les pièces.
Kaya observa immédiatement Ethan. Il demeurait mal à l'aise, sur la défensive, comme s'il avait peur de perdre quelque chose d'important à chaque pas qu'elle faisait, à chaque regard qu'elle

posait sur ce salon. Rien à voir avec son attitude assurée lorsqu'elle avait découvert son appartement à Paris.

On dirait que l'enfant en lui ressort ici.

— On fera un peu de ménage, répondit-elle calmement. Ce n'est pas grave.

La première chose qu'elle remarqua au milieu du mobilier courant d'un salon, c'était le baby-foot et le panier de basket. Elle remarqua également plusieurs consoles de jeux sous la télévision et une collection de paires de baskets contre un mur. Une kitchenette se trouvait face à eux, derrière le salon. Une porte-fenêtre semblait donner sur une terrasse derrière. Trois portes sur sa gauche finissaient de compléter la maison.

— C'était un… ancien magasin de vélo. Quand Charles l'a vu en vente, il n'y avait que quatre murs, mais il en a fait l'acquisition pour moi…

— Il y a eu beaucoup de travaux, je suppose…

— Si je voulais mon propre chez-moi, je devais mettre la main à la pâte. Nous avons fait tous les travaux tous les deux, Charles et moi. On a appris sur le tas. Il y a eu des échecs, des coups de sang, puis des joies, de beaux résultats aussi. J'ai appris qu'il fallait construire pour obtenir un résultat.

— Trouver des objectifs à réaliser !

Kaya lui sourit alors de façon entendue. Ethan s'esclaffa en réponse.

— Charles dit que toute autonomie commence par savoir tout faire soi-même. J'ai donc appris avec lui quelques rudiments en électricité, plomberie, maçonnerie, menuiserie… Ce fut un bon apprentissage. Il n'était pas particulièrement un cador en rénovation, donc on a appris ensemble.

— Tu as pu construire avant tout une complicité avec Charles, ce n'est pas rien. Vous avez créé de magnifiques souvenirs ensemble. Un beau partage entre un père et son fils adoptif.

L'évocation de cette partie de sa vie accentua un peu plus la gêne d'Ethan à considérer Charles comme un père aujourd'hui, bien qu'il accordât du crédit aux paroles de la jeune femme. Kaya se saisit de sa main pour montrer sa présence et sa complicité sans jugement. Pourtant, Ethan éprouva de plus en plus de mal à respirer. La crise d'angoisse s'accentuait et rappela à Kaya celle qu'il avait eue au gala de Magnificence. Très vite, elle porta sa main sur son dos et tenta de calmer sa respiration erratique.

— Ethan, tu devrais t'asseoir. Tu ne gères plus. C'était finalement une mauvaise idée.

Ethan recula et s'appuya contre la porte d'entrée. Il chercha l'air nécessaire pour soulager son angoisse, mais celle-ci persistait. Kaya se posta alors devant lui et posa ses deux mains sur son torse pour établir une connexion directe avec lui.

— Ethan, regarde-moi !

Pris dans sa panique, Ethan garda son visage orienté vers le plafond pour optimiser le passage de l'air dans sa gorge.

— Ethan, regarde-moi ! répéta Kaya plus sévèrement.

Cette fois-ci, Ethan obéit et fixa son regard sur le sien.

— Tout va bien ! déclara-t-elle alors doucement, avec un petit sourire.

Elle appuya plus fortement sur sa poitrine qui se soulevait et redescendait rapidement. Ethan laissa glisser son regard sur les mains de Kaya posées contre ses cicatrices.

— Calme-toi. Tout va bien. Tu l'as dit toi-même : « ce n'est pas pareil parce que c'est moi. » Toi… et moi ! Il n'y a pas de panique à avoir. Tu n'es pas en danger.

Elle fit un pas pour se coller contre lui et posa un baiser sur sa joue.

— Tout va bien... Je ne suis pas ton ennemie.

Ethan ferma les yeux pour faire le vide. Il se concentra sur les lèvres, le souffle et la voix de Kaya.

— Calme-toi... juste toi et moi... Nous deux. Notre couple. On ne fait qu'un.

Ethan prit les mains de Kaya posées sur son torse et les porta autour de son cou, puis lui serra la taille.

— C'est ça ! Tout va bien.

Sa respiration commença à reprendre un rythme plus régulier. Son odeur d'abricot dans ses narines le ramena en terrain familier. Kaya se blottit contre lui un peu plus et déposa un nouveau baiser sur sa tempe.

— C'est bien. Concentre-toi sur moi. Où veux-tu que je pose mon prochain baiser ?

Ethan se mit à sourire immédiatement.

— Tu passes à la vitesse supérieure ? On n'est plus sur les mains caressantes, mais sur les baisers déposés sur le corps, maintenant ?

Kaya se mit à rire également.

— Il faut bien recentrer ton attention sur quelque chose qui te parle !

Ethan lui fit finalement face, la respiration retrouvée, le regard coquin.

— Je veux des bisous partout sur le corps, si c'est ce que tu me demandes. Je pense que je serais complètement serein, calmé, s'ils sont tous ancrés sur ma peau. Comme pour toi...

Les sourcils de Kaya se levèrent devant la séduction retrouvée de son amant, mais aussi devant son allusion concernant leur jeu des suçons.

Pourquoi est-ce que j'ai l'impression de m'être piégée toute seule ?

Ethan posa son front contre le sien.

— Tu devrais commencer par mes lèvres ! lui chuchota-t-il. Ce serait un bon début. Pour éradiquer le mal, il ne faut pas des baisers chastes. Il faut taper là où c'est le plus efficace, de façon forte !

Kaya se pinça les lèvres, puis sourit.

— Est-ce vraiment utile ? Tu sembles aller beaucoup mieux. Regarde ! Ta crise semble être passée.

Devant l'évidence, Ethan sourit en se mordant également la lèvre inférieure. Puis, il feint à nouveau une respiration difficile pour justifier le besoin de tous ces baisers pleins de promesses.

Kaya pouffa et lui accorda son baiser sur la bouche. Un baiser en appelant un autre, Ethan en vola un second, puis un troisième avant que leurs langues ne se retrouvent. Ethan laissa échapper un soupir de soulagement.

— Par moments, je me dis que je m'embarque avec toi dans quelque chose de dangereux et par d'autres, je me dis que tu es sans doute ce qui me sauve, me sort la tête hors de l'eau.

— Et en cet instant, je suis quoi ?

— Quand on s'embrasse, tu es l'oubli de tout. Il n'y a plus de bien ou de mal, juste l'oubli, le vide, la légèreté. J'abandonne tout et ne pense plus à rien. Plus de passé, de présent ou d'avenir. Je suis juste dans une bulle où tout me glisse dessus et m'indiffère.

— Et tu aimes ces moments ?

— Ils me reposent.

— Et là, tu veux te reposer ?

Ethan hocha la tête.

— Ça ne te dérange pas si on fait la visite de la maison plus tard ? lui demanda-t-il alors.

Kaya secoua la tête négativement.

— Dans ce cas, laissons tout cela de côté et partons tout oublier... toi et moi. Je vais te présenter mon super lit d'ado !

Kaya se mit à rire, puis Ethan s'écarta pour lui prendre la main et la conduire dans sa chambre.

6

RECONNAISSANT

Kaya se réveilla dans les bras d'Ethan, avec une sérénité assez nouvelle. Elle était incapable de trouver l'origine de cette sérénité, si ce n'était peut-être le fait qu'elle était plus détendue depuis qu'elle réalisait que sa relation avec Ethan prenait un nouveau tournant, une profondeur nouvelle, une complicité plus forte. Elle caressa les cheveux de son amant toujours endormi, avec un petit sourire. Elle le trouvait mignon. Ethan ouvrit les yeux, pas insensible à son geste. Il se blottit alors contre elle et grogna.

— Bonjour ! lui dit-elle alors. Bien dormi ?

Ethan grogna à nouveau et changea de position, la tête entre ses seins.

— J'ai faim ! lui déclara-t-elle ensuite.

Ethan soupira. Kaya sourit tout en lui caressant des mèches de cheveux.

— Puisque tu vas bien, tu vas pouvoir me faire visiter cette maison…

Ethan grogna une nouvelle fois, peu enclin à jouer les guides.

— Tu ne souhaites plus que je rencontre cette partie de ta vie ?

Ethan saisit de sa bouche un de ses tétons sous son nez et commença à jouer avec.

— Monsieur Abberline, n'essayez pas d'ignorer mes paroles en vous distrayant avec mon corps !

Sans davantage répondre, Ethan attrapa le drap et se cacha dessous avant de reprendre son activité matinale. Kaya leva les yeux.

— Ethan...

Il la serra par la taille.

— On a le temps, non ? finit-il par dire, toujours sous les draps. Je veux profiter un peu de toi dans mon lit.

Kaya fronça les sourcils.

— Tu tentes de gagner du temps !

Elle le bouscula alors et s'extirpa de ses bras et du lit à la hâte. Elle ouvrit l'armoire à côté tandis qu'Ethan soupirait à nouveau. Elle attrapa une des chemises de son amant et l'enfila.

— Puisque tu préfères ton lit, je ferai ma visite toute seule et je prendrai donc mon repas également TOUTE SEULE !

Elle quitta la chambre, le pas rapide, et claqua la porte.

— Ne t'agace pas ! s'époumona Ethan, avant de frapper les draps du poing et de se lever à son tour. Il enfila vite son caleçon et sortit de la chambre. Il la trouva alors à côté du baby-foot. Lentement, en silence, il s'approcha d'elle.

— De jour, la pièce est finalement très lumineuse... déclara-t-elle, tout en touchant une des poignées du baby-foot.

Soulagé de ne plus la voir aussi agacée, Ethan se positionna face à elle, au niveau du camp adverse. Il attrapa la balle dans le récupérateur de balles et la jeta au centre du terrain.

— Oui, le Sanctuaire est bien orienté. Le matin, le soleil est côté terrasse, et le soir côté entrée. Le salon reste donc la plupart du temps bien éclairé. Cool pour les économies d'électricité !

Tous deux commencèrent à jouer. Entre deux regards vers l'adversaire et un sourire jaugeant le niveau de l'autre, une discussion démarra.

— Tu y as beaucoup joué ? Le centre du terrain est bien usé.

— Avec Charles, oui. On se détendait avec, entre deux travaux.

Kaya prit un premier but. Elle grimaça devant le sourire vainqueur d'Ethan. Elle rejeta la balle au centre tandis qu'Ethan ramena à lui un pion du compteur pour montrer qu'il avait marqué un point.

— Tu as de la chance ! Je t'envie un peu d'avoir encore un père...

Ethan regarda alors Kaya, interpellé par sa remarque plutôt mélancolique. Cette dernière profita alors de sa seconde d'inattention pour marquer son but. Ethan regarda de façon impuissante ses buts, puis entendit la balle rouler vers le récupérateur de balles. Kaya lui tira la langue en réponse et ramena son pion de marquage vers elle.

— Égalité ! s'exclama-t-elle.

— Tu as fait une roulette ! rétorqua Ethan. Ce n'est pas jouer, ça ! Il n'y a rien de technique, de construit. C'est du hasard ! Au mieux de la chance ! Et tu joues en plus sur ma compassion ! C'est de l'antijeu !

Kaya se pencha au-dessus du baby-foot et le fixa avec un petit sourire.

— La chance crée aussi de belles opportunités. Un plateau de coupes de champagne sur un costard et regarde ! Tu joues au baby-foot avec moi chez toi, à New Haven !

D'abord un peu décontenancé, Ethan se mit à sourire. Kaya était la déraison, le grain de folie et d'imprévu dans sa vie. Il ne pouvait effectivement calculer grand-chose avec elle. Il subissait le hasard. Toutes ces choses qu'elle ne mesurait pas et qui faisaient de sa vie avec elle un festival de surprises. Il se pencha vers elle et frotta son bout du nez contre celui de sa belle. Kaya loucha sur le visage de son petit ami et rougit devant son geste.

— Tu as raison. Le hasard, la chance, c'est bien parfois. Mais le foot, c'est le foot ! On joue avec des règles. Et les règles sont faites pour être respectées. Pas de roulette !

Kaya se recula, pleine de défis.

— J'ai l'impression de revoir le prof de Mario Kart devant moi ! Ce n'est pas toi qui m'as dit que tu serais plus doux, plus souple si je sortais avec toi ? Castrateur !

Ethan se figea et bomba son torse face à cette appellation négative. Il examina attentivement chaque détail du visage de sa partenaire de jeu et sourit.

— Si tu perds, je te montrerai toute ma douceur et te consolerai ! Un mal pour un bien, Kaya ! Un mal pour un bien...

Kaya lâcha les poignées du baby-foot et croisa les bras. Elle fit une moue dépréciative et, tout à coup, lança une nouvelle roulette pour montrer son désaccord.

— Leçon nulle ! Je ne joue plus avec toi !

Elle s'éloigna alors du baby-foot, sous le regard consterné d'Ethan.

— Ah ! Donc les règles ne te conviennent pas, tu réinventes le jeu et tu abandonnes si on ne suit pas TES règles ? C'est quoi ce comportement de gamine égoïste ?!

Kaya répondit par son majeur en l'air à Ethan.

Ça faisait longtemps que tu ne me l'avais pas fait !

— Tu veux me le mettre où ?

La bouche de Kaya fit un O. offusqué en voyant la défiance séductrice d'Ethan. Ce dernier se mit à rire avant de reprendre un air sérieux.

— Parfait ! coupa-t-il court aux allusions salaces. Je ne t'ai pas attendue pour y jouer. Tant pis pour toi !

— Je peux très bien m'en passer ! rétorqua-t-elle alors. Je l'ai bien fait jusqu'à présent.

Elle ouvrit alors les frigos dans la cuisine et grimaça.

— Tu n'as rien à manger ?
Ethan s'approcha alors du frigo.
— Tout dépend s'il y a roulette ou pas dans l'affaire…, lui souffla-t-il dans l'oreille.

Kaya frappa son ventre en réponse, puis fouilla les placards sans plus d'égard sur les craintes d'Ethan à la voir entrer dans sa vie et dans le quotidien de cette maison. C'est ainsi qu'elle remarqua un détail qui la bloqua. Elle s'agenouilla et toucha le mur.
— C'est…
— … le même tableau que sur mon téléphone, oui.

Kaya regarda alors Ethan pour évaluer sa réaction. Il ne semblait ni sur la défensive ni dans l'angoisse. Il alla alors s'asseoir à côté d'elle.

Un grand tableau noir était collé sur un des murs de la cuisine, sous des étagères. Il devait mesurer un mètre de haut et partait du sol. Kaya pouvait retrouver les deux mêmes colonnes qu'Ethan lui avait montrées sur son téléphone, avec les mêmes préceptes : ce que je veux et comment je l'obtiens. Kaya toucha instinctivement la première colonne du bout des doigts, en se rappelant qu'Ethan avait écrit son prénom dans cette colonne sur son téléphone. Elle sourit alors, réalisant que les moyens qu'il mettait pour y parvenir étaient plutôt efficaces au regard de l'évolution de leur couple.

Elle s'aperçut de deux détails concernant le tableau : son usure et…
— Un chien ? Tu veux un chien ?
Ethan sourit et se frotta le nez, un peu gêné.
— Merde ! Je suis démasqué !
Il passa sa main dans les cheveux.

— C'est… une idée qui trotte dans ma tête depuis longtemps, mais Paris, mon appartement et mes allers-retours avec les États-Unis, ça serait trop compliqué.

— Mais tu le gardes en projet sur le tableau…

— Parce que je n'ai pas trouvé le moyen d'atteindre mon… objectif. Je pourrais très bien le mettre en pension quand je pars, mais ce n'est pas une vie que je souhaite pour mon chien.

Kaya remarqua alors qu'Ethan avait bien plus grand cœur qu'il ne souhaitait le montrer.

— Tu pars dans l'idée de toujours les atteindre, tes objectifs ? Coûte que coûte ?

Elle contempla une nouvelle fois le tableau et son usure. Le silence d'Ethan confirmait son impression.

— Tu en as atteint beaucoup…

— En vingt ans, il vaut mieux ! s'en amusa Ethan.

Kaya lui sourit, concédant la pertinence de sa remarque. À homme obstiné, rien n'est impossible.

— Quel objectif as-tu atteint ? osa-t-elle lui demander.

— Tout ce que tu vois autour de toi fait partie des objectifs atteints. Il n'y a que le baby-foot que Charles m'a offert. Le reste, c'est de la débrouille, des efforts, des économies, de l'huile de coude, du temps.

— Des objectifs matériels… je suis un objectif matériel ? Tu m'as mise dans la première colonne…

Ethan sourit.

— Tu es un objectif ovni. J'ai des objectifs matériels, moraux, mais toi, c'est un nouveau type d'objectif.

Il attrapa alors la craie et commença à écrire sur le tableau. Sur la première colonne, il apposa à nouveau le prénom Kaya. Puis, il hésita. Kaya remarqua son temps de pause. Il l'effaça pour écrire finalement « le cœur de Kaya ». Il corrigea une seconde fois et ajouta princesse. Kaya put donc lire « le cœur de Princesse Kaya ».

Dans la seconde colonne, il posa la craie et la laissa glisser tranquillement, le regard vif et le sourire en coin. Dans les moyens pour parvenir à obtenir son cœur, Kaya put lire : « l'embrasser partout et tout le temps ». Il ajouta « lui dire des mots doux », « lui cuisiner des bons petits plats ».

Kaya écarquilla les yeux à cette idée, ne l'imaginant pas faire la cuisine. Ethan sourit un peu plus en voyant ses réactions. Il continua à rédiger sa liste : « dormir toutes les nuits avec elle », « lui faire plein de câlins et de cadeaux ». Kaya fronça les sourcils. Ethan comprit vite pour quelle raison et se mit à rire.

— Je n'ai donc pas le droit de te faire des cadeaux sans que ma gentillesse soit remise sur le tapis ?

— Pas de façon déraisonnable, insouciante et répétée.

— Tu souhaites me brider pour que je ne souffre pas de ma générosité. C'est mignon... et ça me blesse aussi, car j'en ai très envie. Je ne veux plus être frustré sur tout ce qui te touche, Kaya.

Il continua à écrire sur le tableau, mais hésita un instant à énoncer l'idée suivante, une fois le tiret tracé. Il se gratta la joue avec l'index, tout en fixant son tableau. Il semblait gêné. Il baissa les yeux un instant, puis soupira et se lança. Kaya put lire alors « partager ma vie passée, présente et future avec elle ». Kaya tiqua non pas sur le présent, mais sur ses intentions concernant leur passé et leur avenir. Il se projetait dans un avenir à deux. Il n'envisageait pas l'échec de leur relation. Au point de vouloir partager son passé avec elle pour mieux appréhender l'avenir à deux ?

Il jeta un œil vers Kaya qui le fixait à présent. Rien que cette phrase lui permettait de confirmer à quel point Ethan estimait le caractère sérieux de leur relation.

— Ethan, parle-moi de ce tableau...

À travers cette demande, Ethan sonda les intentions de Kaya.

— Que veux-tu que je te dise de plus ?

— C'est une… thérapie ?

Ethan resta un instant silencieux, puis observa à nouveau son tableau avec nostalgie.

— Oui. En quelque sorte. C'est Cindy qui en a eu l'idée. Elle pensait que ça m'aiderait à… me reconstruire. Elle n'a pas eu tout à fait tort. Je me suis construit ainsi.

— Elle a vu ta force mentale…

Ethan frotta son pouce avec son ongle, signe qu'il tentait de gérer au mieux l'évocation de son passé.

— Sans doute. Elle est partie du principe qu'il fallait que je construise mon futur moi. Un moi comme je l'entendais, en… oubliant ce que j'étais. Une sorte de remise à zéro pour que je ne replonge pas.

— On n'efface pas ce que l'on est ! se révolta Kaya. Un nouveau toi ? Pour être quoi ? Un connard ? Est-ce vraiment mieux ?

— Je voulais faire table rase de ma vie. Je ne m'aimais plus et c'est la solution qu'elle a trouvée. Pour apprendre à m'aimer, je devais devenir un homme et oublier… l'enfant.

Kaya s'approcha de lui, lui fit ouvrir ses bras et se mit à califourchon sur lui. Tous deux toujours assis sur le sol, ils s'embrassèrent alors, ressentant le besoin de ce répit.

— Dis-moi quelles souffrances as-tu subies pour vouloir devenir quelqu'un d'autre ? Comment ces cicatrices sont venues sur ton torse ?

Kaya lui caressa la joue et ne lâcha pas le contact avec lui. Nez contre nez, front contre front, elle lui avait soufflé la possibilité de se confier à elle tout en montrant qu'elle était là. Ethan hésita. Il voulait se livrer, mais avait peur de la façon d'aborder le sujet sans la choquer.

— C'est… Stan.

— Et qui est Stan ? lui demanda-t-elle rapidement pour ne pas lui laisser le temps de réfléchir et reculer.
— L'homme que fréquentait ma mère biologique à l'époque... mon beau-père si on veut.

Kaya lâcha un soupir et ferma les yeux. Elle se sentait soulagée et heureuse ; il lui parlait. Ils avançaient.
— Était-il violent ? osa-t-elle l'interroger.
— Il pouvait l'être. Il l'a plus été avec ma mère qu'avec moi.
— Il la frappait ?
— Il pouvait... si elle faisait mal les choses.

Kaya se sentait un peu frustrée. Elle voulait qu'il soit plus expansif. Il lui disait le strict minimum. Il faisait bien un effort, elle en était consciente. Pourtant, ça ne lui suffisait pas.
— Et toi, aussi, tu as... mal fait les choses ?
— Oui.

Ethan décolla son visage de Kaya. Celle-ci paniqua à l'idée qu'il ne lui en dise pas plus. Elle savait qu'elle ne devait pas lui demander ce qu'il avait fait de mal. C'était trop tôt. Il reculerait. Elle devait rester concentrée sur la punition.
— Et donc, il t'a puni... c'est quand même très... violent !
Elle toucha son torse. Les boursouflures de ces cicatrices accrochaient ses doigts.
— Tu as dû avoir très mal...
Ethan observa ses doigts qui le caressaient délicatement. Il y avait encore quelque temps, personne n'aurait osé ce geste envers lui. Même Claudia. Si elle pouvait toucher son torse, elle n'avait jamais osé toucher ses cicatrices. Aucune femme n'y était autorisée avant Kaya. La jeune femme avait changé beaucoup de choses en lui. Était-il en train de faire la paix avec l'enfant blessé qu'il était ?
— Oui, très mal. Je me suis même évanoui de douleur.

Kaya ne cacha pas sa peine et son trouble. Sa compassion allait au-delà du respect qu'elle portait pour Ethan et des sentiments qu'elle pouvait éprouver. Elle imaginait l'enfant. Du moins, le jeune adolescent. Ses espoirs et ses désillusions…

— Com… comment t'a-t-il fait cela ?

Ethan attrapa la main de Kaya et l'éloigna de ses cicatrices, comme si c'était suffisant, qu'elle avait eu son temps et qu'elle devait maintenant se retirer. Il la déplaça ensuite sur le côté et se leva. Kaya s'inquiéta. Il mettait fin à la confidence par cette mise à distance.

— Ethan ! Pardon ! Je ne voulais pas…

Il la contempla, bien conscient qu'elle voulait la réponse à sa question, et continuer leurs discussions. Kaya remarqua immédiatement son changement d'attitude. Son visage était à présent fermé, ses prunelles plus noires, plus glaçantes.

— Il a coupé ma chair en deux avec une lame de couteau. Lentement. Il a pris son temps pour que je comprenne bien la leçon. Comme une marque ne lui semblait pas suffisante comme punition, il en fit une seconde. La douleur fut si intense que j'en ai perdu la notion d'espace et de temps. Je voulais juste qu'on m'oublie, qu'on me tue une bonne fois pour toutes. Puisque je n'ai pas le droit au bonheur, puisque la vie est solitude, l'amour est souffrance, pourquoi vivre ?

La colère émanait de lui plus que la déception ou la désillusion. Il était sec dans ses propos, comme s'il n'y avait pas eu d'autre issue pour lui à ce moment-là. Instinctivement, Kaya fonça sur lui pour le prendre dans ses bras. Ce geste inattendu fit perdre de la contenance à Ethan. Kaya cassait volontairement la gravité de ses paroles en lui apportant son réconfort, sa douceur, sa présence dans sa solitude.

— C'est fini ! lui dit-elle alors, la tête contre son torse. Tu n'es plus seul. On ne peut plus te blesser de la sorte.

Ethan ne bougea pas. Kaya venait de lui couper l'herbe sous le pied en renvoyant son amertume, sa tristesse et sa colère au vestiaire. Leur terrain de jeu ne prévoyait pas ce genre d'attitude solitaire. Le match entre eux deux n'acceptait pas ces règles et Kaya le lui rappela volontiers par cette étreinte.

— Ce que tu as vécu est... horrible. Je ne comprends pas comment on peut en arriver à faire subir cela à un enfant quelque soit son erreur. C'est inadmissible ! A-t-il lui aussi été puni ?

— Il m'a sauvé ! trancha alors Ethan.

Kaya se recula, ne comprenant pas pourquoi Ethan persistait à le protéger.

— Comment peux-tu dire cela ? Regarde-toi ! Tu refuses que l'on te touche, tu as un blocage évident et tu cautionnes ce type ? Tu cautionnes ces marques qui te pourrissent le moral ?

Ethan sentait sa colère revenir encore plus forte. Oui, il protégeait Stan. Il ne lui avait jamais tenu rigueur de son geste. Il n'avait gardé en tête que sa leçon.

— Il s'est comporté en père. Un père particulier dans ses méthodes, mais il m'a remis sur le droit chemin.

Kaya ne comprenait plus.

— Cette punition n'était pas nécessaire. Du moins, pas de cette façon !

— Elle l'a été ! coupa durement Ethan. Il me fallait cet électrochoc. Il fallait que j'ouvre les yeux ! Il fallait que je voie la vérité en face et je l'ai vue, comme il l'espérait. Quelque part, il m'a offert un nouveau départ avec cette leçon de vie. Je lui dois ma nouvelle vie.

Kaya ne savait plus quoi dire. Elle était sonnée par son attitude reconnaissante auprès d'un homme qui l'avait blessé physiquement de la pire manière qui soit. Le regard franc d'Ethan lui indiquait qu'il n'en démordrait pas. Rien ne le ferait changer d'avis.

— Les cicatrices sont un rappel permanent de mon erreur ! ajouta-t-il. Elles sont là pour me sauver de moi-même, pour me dire que je dois les assumer autant que les remercier de la force qu'elles me donnent pour lutter contre ma faiblesse.

— Quelle faiblesse ? osa lui demander Kaya. Celle d'être trop gentil ?

— Entre autres…

Ethan ne la quitta pas des yeux. La discussion avait pris une tonalité grave depuis quelques minutes. Il savait qu'ils flirtaient avec le sujet dont il refusait de parler : Sylvia, sa mère. Pourtant, en cet instant, il réalisait qu'il avait beaucoup de mal à rebâtir des limites, des barricades avec Kaya. Sa colère, sa frustration et son écœurement profond ressortaient et il éprouvait beaucoup de mal à tout contenir. Kaya soupira. Elle réalisait que son rapport avec ces cicatrices était plus ambigu qu'elle ne le pensait. Tout aussi ambigu que son passé et ce qui le composait.

Elle leva la main vers son torse. Ethan fixa ses doigts se rapprochant de lui, la mâchoire palpitant sous le stress et la réserve. Pourtant, les doigts de Kaya restèrent devant ces cicatrices sans les toucher. La jeune femme les fixait comme si elle cherchait à les comprendre, comme si elle ne voulait pas les offenser davantage. Elle contempla leurs tailles, leurs boursouflures les composant, leurs aspérités et les endroits où elles semblaient plus rouges, plus douloureuses.

Ethan attrapa sa main et la posa dessus, comme pour rétablir le contact qu'il avait repoussé plus tôt et dire à Kaya que malgré cela, elle restait la seule à pouvoir les toucher ainsi et que ça lui convenait. Kaya fixa les yeux d'Ethan. Elle pouvait y lire de la tristesse malgré la dureté de sa réalité. Leur échange les avait tous les deux perturbés. Ils avaient été secoués chacun à leur manière par ces révélations. La poitrine d'Ethan se soulevait et se rabaissait en même temps que les deux mains posées dessus.

— Ne dis rien ! déclara alors Ethan. Il n'y a rien à dire. Tu n'as pas à être désolée, peinée ou gênée. Je n'attends rien de cela de ta part.

Kaya aurait voulu lui répondre, mais ne savait plus quoi dire. Finalement, il lui facilitait les choses et elle s'en désolait. Elle voulait l'aider et c'était finalement lui qui s'adaptait encore à elle. Elle baissa les yeux vers les stigmates sur sa poitrine. Elle ne pouvait qu'être là pour elles ; elle ne pouvait rien soigner. Elle posa alors son front sur son torse et soupira à nouveau.

— Ethan, je suis contente que tu m'aies raconté cela, même si j'ai du mal à comprendre le lien que tu as établi avec ton beau-père de l'époque et ce qu'il t'a fait. Je vois que tout est complexe chez toi et je commence à comprendre pourquoi tu recules lorsqu'il faut parler de ton passé. Mais sache que je ne veux pas te juger.

— Je sais. Ce que je te raconte est difficile à comprendre.

Kaya posa son autre main sur sa bouche pour le faire taire et pour qu'elle puisse continuer son discours.

— Je veux que tu continues à me raconter ton passé comme tu l'as fait et je ne veux pas que tu croies que je suis contre tes choix, tes opinions. C'est juste que je veux ce qu'il y a de mieux pour toi et que je me demande si tes choix sont pertinents.

— Je sais…, répondit-il entre ses doigts. Je sais, Kaya. Je m'agace, je peux être dur et crier, mais je sais que tu réagis de façon logique pour une personne extérieure à mes problèmes.

Kaya retira sa main des lèvres d'Ethan.

— Tu as les mêmes réactions que Cindy, Charles ou encore ceux de l'orphelinat ! continua-t-il. Je sais que ma façon de penser choque, que je suis à contre-courant, mais c'est ainsi. Ces cicatrices, elles sont ma vie. Elles m'ont construit. Elles m'ont rendu plus fort. J'ai besoin d'elles.

Kaya regarda ses doigts toucher les boursouflures comme si elles étaient devenues une entité à part entière vivant en symbiose avec lui. L'une ne pouvant exister sans l'autre, les deux parties ne faisaient plus qu'un : Ethan, l'homme qui était devenu son petit ami.

Finalement, elle finit par en sourire, réalisant que comme d'habitude entre eux, rien ne changeait réellement. Tout était bizarre avec lui. Maintenant, elle était devenue la petite amie de ses cicatrices aussi. Elle pouffa à cette idée, déstabilisant au passage Ethan, intrigué par sa légèreté soudaine.

— Qu'est-ce que je t'ai dit qui te fait rire ?

— Rien ! Juste l'impression de sortir avec une sorte d'extraterrestre, un monstre qui a un symbiote en lui, sur sa poitrine, qui régit le comportement de son hôte. Avoue que c'est bizarre et que je suis aussi bizarre que toi à l'accepter en riant.

Ethan grimaça en l'écoutant divaguer, puis sourit à son tour de son imagination galopante. Il était bien un monstre. Quelque chose d'horrible, de répugnant. Même si elle ne voyait pas la gravité de sa monstruosité, il voulait en cet instant avoir un peu d'espoir : celui d'être accepté malgré l'infamie qu'il avait commise. Il entoura de ses bras son cou et la serra contre lui. Il avait besoin de cette étreinte. Il la serra tellement fort que Kaya en gémit, complètement bloquée contre lui.

— Tu peux geindre, je ne lâcherai rien !

— Tu me broies les os !

— Tu ne m'échapperas pas comme ça !

— Je ne comptais pas m'échapper ! Tu me fais mal !

— C'est fait exprès !

— Donc, c'est ça ! Tu te venges ?

— Non, je prépare le terrain ! Dans une minute, on pourra ainsi se réclamer un réconfort mutuel !

— Pfff ! Tu n'as pas besoin de m'écraser pour cela !

— Bien sûr que si ! Je veux te câliner aussi.

— Alors, fais-le ! Tu n'as pas besoin d'excuses maintenant que je suis ta petite amie !

Ethan desserra immédiatement son étreinte et la fixa.

— Ah oui… c'est vrai !

Il se mit à rire, ahuri par le fait qu'il réalise encore difficilement qu'ils avaient réellement avancé dans leur relation. Il lui attrapa la main et l'embrassa.

— C'est vrai, je n'ai plus besoin de créer un moment de réconfort mutuel. Il n'y a plus cette obligation… pourtant, là, maintenant, j'ai envie de revenir à cet état…

Kaya fit une moue perplexe. Elle lâcha la main qu'Ethan venait de kidnapper et se dirigea vers le tableau. Elle se saisit de la craie et inscrivit dans la colonne des objectifs : « câliner Ethan », et dans l'autre colonne, celle des moyens pour y parvenir : « de toutes les manières possibles ». Elle se tourna alors vers lui et vit un énorme sourire sur son visage. Il lui tendit la main pour l'inviter à réaliser cet objectif si cher à leurs yeux.

— Ne perdons pas de temps ! déclara-t-il alors. Si tu veux écrire sur mon tableau, je vais te donner quelques idées à rajouter. Je vais même me faire un plaisir de te les suggérer sous la couette !

7

DÉROUTÉ

— Tu te régales ?

Kaya hocha de la tête tout en savourant son hot dog. Ethan sourit. Il se souvint de leur repas au fast food ou lorsqu'ils avaient mangé des sushis sur le toit de l'immeuble. Elle avait aujourd'hui les mêmes étoiles dans les yeux, celles d'une personne qui était heureuse de vivre juste parce qu'elle dégustait à ses yeux une rareté : un simple hot dog. Elle se pencha tout à coup en catastrophe afin d'éviter de justesse la coulée de ketchup menaçant son manteau tout neuf.

Depuis quelques jours, ils vivaient un peu de façon insouciante. Ethan était convaincu du fait qu'ils formaient le couple parfait. Kaya, quant à elle, appréciait cette nouvelle relation et chaque nouvelle heure passée en compagnie d'Ethan. Ethan avait tout fait pour rattraper certaines erreurs. Il l'avait d'abord ramenée au zoo. Cette fois, ils l'avaient visité en amoureux, sans la présence de Claudia. Ethan ne lui avait pas lâché la main durant tout leur parcours animalier et avait été aux petits soins pour elle durant cette journée. Il avait été heureux de partager pour la première fois une promenade sans qu'il y ait l'arrière-pensée d'un contrat, d'un doute ou d'un geste mal interprété. Tout avait été limpide pour la première fois. Et depuis, il n'y avait pas eu l'ombre d'une dispute, pas un mot plus haut que l'autre. Tout semblait aller de soi. Ils se redécouvraient en quelque sorte. Ils étaient allés au restaurant, Ethan avait joué le guide touristique de la ville de New Haven qu'ils avaient traversée de long en large, il l'avait emmenée en bord de mer. Ils étaient également retournés à la maison des Abberline pour quelques repas. Claudia n'avait pas été offensive vis-à-vis de Kaya, mais restait toutefois distante. Cela suffisait à Ethan. Ils avaient également fait une balade à cheval, sur des chemins enneigés. Et aujourd'hui, le programme était un nouveau raté à reprendre de manière plus agréable : le shopping ! Cette fois-ci, Ethan avait laissé carte blanche à Kaya pour satisfaire ses envies shopping, et notamment au niveau du standing des magasins. La dernière fois, Claudia avait montré des goûts vestimentaires aux antipodes de ceux de Kaya. Ethan avait donc décidé de suivre Kaya selon ses goûts et son porte-monnaie. Si Kaya avait manifesté son refus qu'il lui achète quoi que ce soit, Ethan avait contourné le problème de façon à ce qu'elle se retrouve devant le fait accompli. Il avait donc payé deux sweats à capuche, en justifiant l'achat du vêtement de couple à porter ensemble. Kaya avait du mal à croire qu'il pouvait être aussi sensible à ce genre de détail qui relevait plutôt d'une requête typiquement féminine, en lisant sur le premier sweat « The King » et sur l'autre « His Queen ». Elle lui avait rétorqué qu'elle n'était pas une reine, mais une princesse, ce à quoi il avait ri tout en se moquant de sa soudaine compréhension de l'anglais. Il lui avait payé un manteau en douce alors qu'elle zieutait des bottes, servant l'excuse qu'elle allait finir par choper la mort avec son vieux manteau et qu'il ne souhaitait pas être contaminé par ses microbes. Au final, elle s'était contentée de se payer des gants plus chauds, refroidie par les élans trop généreux d'Ethan et de son porte-feuille. Et plus elle tentait de restreindre la folie acheteuse d'Ethan, plus il faisait tout pour justifier un achat pouvant la faire sourire d'exaspération. Elle ne doutait pas de son plaisir à vouloir lui faire plaisir, mais elle se sentait malgré tout mal à l'aise. Aussi, quand elle remarqua un vendeur de hot dog, elle se proposa d'en acheter en guise de repas de midi. Ethan avait commencé à sortir son portefeuille, mais le regard assassin de sa petite amie l'avait forcé à revenir sur sa décision. Elle avait sorti alors son billet fièrement et lui avait tendu son repas avec une certaine hâte à le voir y goûter.

Ethan croqua dans son hot dog avec le sourire. Même les repas avec elle avaient une tonalité adorable. Il aimait tout de ce qu'il vivait depuis qu'ils s'étaient installés au Sanctuaire. Il ne voyait aucun défaut à sa petite amie qui pouvait le rebuter vivement. Kaya se léchait les doigts avec malice.

— J'avais trop faim !
— Tu vas me dire que le shopping, ça te creuse !
— On a beaucoup marché.

Tous deux s'étaient assis sur un banc dans un parc. La parenthèse américaine faisait énormément de bien à Kaya. Le dépaysement que ce voyage lui offrait lui permettait de complètement occulter ses difficultés du quotidien. L'effet Ethan n'avait jamais été aussi probant que depuis qu'ils avaient accepté d'être un vrai couple. Elle ne pensait plus à ses dettes, à Barratero, à sa survie ou à son deuil. Ethan l'emmenait vers une vie tellement facile qu'elle redoutait maintenant le moment où la boucle allait revenir à son point de départ. Il y avait toujours des déceptions la conduisant à croire que tout était fini et qu'elle devait retrouver sa vie d'avant, mais il y avait aussi cette occasion in extremis qui sauvait son répit et l'aidait à repartir vers un positivisme effrayant. Et c'était la plupart du temps Ethan qui en était l'instigateur. Elle ne pouvait qu'admettre qu'il orientait son avenir. Il la forçait à apprendre à vivre en sa compagnie de n'importe quelle façon, pourvu qu'elle le suive.

— Rentrons ! lui proposa alors Ethan, tout en se levant du banc. Te voir te lécher les doigts me donne envie de te voir me lécher le corps.

Kaya regarda ses doigts et piqua un fard. Ethan s'amusa à voir son trouble, sa gêne. Il lui attrapa la main et la tira à lui pour poser ses lèvres sur celles de sa belle. Il grogna alors contre sa bouche.

— Faut qu'on joue tous les deux à se badigeonner le corps de nourriture. J'ai des fantasmes soudains de te voir te lécher tes lèvres, recouvertes de ketchup.

Kaya rougit de plus belle, s'imaginant la torture sexuelle qu'elle risquait de vivre si Ethan mettait en scène ses fantasmes coquins.

Ce sont les mains pleines qu'ils rentrèrent au Sanctuaire, Ethan lui glissant à l'oreille durant tout le chemin ses envies salaces qu'il comptait mettre à profit dès qu'ils auraient franchi le seuil de la porte. Lorsqu'ils arrivèrent devant la maison, Kaya remarqua une dame avec une poussette. Elle semblait être en difficulté. Ethan s'approcha d'elle.

— Hi ! Need help, Miss Lockwood ? déclara alors Ethan.

La dame sourit de façon soulagée à Ethan.

— Hello Ethan ! Quelle surprise ! J'avais aperçu la Mini devant, me laissant penser que tu étais chez toi.

Elle regarda la poussette d'un air embêté.

— Je pense que j'ai la roue coincée par quelque chose.

Kaya se précipita pour apporter son aide.

— Donne-moi les paquets, Ethan.

— Oh ! Bonjour ! lui dit Miss Lockwood. Vous êtes également française.

— Vous aussi ? En tout cas, vous le parlez parfaitement, malgré votre accent.

Miss Lockwood lui sourit aimablement.

— Je travaille pour une entreprise française basée à New Haven. Je suis donc bilingue par obligation.

Ethan examina la poussette, mais n'osa pas la toucher.

— Il faudrait que je puisse la soulever et que je la fasse rouler pour voir pourquoi le mécanisme bloque.

À l'écoute, Miss Lockwood se mit à sa disposition.

— Je vais récupérer Anton !

Elle sortit alors de sous la capote de la poussette un bébé d'environ huit ou neuf mois.

— Coucou mon bébé ! Come on! Come to me! Say Hi!

Le petit garçon aux yeux bleus avec un bonnet Pikachu vissé sur la tête regarda Ethan et Kaya avec indifférence, préférant se serrer davantage dans les bras de sa mère. Ethan s'empressa de vérifier la poussette pendant que l'enfant restait de bonne composition. Kaya commença à jouer avec le petit Anton, complètement charmée par ses yeux azur. Elle joua à cache-cache avec lui, avec son écharpe. Si ses premières tentatives furent un échec, elle finit malgré tout par lui faire décocher un petit sourire. Face à cette réponse adorable, Kaya et Miss Lockwood tombèrent en pâmoison devant les réactions du bébé. Ethan regarda d'un œil agacé Kaya agir avec ce bébé. Il s'accroupit, cherchant à trouver rapidement la solution au problème de la poussette pour couper court à quelque chose qui le mettait mal à l'aise.

— Souhaitez-vous le prendre dans vos bras ? lui proposa alors Miss Lockwood.

Kaya hésita et finalement sourit. Elle posa les paquets remplis d'emplettes au sol.

— Si Anton veut bien, alors ce sera avec plaisir.

Ethan écarquilla les yeux en la voyant tendre les bras pour réceptionner le bébé. Anton sonda Kaya, comme s'il cherchait une confiance dans le visage de la jeune femme et accepta finalement de venir dans ses bras. Kaya s'en trouva très touchée, mais un peu maladroite, n'ayant pas l'habitude de composer avec un bébé.

— Coucou Anton ! Tu es un magnifique petit garçon !

Elle lui attrapa sa petite main et lui caressa ses petits doigts. Ethan observa Kaya sourire au bébé et son cœur se serra. Il regarda ensuite la poussette et son visage s'assombrit. Il trouva alors un caillou coincé dans les rouages de la roue, l'empêchant de tourner normalement. Il se releva et secoua fermement la poussette, sous les yeux surpris de Miss Lockwood et de Kaya. Il fit ensuite rouler la poussette. Miss Lockwood sourit alors en voyant sa poussette rouler à nouveau normalement.

— C'était un caillou… déclara gravement Ethan.

— Merci Ethan ! Toujours aussi serviable.

— Tu as vu, Anton ? fit Kaya au bébé tout en le berçant un peu. Ethan a réussi à débloquer ta poussette ! Il est trop fort !

Ethan lança un regard froid au bébé et à Kaya, ce qui surprit cette dernière.

— On vous laisse ! fit alors Ethan à Miss Lockwood.

Miss Lockwood se trouva un peu prise au dépourvu par le ton expéditif d'Ethan. Elle reprit Anton des bras de Kaya, tout aussi coupée dans son élan de baby-sitter improvisée. Ethan passa à côté de Miss Lockwood sans plus de considération et se saisit des sacs de shopping déposés au sol avant de les quitter pour se diriger vers sa maison. Kaya regarda Miss Lockwood d'un air gêné.

— J'ai été ravie de vous rencontrer. Ça fait du bien de voir des gens parlant français !

— Je suis ravie également. Vous êtes une amie d'Ethan ?

— Oui… répondit Kaya, de façon évasive.

— C'est la première fois que je le vois avec quelqu'un ici, autre que son père ou son frère. Ça m'a un peu surprise, mais c'est bien ! J'espère que votre séjour ici vous plaît.

— Oui, oui ! Tout est très joli ici !

Miss Lockwood réinstalla Anton dans sa poussette.

— Vous devriez aller le rejoindre.

— Je suis désolée de devoir vous quitter aussi vite...

— Ne vous inquiétez pas... Je connais Ethan depuis une bonne dizaine d'années. Nous nous sommes installés à côté avec mon mari, suite à une mutation liée à son travail. Il a toujours été difficile à cerner. Parfois, il est ouvert à vous, parfois il est plus... distant. Mon mari l'appelle « l'Insondable » !

Elle se mit à rire à cette appellation.

— On ne refait pas le caractère des gens. Nous ne sommes pas suffisamment intimes pour lui faire un quelconque reproche sur son attitude. Il m'a débloqué ma roue de poussette sans réticence. Je sais qu'il n'a pas un mauvais fond. C'est juste qu'il a... ses humeurs !

Elle sourit à Kaya avec bienveillance et lui tapa l'épaule gentiment.

— Prenez bien soin de lui.

Elle lui fit un signe de main pour la saluer et la quitta.

Kaya l'observa s'éloigner en réfléchissant à Ethan, se demandant pourquoi son humeur avait tout à coup changé.

Ethan était en colère et n'arrivait pas à se calmer. Il avait jeté les paquets sur le canapé et s'était précipité pour boire un grand verre d'eau, mais depuis, il restait appuyé contre l'évier à tenter de calmer ses nerfs. Pour la première fois depuis plusieurs jours, il percevait une première ombre à son tableau idyllique. Il revoyait l'attitude attendrie de Kaya devant ce bébé et son cœur lui fit mal.

Il se toucha le torse, la douleur étant lancinante. Il voulait arrêter d'y penser, mais cette vision assombrissait sa perspective d'avenir avec Kaya.

Kaya ouvrit la porte d'entrée et vit Ethan devant l'évier de la cuisine. Elle remarqua les sacs en vrac sur le canapé et le dos tendu d'Ethan, ne lui augurant rien de bon pour les prochaines minutes. Elle retira ses affaires en silence tout en jetant des regards vers Ethan qui ne bougeait pas. Ses poings restaient collés contre le bord de l'évier, laissant ressortir les muscles de ses avant-bras. Elle soupira, commençant à connaître le comportement de son petit ami dès que quelque chose le tracassait. Elle s'approcha de lui en silence et se posta à côté de lui.

— Qu'est-ce qu'il se passe ? lui demanda-t-elle franchement. Tu es tendu et tu es parti très froidement.

Ethan garda les yeux rivés vers la fenêtre donnant sur la terrasse. Sa mâchoire palpitait. Il savait que s'il lui faisait face, il le regretterait, entre tristesse et colère. Il la contourna et se contenta de lui répondre un « rien » qui résumait le contraire pour Kaya.

— Ethan… Est-ce parce que j'ai pris ce bébé dans mes bras ? Je ne pense pas avoir été impolie !

Il reprit son manteau qu'il enfila.

— J'ai besoin de faire un tour.

— Ethan ! Parle-moi ! Ne fuis pas !

Elle fonça vers lui et lui attrapa le bras avant qu'il ne franchisse la porte. Ethan se crispa davantage et lui lança un regard noir. Elle lâcha automatiquement son bras, effrayée par la noirceur de son visage. Une noirceur qu'elle n'avait pas revue depuis quelque temps, mais qui se manifestait dès qu'il se sentait pris par les ténèbres de son passé. Il quitta le salon, laissant Kaya avec son silence et sa déception.

— Ethan… Pourquoi me fuis-tu ?

Ethan marcha vite, sans but. Il voulait fuir et évacuer ses tracas. Il savait que ce n'était pas la solution, qu'il inquiétait Kaya par sa réaction qu'elle devait trouver disproportionnée, mais il en avait gros sur le cœur. Voir Kaya avec ce bébé était sans doute la plus belle vision d'avenir qu'il pouvait espérer pour le petit ami amoureux qu'il était. Mais il avait nié volontairement que certaines choses affecteraient leur relation et la mention d'une famille lui avait rappelé que rien ne serait parfait entre eux. La raison pour laquelle il espérait tant l'amour de Kaya était bien parce qu'il craignait qu'elle ne l'aime pas suffisamment pour accepter les sacrifices qu'il allait lui infliger ou les vérités difficiles à comprendre. Plus elle serait amoureuse, plus la balance entre l'accepter ou le quitter pencherait en la faveur de rester peut-être avec lui.

— Un homme qui a couché avec sa propre mère et qui ne veut pas de bébés, qui voudrait de lui ?

Il s'esclaffa tandis qu'il marchait encore plus vite pour ne pas se faire rattraper par ses larmes et le chagrin d'être maudit. Il ne savait plus quoi faire. Kaya le mettait face à des contradictions. Ses pas l'amenèrent instinctivement au port. Il retrouva son banc et repensa à sa discussion avec Cindy. Il s'assit dessus et caressa doucement la place que prenait Cindy l'autre soir.

— Une famille ? Tu y crois, toi…

Il se remémora leur discussion.

« *Il y a quelques mois, tu ne voulais pas être amoureux ! Ethan, nous changeons tous un peu selon les aléas de la vie. Ne raye pas l'hypothèse que Kaya puisse changer radicalement la tienne.*

— Je n'aurai pas de gosses quand même !

— Parce que tu n'es pas prêt ! Un jour, tu le seras !

— Ou pas ! Je ne veux pas être un père incestueux ! Quelle image donner à ses enfants que de dire que j'ai couché avec leur grand-mère ! »

Il serra son poing. Le sujet revenait malgré lui sur le tapis. Pourtant, il se mit à rire en se remémorant la suite de leur discussion.

« *Tu n'écoutes rien ! Je viens de te dire de ne pas fermer les portes, mais bien de les ouvrir ! Ne t'enferme pas dans tes certitudes et garde ces hypothèses comme réalisables ! Si tu veux avancer avec Kaya, tu dois oublier tes convictions et prendre des risques ! Tu n'écoutes rien ! Sale gosse ! Il va me renvoyer à l'hosto si ça continue !* »

Il regarda le phare au loin.

— Je ne dois pas te renvoyer à l'hosto, pas vrai…, Maman ?

Kaya se réveilla en sursaut et remarqua immédiatement la présence d'Ethan à côté d'elle. Il admirait sans nul doute son sommeil, assis au sol, à côté du canapé où elle avait fini par s'assoupir en attendant son retour. Il lui sourit, la tête soutenue par son bras accoudé au bord du canapé. Il lui réajusta une mèche de cheveux derrière l'oreille.

— Tu es là ? déclara-t-elle, incrédule.
— Il semblerait…
— Mince, je me suis endormie !

Elle se frotta les yeux et regarda autour d'elle.

— Il est quelle heure ?
— Fin de journée… dix-huit heures.
— Mais j'ai dormi combien de temps ?
— Va savoir… Tu dormais déjà quand je suis rentré.
— Et tu es là depuis combien de temps ?

— Vingt bonnes minutes.

Kaya s'assit et soupira.

— J'étais inquiète. Tu n'as pas répondu à mes appels et je ne savais pas quoi faire… Ethan, qu'est-ce qu'il se passe ?

Ethan baissa les yeux.

— J'avais besoin de réfléchir.

— Et ce départ précipité t'a aidé à trouver une réponse ?

Ethan lui sourit tendrement et lui caressa la joue.

— Pas vraiment.

— C'est parce que j'ai tenu ce bébé, pas vrai ? Tu m'as dit que tu ne voulais ni avoir de gosse ni être père quand on s'est retrouvés dans le pick-up…

— Kaya, pourrais-tu aimer un homme qui ne te rendra jamais mère ? lui demanda-t-il alors gravement.

— Pourquoi tu ne veux pas être père ? Tu ne peux pas ou tu ne veux pas ?

Le visage d'Ethan se durcit.

— Je ne veux pas d'un enfant qui aura un père loin d'être exemplaire.

— Qu'est-ce que tu racontes ?

Elle s'approcha de lui et s'assit au sol à ses côtés.

— Je suis sûr que tu peux être un super papa. Il faut juste un temps de rodage. On y passe tous !

— Kaya, c'est non négociable. Je ne veux pas être père… et je sais que ça peut être un gros motif de séparation entre nous…

La voix d'Ethan trembla à ses derniers mots. Il tourna la tête alors, blessé d'avance à l'idée de ne plus être auprès d'elle.

— C'est pour ça que tu es parti en colère ? Tu as peur que je te quitte si tu ne me fais pas un enfant ?

— Ce serait légitime que tu le fasses…

Ethan garda son visage tourné pour ne pas lui montrer sa profonde tristesse à ne pas être à la hauteur des espoirs de la jeune femme. Kaya posa sa main sur la joue de son petit ami et le ramena vers elle pour qu'il la regarde. Les prunelles marron chocolat d'Ethan s'humidifièrent.

— Est-ce que je peux espérer un amour plus fort que ton désir d'être mère un jour ?

Kaya déposa un baiser sur ses lèvres.

— Ethan, je ne pense pas que ce soit le moment de s'interroger sur cela. Je ne veux pas d'enfants pour le moment. Prendre un bébé dans ses bras ne signifie pas en vouloir un soi-même dans le mois qui vient. Je ne suis tout simplement pas prête à être mère et je n'ai pas les moyens pour l'éduquer correctement. Regarde-moi ! Je suis endettée, je vivote de job en job… Comment rendre heureux et éduquer un enfant dans de telles conditions ? Je ne serais pas plus exemplaire que toi dans ce cas et je doute de pouvoir améliorer les choses rapidement. Donc, ne t'inquiète pas.

— Tu n'es plus endettée.

— J'ai juste changé de créancier ! Je te rembourserai, je te l'ai déjà dit ! J'y tiens ! Tu me vois avec un gosse dont je dois m'acquitter d'une dette contractée avec son père ? C'est tout sauf exemplaire ! C'est même louche !

Ethan lui sourit. Elle tentait de dédramatiser la situation en se mettant à son niveau. C'était mignon, c'était touchant. Cela n'effaçait pas ses doutes sur l'avenir incertain de leur couple, mais cela avait le mérite de le soulager un peu.

Profiter de l'instant présent avant de penser à plus tard… Est-ce une solution ? J'ai tellement peur de te perdre, Kaya…

Il l'invita alors à venir dans ses bras pour une étreinte bienvenue. Kaya fut soulagée d'avoir calmé ses doutes.

— Kaya, aime-moi vite, s'il te plaît.

— Je sais que c'est important pour toi, mais plutôt que d'attendre cela, pourquoi ne pas se contenter de gestes et de paroles qui tendent dans ce sens ?

— Qui tendent dans ce sens ? répéta Ethan, interloqué. Ça veut dire que tu as quand même des sentiments amoureux pour moi ?

— Ethan, je ne serais pas dans tes bras si je me sentais mal avec toi. Je suis heureuse d'être avec toi. On se découvre autrement et c'est vrai que ça me plaît. On s'entend plutôt bien depuis que tu m'as révélé tes sentiments. Je me sens en confiance avec toi et j'aime tout ce que tu me proposes. Cette histoire de bébé ne doit pas occulter ce que nous vivons aujourd'hui. Je ne souhaite pas faire un blocage sur cette divergence possible entre nous, car je sais que les choses changent vite quand on est ensemble. Tu peux me dire que de ton côté, ce cas est immuable, je ne ferai pas ce pari. Quand on regarde de façon plus large, je ne voulais pas coucher avec toi et voilà où on est ! Je ne voulais plus te voir après t'avoir jeté mon verre d'eau dans la figure avant le Nouvel An, et regarde où je suis aujourd'hui. Je pensais être sous la coupe de Barratero toute ma vie et toi, tu es arrivé et tu as tout changé ! Autant de preuves que rien n'est figé avec toi et que tout peut évoluer d'une façon ou d'une autre. Donc, on ne pense pas aux bébés pour le moment et on se concentre juste sur nous, tu veux bien ?

Ethan inspira son odeur abricot comme s'il avait sa dose de drogue qui venait soulager ses maux. Il resserra son étreinte et embrassa son cou.

— Je suis complètement fixé sur toi, Kaya. Ma vie est totalement orientée vers l'idée de faire ton bonheur.

— OK ! Tu m'as promis plus tôt de me lécher tout le corps. Qu'en est-il vraiment ? J'attends depuis des heures au point de m'endormir à force d'espérer !

Ethan se mit à rire légèrement.

— Pardon, ma Princesse. C'est vrai, je suis coupable de vous avoir délaissée. Je vais me rattraper !

Il l'invita à se lever et l'embrassa rapidement avant de la guider vers la chambre pour torturer un peu plus son corps…

8

DOUCE

— Maman... j'ai eu une bonne note aujourd'hui.
— Viens, mon Grand. Viens dans mes bras. Viens réconforter ta pauvre mère... Toi seul peux me comprendre.
— Maman, pourquoi pleures-tu ?
— Ce n'est rien... je ne suis pas une mère parfaite. Je te rejette puis te sollicite d'un coup pour obtenir un peu de réconfort. Je suis égoïste... Je suis horrible.

Ethan regarda sa mère fondre en larmes. Son seul réflexe fut de la serrer dans ses bras. Elle le rejetait régulièrement, ne se préoccupait pas de lui, ignorait ses efforts, mais elle restait sa mère. Sylvia l'admira et l'invita à s'allonger dans le lit.

— Tu sais que tu deviens un superbe jeune homme ! lui dit-elle tout en caressant son torse. Tu ressembles de plus en plus à ton père.
— Comment il est mon père ?
— Va savoir... J'imagine qu'il a toutes les qualités du monde qui t'ont été transmises. Je suis sûre que tu as du succès avec les filles à l'école...
— Je ne les regarde pas. Elles ne m'intéressent pas.

— Vraiment ? Pourtant, tu fais bien plus que ton âge ! Tu es grand, tu es musclé, tu es gentil...
— M'en fous.
— Aucune fille n'a essayé de t'embrasser ?
— Une fois, mais ça ne m'a pas plu.
— Vraiment ? Quel dommage ! Tu sais, ça peut être chouette.
— C'est pour ça que tu pleures à chaque fois qu'un homme t'embrasse ?
— Maman est un cas à part. Tu dois savoir que l'amour peut être merveilleux. Le mien s'est juste tari avec le temps. Ce n'est pas parce que je n'y crois plus vraiment que toi tu ne dois pas y croire.
— Ça veut dire quoi tari ?
— Desséché, qui disparaît progressivement.
— Si c'est pour finir par pleurer, je ne veux pas être amoureux.
— Allons ! Ne dis pas ça ! C'est vrai que je devrais te donner plus de bisous pour que tu aimes en recevoir... Viens-là ! Si c'est toi, ça ne me gêne pas de t'en donner. Les filles ne sont pas si repoussantes que tu le crois !

Ethan se réveilla en sursaut, avec la sensation de ressentir les lèvres de sa mère sur ses joues. Il se frotta le visage pour effacer rapidement cette impression désagréable et se toucha le torse. Il se tourna vers Kaya qui semblait dormir à poings fermés. Leurs galipettes avaient eu raison de sa forme. Il sourit en voyant les suçons qui parsemaient le corps de sa belle, puis contempla le sien. Kaya lui avait également laissé des marques de son passage sur sa peau, tels de nouveaux talismans, de nouveaux sceaux contraignant tout doute en lui.
Je dois oublier ce cauchemar rapidement ; sans doute, cette

histoire de bébé qui me replonge dans des souvenirs horribles.

Il se rallongea auprès de la jeune femme et la prit dans ses bras. Kaya gémit dans son sommeil et se colla contre lui. Ethan lui déposa un baiser sur le crâne et soupira. Il sentait que tout vacillait depuis qu'ils avaient vu ce bébé. Il avait perdu de cette insouciance qui le berçait depuis qu'ils étaient arrivés au Sanctuaire. Il se sentait plus fébrile, moins confiant. La peur s'immisçait à nouveau en lui. Kaya bougea dans ses bras et se réveilla. Il la contempla avec attention.

Je ferai quoi si tu me quittes, Kaya ?

Kaya lui sourit et embrassa sa clavicule.

— Caresse-moi ! lui demanda-t-elle avec un sourire coquin. J'ai envie de sentir encore tes mains sur moi.

Ethan s'esclaffa.

— Dois-je croire que tu n'en as pas eu assez ?

— Je crois que je me sens nue s'il n'y a pas tes mains sur moi. J'ai besoin de te sentir près de moi.

Ethan la bascula alors pour lui monter dessus.

— Kaya, je sais que je t'ai dit que je serai patient, mais j'ai besoin de savoir à quel point tu aimes être avec moi.

— Ethan... Nous venons de faire l'amour et je viens de te signifier que tu me manquais déjà alors que tu es contre moi ! N'as-tu pas eu des preuves de mon attachement pour toi ? Regarde ! Je t'ai même fait des suçons !

Elle pointa alors les suçons qui jouxtaient ses cicatrices sur son torse.

— Je sais, mais j'ai besoin de... mots.

Kaya lui caressa ses cheveux.

— Ethan, qu'est-ce qu'il y a ? Qu'est-ce qui te tracasse ? Je ne compte pas partir ! Je n'ai aucune intention de te quitter ! Je sais que je l'ai déjà fait et je peux comprendre cette angoisse que cela se reproduise, mais je t'assure que je n'ai pas envie que tout se finisse entre nous. Tout va bien.

Ethan se redressa et s'assit à côté d'elle. Il avait besoin d'un mot. Un mot auquel il n'avait jamais eu droit. Il ne pouvait pas la forcer ; cela n'avait pas d'intérêt d'avoir des réponses faussées. Il se frotta le visage. Kaya avait peut-être raison : il angoissait pour rien. Il devait leur laisser le temps de construire leur couple. Il devait avoir confiance en eux deux et faire preuve de patience. Pourtant, le fil noir du soupçon d'être le seul à ressentir l'amour le rongeait.

Être condamné à vivre un amour unilatéral... Ethan, tu devrais le savoir, en avoir l'habitude... Non, je dois croire en Kaya et en nous.

Kaya s'agrippa tout à coup à son dos.

— Heey ! Ne t'en va pas ! Je veux sentir tes mains magiques sur moi !

Elle le contourna et se mit à califourchon sur lui.

— Magiques ? Rien que ça ?!

Elle lui attrapa ses mains et les posa sur ses hanches puis les guida vers ses seins. Ethan se laissa faire, suivant juste le regard plus fiévreux de Kaya à ressentir ses doigts sur son corps.

— Kaya... Je t'aime.

— Refais-moi l'amour ! S'il y a une chose dont tu ne dois pas douter, c'est ta façon de me dispenser tes attouchements sexuels et tes coups de reins !

Kaya minauda et se dandina sur lui. Ethan admira sa main sur un de ses seins et s'esclaffa.

— Coquine !

— Monsieur Casanova, vos diverses conquêtes ont eu quelque chose de positif ! Vous avez bien appris vos leçons ! Vous savez ce qui me plaît ! En échange, je vais être très douce avec vous !

Ethan sourit, puis se crispa soudainement en repensant à ses conquêtes et à sa façon de la câliner. Le visage de Sylvia se mêla à celui de Kaya. Son cœur s'arrêta ; un profond sentiment de panique le saisit. Il se leva d'un coup, jetant Kaya contre le matelas et sortit en trombe de la chambre. Il se dirigea vers la salle de bain. Il suffoquait. Il avait des sueurs. Il regarda ses cicatrices à travers le miroir. Les suçons de Kaya lui rappelèrent ses propos. Il grimaça à l'idée de revivre ce qu'il avait vécu avec sa mère biologique.

« *Ethan, tu ressembles tellement à ton père...* »

Il toucha ce visage qui se reflétait sur le miroir et serra les dents.

Un père dont j'ignore le visage, qui me poursuit alors que je ne l'ai jamais connu...

« *Maman, je crois que j'ai une petite amie ! Elle a douze ans et est en 5e comme moi !*

— Ah... C'est bien. Est-elle douce avec toi ?

— Comment ça ? »

Les larmes coulèrent sur ses joues.

« *Tu es encore jeune, c'est vrai. La douceur d'une femme se manifeste de bien des manières...* »

— Ethan ! Ouvre-moi !

Ethan sursauta et sortit de ses souvenirs douloureux. Les bruits de Kaya frappant contre la porte le ramenèrent à la réalité.

— Pourquoi t'enfermes-tu dans la salle de bain ? Ai-je dit quelque chose de mal ?

Ethan observa la porte et devina sans peine l'inquiétude et la tristesse de Kaya à ne pas comprendre ses réactions. Il se contempla à nouveau devant le miroir.

Comment te dire ce qu'il se passe en moi, Kaya ? Tu n'imagines pas le monstre que je suis. Ce visage que tu vois n'est qu'une partie du miroir. Je t'avais promis des réponses, mais je ne peux rien te dire sans avoir peur que tu me fuies une bonne fois pour toutes.

— Ethan… S'il te plaît… continua-t-elle de l'appeler, tout en cessant de frapper à la porte. Ne me tourne pas le dos. Je suis ton réconfort, pas la source de tes maux. Je ne veux pas être cette seconde option.

Ethan ferma les yeux. Les paroles de Kaya le blessaient par leur véracité. Elle était depuis hier la goupille qui amorçait son implosion. Elle n'étouffait plus ses maux ; elle les réveillait inconsciemment. Il ne pouvait pas lui en vouloir, elle ignorait tout de son passé. Pourtant, elle l'enfonçait un peu plus dans une solitude qui le poursuivait depuis l'adolescence.

— Ethan, pardon ! Je me sens tellement maladroite, et nulle. Je… Tomber amoureuse, c'est avoir la prétention de connaître l'homme que l'on aime par cœur. C'est être capable de déchiffrer son comportement, peu importent les circonstances. C'est tout savoir des pensées de l'autre avant même qu'elles arrivent dans la tête de ce dernier. Je n'ai pas encore cette faculté avec toi. Tu me fuis deux fois en une journée et je n'arrive même pas à comprendre pour quelles raisons tu le fais. Je n'ai pas l'once d'un indice qui m'aiguillerait sur mes erreurs. Ce serait un mensonge que de te dire que je t'aime si je suis incapable d'être réellement ton réconfort, d'être ton soutien, d'être la personne à qui tu peux te confier…

Ethan écarquilla les yeux et se remémora les mots de Cindy.

Un journal intime…

Il contempla l'homme apparaissant sur le miroir. Un homme blessé, mais un homme avec une femme qui attend qu'il lui ouvre la porte. Il y avait juste une porte entre eux. Il devait l'ouvrir, ne pas la laisser fermer.

Je dois aller vers elle et lui faire confiance…

Il se saisit de la poignée et ouvrit cette porte. Appuyée contre, Kaya manqua de tomber lorsque celle-ci se déroba à elle et atterrit dans les bras d'Ethan. Leurs regards se croisèrent et Ethan accepta cette étreinte accidentelle comme une rémission à sa souffrance. Il la serra un peu plus contre lui et ferma les yeux. Kaya ne sut comment se comporter. Il ne lui disait rien et elle avançait à l'aveuglette avec lui. Elle se contenta de passer ses bras autour de sa taille.

— Je sais que le sujet des bébés est tabou... Ai-je encore mis les pieds dans le plat ?

Ethan secoua la tête positivement.

— Pardon.

— Tu ne l'as pas fait exprès.

— Tu m'as fuie, ça t'a blessé. Puis-je connaître la cause pour pouvoir l'ajouter à la liste des dossiers classés compliqués ?

— Mon expérience sexuelle.

La réponse simple, directe, laconique d'Ethan étonna Kaya.

— Je me suis déjà attaquée au sujet de tes conquêtes sans que tu ne é&le prennes mal ! Je vois... Tu es plus susceptible depuis que tu es amoureux ?! Tu n'aimes donc pas qu'on te rappelle ton passé amoureux ?

Ethan ne répondit rien.

— Je ne te pensais pas aujourd'hui si chagriné de l'homme que tu étais avant de me connaître. Tu éprouvais même une certaine fierté. Tu vois que tu changes !

— Non, certaines choses sont immuables, Kaya. Il y a des choses dont je suis loin d'être fier. Je n'ai pas toujours fait les bons choix et c'est le cas au niveau... sexuel.

Il resta scotché à elle, n'osant faire face à ses yeux noisette. Il se sentait groggy, après la vague d'angoisse déferlant sur sa poitrine.

— Je ne peux rien dire... Je n'ai connu qu'Adam et toi comme partenaires sexuels et ma première fois, même si j'en étais heureuse, ce fut une expérience mitigée, car j'ai eu très mal. Et pourtant, c'était Adam !

— Saint Adam t'a donc déflorée en souffrance ! Quel vilain !

— Aaaah ! s'agaça-t-elle tout en le frappant dans les côtes. Ne commence pas à le critiquer et à te moquer !

— Ça me détend ! J'ai l'impression d'être plus pur que lui quand j'entends ces belles paroles !

— Comme la majorité des premières fois pour les femmes, l'expérience ne fut pas totalement agréable, mais ce n'est pas forcément la faute d'Adam ! C'est aussi du fait de ma constitution !

— Il n'a pas été assez à ton écoute. Il ne t'a pas assez bien préparée.

— Dois-je te rappeler notre première fois ? Et je ne parle pas des vestiaires.

— Je ne m'en rappelle plus ! En tout cas, j'y suis allé par étapes !

Ethan se mit à rire. Il pouvait sentir la crispation de Kaya contre lui. Cette légèreté lui faisait du bien et étonnamment, elle venait de son pire ennemi : Adam.

— Tu m'énerves ! C'est dans ces moments-là que je te déteste le plus !

— Je sais… Il est plus facile de me détester que de m'aimer…

Kaya s'écarta de lui pour capter son regard.

— Abberline ! Tu n'es qu'un connard ! Tu n'es qu'un idiot !

Elle lui donna un coup de poing dans le ventre et retourna dans la chambre en colère.

Il chercha à comprendre ce qu'il avait dit de mal, mais se contenta de sourire. Il y avait des mots qui lui faisaient du bien à entendre. « Connard » était sans nul doute celui qui trouvait le plus grand écho affectueux à ses oreilles, mais aussi celui qui lui correspondait le mieux.

— Tu as raison… Je resterai toujours un connard, quoi que je fasse…

Kaya se réveilla avec l'impression d'être dans du coton. Une odeur de nourriture lui chatouillait les narines et lui rappela qu'elle avait un ventre qui réclamait d'être rempli. Elle se tourna sur le matelas, mais ne vit pas Ethan. D'un bond, elle se leva et se rhabilla. Elle sortit rapidement de la chambre et vit Ethan aux fourneaux, à sa grande surprise.

C'est donc pour ça que ça sent si bon.

Elle s'approcha doucement de lui et le regarda faire sa popote. Il paraissait plutôt calme, serein. Il était aussi très appliqué à la tâche. C'était la première fois qu'elle le voyait aussi concentré à faire quelque chose. Elle se demanda alors quel type de patron il était au-delà du connard qu'elle avait pu connaître. Comment travaillait-il ? Elle ne doutait pas qu'il devait être rigoureux et exigeant. Mais sa curiosité la poussait à vouloir connaître d'autres détails de lui auxquels elle n'avait jamais songé jusqu'alors. Elle vint alors se poster derrière lui pour l'encercler de ses bras et lui faire un petit câlin. Ethan sursauta un peu avant de se détendre. Kaya ferma les yeux un instant, sa tête collée contre son dos. Elle pouvait affirmer qu'elle était réellement heureuse en cet instant, avec ses jambes en coton, son corps courbaturé et ses suçons recouvrant sa peau.

— Bien dormi ? lui demanda-t-il alors.

Elle sortit son t-shirt de son jean et glissa ses mains contre son torse et ses cicatrices.

— Oui… Mais toutes ces bonnes odeurs m'ont réveillée. J'ai faim maintenant.

— Moi aussi, j'ai faim. Il faut que je mange ! T'aimer, ça creuse !

Elle sourit et s'amusa à lui soulever un peu plus son T-shirt et décida de lui faire un suçon dans le dos.

Ethan sourit en devinant ses intentions, mais la laissa faire, rempli de bonheur d'être devenu aussi son terrain de jeu.

— Tu veux que je t'aide ? Tu nous prépares quoi ?
— Des pâtes ! Il faut que je me cale l'estomac. Et non, je n'ai pas besoin de toi. Je gère !
— Je crois que c'est la première fois que je te vois nous cuisiner quelque chose.

Ethan sourit.

— Je l'ai écrit sur le tableau : te cuisiner de bons petits plats ! Tu peux t'amuser à me faire un autre suçon dans le dos, en attendant que cela soit prêt !

Kaya jeta un regard panoramique au salon. Elle n'avait toujours pas visité le Sanctuaire d'Ethan en détails. Elle regarda attentivement la cuisine.

— Elle est sympa, cette cuisine.
— Il fallait bien que je me nourrisse, vu que je vivais seul… Donc, je sais préparer deux trois bricoles.

Elle retira ses mains de sous son T-shirt et prit le temps de mieux regarder ce qui l'entourait. Ses yeux se posèrent sur *son tableau*… Elle s'en approcha en silence.

« Tu es mon objectif, Kaya. Je te l'ai dit. Je te veux. Comme tu peux le constater, c'est écrit noir sur blanc. Je veux ce deal entre nous. Je n'ai fait que répondre à mon tableau. Comme également écrit sur mon téléphone, j'utiliserai tous les moyens pour y arriver. Je ne lâche pas un objectif que je me suis fixé en cours de route. Si je m'acharne avec toi depuis tout ce temps, c'est uniquement parce qu'il n'y a pas de défaite ou de repli à envisager une fois que je me suis décidé à atteindre un objectif. Si je décide d'écrire un objectif sur ce tableau, je m'y applique afin de le réaliser coûte que coûte. C'est comme ça. Donc tu peux me fuir, tu peux nier, tu peux crier, te rebeller ou même me frapper, je ne renoncerai pas, peu importe les plumes que je pourrais y laisser. Je dois bien avouer que tu es un objectif bien compliqué à atteindre…, mais j'ai hâte de l'atteindre ! »

Kaya se mit à sourire. Son cœur se mit à battre plus vite. Elle se souvenait parfaitement avoir vu en objectif écrit en gros « KAYA » et sur l'autre « Moyens pour y parvenir : tous ! ». Instinctivement, elle se baissa à sa hauteur et le toucha du bout des doigts.

Ethan trouva Kaya trop silencieuse et la vit alors touchant le tableau. Il écarquilla les yeux, perplexe.
— Tu veux y écrire quelque chose ? lui demanda-t-il alors.
Kaya sursauta et se releva immédiatement, avec une impression de culpabilité qu'elle ne s'expliquait pas.
— Ce tableau… Il manque quelque chose sur ta liste.

Elle prit alors la craie et en posa le bout sur le tableau, sur la colonne des Moyens pour y parvenir. Elle réfléchit un instant, puis regarda Ethan, tout attentif à ce qu'elle allait écrire. Elle sourit alors et écrivit une phrase en dessous de la liste d'Ethan pour qu'elle tombe amoureuse de lui.
— Rester moi-même et ne pas avoir peur d'être l'homme que je suis réellement devant elle… put lire Ethan doucement.
Il la fixa alors, incrédule de lire ces mots pourtant si pertinents à ses yeux. Elle lui sourit à nouveau et posa la craie. C'était comme si elle lisait en lui. Il la dévisagea, complètement stupéfait par sa suggestion pour qu'il parvienne à gagner son cœur.
— Être prêt à tout comme des cadeaux, des câlins ou des mots doux, c'est mignon, mais cela ne veut pas dire agir contre ce que l'on est, contre son caractère, ses convictions ou ses habitudes. Si je dois tomber amoureuse, je veux que ce soit d'un homme qui ne joue pas un rôle… Ethan, je découvre un autre homme depuis que je suis aux États-Unis. Je veux connaître davantage cet homme, derrière son masque de connard. Je vois bien que tu portes un masque, que tu te composes un autre visage. Je veux que tu agisses

tel que tu es vraiment, sans façade. Je ne veux pas que tu aies peur de me montrer le « Ethan » du passé. Si ce tableau t'a permis de te construire un nouveau toi, moi je veux découvrir l'ancien. Je sais qu'il est là, sous ces cicatrices. Je sais que c'est important pour te comprendre. Tu me le montres par morceaux. Tu as peur que je le découvre, mais j'aime aussi cette partie de toi. Je ne veux pas que tu freines à l'idée de me montrer ce qui te fait honte. Si je dois t'aimer, ce n'est pas qu'à moitié. Je veux t'aimer entièrement.

Elle rit légèrement tout en baissant les yeux, gênée de dévoiler ses attentes le concernant de façon si directe. Ethan sut en cet instant pourquoi son amour pour cette femme ne cessait de croître. C'était évident. Elle le surprenait, mais au-delà de la découverte permanente qu'elle proposait, elle était surtout une des seules personnes à soulager sa peine comme jamais et à parler à son être profond.

Ethan s'esclaffa et s'attrapa le visage de la main. Il venait de prendre une nouvelle claque. Cette fois, elle n'était pas physique, mais il ressentait le coup sur lui aussi fort que si elle l'avait frappé. Il ne savait pas pourquoi, mais il avait envie de pleurer. Ses yeux s'humidifièrent tout à coup. Il était touché dans sa chair. Il se toucha le torse et tourna son visage pour qu'elle ne voie pas son émoi. Il se leva et prit de la distance face à tout ça.

— Ethan ? s'inquiéta alors Kaya, en le voyant fuir tout à coup.

— Tu es vraiment agaçante ! lui dit-il alors tout en lui tournant le dos.

Kaya se releva et s'affola davantage.

— Je ne pensais pas être agaçante en te disant ça… Qu'est-ce qui te déplaît ?

Elle tenta de s'approcher de lui, mais il avança d'un pas pour qu'elle reste à distance.

— Ethan... Pardon, je ne voulais pas te braquer.

Ethan s'essuya rapidement le visage d'un revers de main et renifla.

— Je ne suis pas fâché... Juste bouleversé. Tu me retournes constamment le cœur dans tous les sens.

Kaya s'en trouva désolée.

— Je n'aurais pas dû te dire cela. Je ne veux pas mettre de nouveaux remparts entre nous. Tu sais, j'apprécie aussi le connard en toi, l'homme que tu montres aux autres.

Ethan leva la tête vers le plafond et inspira un grand coup.

— Qu'une femme me fasse pleurer une fois était juste inconcevable pour moi. Je me suis toujours promis de ne plus souffrir à cause d'une femme. Je me suis toujours interdit d'être touché par une femme. Et toi, tu débarques et...

Il pinça ses yeux, pour retenir de nouvelles larmes. Kaya remarqua son geste malgré le mur que son dos dressait entre eux.

— Je n'arrive même plus à contenir la moindre émotion ! Tu es vraiment chiante !

Il renifla une nouvelle fois, ce qui confirma les craintes de Kaya qui décida de réduire cette distance coûte que coûte pour le serrer dans ses bras. Elle colla sa tête contre son dos. Elle resta ainsi sans lui dire un mot de plus. Elle ne pouvait faire qu'une seule chose...

Laisse-moi te consoler... J'ai l'impression que tu es finalement un homme qui se sent très seul, mais qui n'ose le dire.

Ils restèrent ainsi un moment, avant que l'odeur de cramé vienne imprégner les narines d'Ethan qui se détacha d'elle en catastrophe pour sauver son repas.

— Merde ! cria-t-il tout en éteignant le feu de la gazinière et en retirant la casserole du feu.

Kaya le regarda s'agiter sans un mot. Elle observa cet homme en apparence fort et confiant, mais avec des blessures intérieures qui le rendaient encore plus charmant finalement.

Une princesse et un connard charmant... quel drôle de couple !
Elle sourit et l'obligea à tout poser pour qu'il accepte le baiser qu'elle lui imposa. Ethan resta inerte, louchant sur leurs lèvres.

— Chiante, agaçante... Mais tu m'aimes toujours, non ?

Vaincu par sa tentative d'approche franche, Ethan relâcha la tension qui l'écrasait depuis qu'elle avait écrit sur le tableau et passa ses bras autour de sa taille. Il l'embrassa en réponse, l'invitant à faire danser leurs langues affectueusement. Kaya accepta l'invitation volontiers, soulagée de retrouver ses bras. Chacun appréciait ce moment tendre bienvenu. Ethan glissa ses mains sous le T-shirt de Kaya qui frissonna à leur contact.

— Il est impossible qu'il en soit autrement ! lui répondit-il avec tendresse.

— Parfait ! Donc, tu dis que tu as des objectifs à atteindre, Abberline... Par lequel vas-tu commencer ?

— Mmh... Je vais les réaliser tous en même temps ! Je suis un fou ! Je veux tout de toi d'un coup !

Il lui caressa alors le creux de la colonne vertébrale.

— Tu crois que ton cœur est prêt à recevoir autant en une seule fois ? Tu viens de me dire que je te chamboulais déjà trop !

— Je vois aussi que ça t'amuse de me perturber de la sorte. Tu es une princesse sadique ! Oui, je veux tout, et non pas l'un après l'autre. Je suis exigeant, mais surtout, je n'aime pas ce doute et cette attente te concernant. J'ai besoin de vite cocher tous ces objectifs...

Elle lui caressa alors les cheveux.

— Je suis certaine que tu vas y parvenir !

— Vraiment ? Quelle confiance ! Je suis heureux de voir que tu es enthousiaste à me voir valider tout ça. Tu en as donc envie ? Tu veux être amoureuse ?

Kaya hésita un instant avant de répondre.

— J'ai signé un contrat allant dans ce sens !

— Aaah ! Béni soit celui qui a proposé ce contrat alors !

— Béni soit celui avec qui j'ai signé ce contrat !

— Il a énormément de chance ! Il a hâte d'être aimé passionnément !

Elle lui offrit un grand sourire qui emplit le cœur d'Ethan d'espoir et de bonheur.

— C'est malin ! Je ne sais plus de qui j'ai le plus faim : de nourriture ou de toi !

Il retira le T-shirt de Kaya et put voir sa poitrine offerte et couverte de suçons.

— Et si on faisait un double repas ? proposa alors Kaya, audacieuse.

— Bordel de merde ! Tu es donc comme ça quand tu as un petit ami ! Bénie soit la joie d'avoir une petite amie !

9

ÉTOILÉ

— Qu'est-ce que tu fabriques dehors ? Il fait super froid.
— Je prépare notre soirée.
— Notre soirée ?
— Oui ! confirma Ethan d'un sourire mystérieux.

Kaya observa le chantier d'Ethan sur la terrasse. Elle remarqua un abri improvisé et des coussins, des couvertures, un gros carton qui attira sa curiosité. Elle resserra son gilet contre elle et se pencha sur le carton.

— C'est bien ce que je pense ? lui demanda-t-elle avec un sourire entendu et des yeux émerveillés.
— C'est bien lui ! lui répondit-il fièrement.
— Tu vas l'installer ?
— Oui. La météo est bonne ce soir.

Kaya caressa le carton avec douceur.

— Depuis le temps qu'on en parle, le voilà !

Elle se frotta les mains pour se les réchauffer et pour montrer sa joie à Ethan.

— Tu l'as attendu ? lui demanda-t-il alors, satisfait.
— Oui ! Je veux connaître un peu plus ta passion pour les étoiles.

Ethan regarda le carton et sourit. C'était une partie de lui qu'il acceptait volontiers de partager avec elle.

— Il faut qu'on se mette à l'abri du vent pour ne pas avoir trop froid et pour que le télescope tienne debout sans tomber. J'ai prévu des couvertures et des chaufferettes. Ils annoncent des -3 à -5°. On a intérêt à bien se couvrir, surtout si on reste statiques.

Kaya hocha la tête, excitée maintenant de connaître son projet. Elle avait l'impression de participer à une expédition.

— Est-ce que je peux t'aider à quelque chose ?

Ethan fixa l'auvent de fortune qu'il avait installé pour les couper du vent.

— Non. Je gère !

— Je veux participer !

Ethan fixa Kaya, surpris par son volontarisme si poussé.

— OK. J'ai prévu de préparer des friandises dans des bols. Elles sont dans la cuisine, dans le placard en haut à droite. Si tu veux les mettre dans les bols, ce serait parfait.

Kaya fonça dans la cuisine exécuter la requête de son petit ami. Une heure plus tard, tout le matériel était monté. Kaya resta bouche bée en voyant la taille du télescope. Ce n'était pas un petit appareil. Les Abberline ne s'étaient pas moqués de lui pour son premier Noël. C'était un cadeau magnifique et sans nul doute onéreux. À la hauteur des espoirs qu'ils fondaient en lui pour qu'il fasse partie de leur famille. Le télescope était assez massif, semblait assez technique dans son utilisation. Il forçait au respect et à la précaution de son utilisateur.

— J'ai trouvé des bougies ! déclara-t-elle timidement.

— On les allumera une fois qu'on arrêtera de regarder les étoiles. Il nous faut du noir total pour bien apprécier.

— Vivement ce soir ! applaudit Kaya, très enthousiaste.

— Ça nous laisse un peu de temps avant, pour te conduire au septième ciel ! lui fit remarquer Ethan, le visage coquin.

Kaya le regarda avec surprise.

— Euh... oui... d'accord ! se contenta-t-elle de lui répondre, gênée.

Ethan s'approcha d'elle et lui attrapa la main.

— Tu m'as dit que j'étais un bon coup, pas vrai ?

— Oui..., mais tu as été agacé que je le dise.

Ethan souffla et regarda son télescope.

— Ma première fois a été... différente de la norme, Kaya. J'ai appris la sexualité d'une façon... disons... un peu atypique.

— Comment ça ?

Ethan fixa la prunelle des yeux innocents de Kaya, sondant la gravité de la réponse qu'il pourrait lui donner.

Je ne peux pas lui dire comme ça, de but en blanc. Pas dans ces circonstances...

— Ce ne sont pas MES conquêtes qui m'ont donné l'expérience sexuelle qui te satisfait aujourd'hui, mais UNE SEULE : la première. Et si je me suis agacé, c'est parce que je n'en suis pas fier.

— On a des expériences dont on n'est pas forcément fier, je peux le comprendre. Cependant, on apprend de chaque erreur, de chaque échec. Même si ce n'était pas la bonne personne, il y a des choses de positives que tu as pu tirer de cela, je pense. Il n'y a rien de complètement négatif ; on peut toujours trouver un point positif qui nous permet de grandir, de changer.

— Il n'y a rien de positif dans cette expérience ! la coupa-t-il sèchement. Rien !

Kaya écarquilla les yeux face à son ton tranchant et catégorique.

— Et aujourd'hui, ce que j'en tire, ce n'est que du mauvais, des désillusions, des déceptions, une impression d'être maudit, d'être dans une spirale qui ne cessera jamais de tourner et...

Ses mots s'étouffèrent sous le baiser que déposa Kaya sur ses lèvres. Sa colère s'effaça devant la stupéfaction qu'il éprouvait alors qu'elle venait de le faire taire de la plus charmante des manières. Elle décolla sa bouche doucement et le fixa.

— Je suis moi aussi dans une spirale et pourtant, depuis qu'on s'est rencontrés, tu la perturbes, tu la mets à mal. Chaque espoir que j'ai pu avoir a été rattrapé par la fatalité de ma vie. Ma mère, mon père, Adam… J'ai eu des moments de joie qui ont fini en immense tristesse. Pourtant, avec toi, tu me donnes un nouvel espoir. Tu effaces mes dettes, tu me redonnes confiance en l'avenir, tu m'éloignes de mon passé et m'empêches de broyer du noir. Je veux croire que j'ai ce type d'effet sur toi. Je veux mettre aussi à mal ta spirale et te laisser croire que tout ce qu'on a vécu est bien derrière nous. Ethan, j'aime quand tu me fais l'amour et je ne veux pas que tu aies une certaine honte de ton passé sexuel avec moi. Je veux être le cas à part, l'exception. Tu m'as dit que tout était différent avec moi, alors nos ébats sexuels doivent l'être aussi, au-delà de ce qu'on a pu vivre avant.

Ethan la fixa, à la fois rempli d'incrédulité et de reconnaissance. Il ne put s'empêcher de la serrer dans ses bras.

— Tu es spéciale à mes yeux, Kaya.

— Bien, je préfère entendre ça. Je ne veux pas que tu me compares à tes ex, comme tu ne veux pas être comparé à Adam !

Ethan ferma les yeux et sourit. Il resserra son étreinte.

— Tu as raison. Pardon.

— Je te pardonne… si tu me fais monter au 7e ciel ! J'ai eu cette évocation, mais je ne trouve pas ça sympa de me mettre l'eau à la bouche et d'être interrompue dans mon élan.

Ethan se mit à rire.

— OK, je vais me faire pardonner !

Il se recula, lui saisit la main et la guida jusqu'à la chambre. Ethan l'y invita d'une révérence.

— Si Princesse veut bien entrer dans l'antre du grand méchant loup !

Kaya pouffa et la porte se referma derrière eux.

Ethan peaufina les derniers réglages et sourit. Le ciel était parfaitement dégagé. Tout était prêt. Il rentra rapidement dans le salon et chercha Kaya. Il la remarqua tout à coup accroupie, face à son tableau. Elle était en train d'écrire dessus, une craie dans la main. Son cœur se serra quand il vit une nouvelle ligne dans la colonne des objectifs qu'elle écrivait pour elle-même.

Apaiser les démons d'Ethan...

Kaya se montra un peu gênée d'être prise en flagrant délit.

— Je me suis permise d'adhérer à ton tableau en mettant aussi tous mes propres objectifs ; je crois que ça déteint un peu sur moi ! J'ai besoin de les écrire pour identifier ce que je dois améliorer. Mais je crois... que j'écris n'importe quoi !

Elle se mordit la joue, mal à l'aise. Ethan s'approcha en silence et s'assit en tailleur à côté d'elle.

— Apaiser mes démons... relit-il un peu dubitatif.

— Ne te vexe pas, je veux juste... enfin, je ne prétends pas me poser en sauveuse..., mais si je peux les adoucir un peu...

Ethan lui attrapa la main et l'embrassa doucement.

— Tu le fais déjà. Je t'assure.

— J'ai toujours l'impression de ne pas faire suffisamment, de passer à côté de l'essentiel. L'histoire du bébé, ou de ta sexualité..., il y a des sujets qui te blessent et dont j'ignore la raison. Je me sens impuissante quand cela arrive. Tu te refermes sur toi et je ne sais pas quoi faire.

Ethan étala la main de Kaya sur sa joue et se câlina avec, tout en fermant les yeux.

— Je sais que tu essaies d'être à mon écoute et je vois tes efforts. Ne crois pas que tu n'agis pas sur moi. C'est tout le contraire même ! Ne crois pas que je t'écarte de certaines choses. J'y vais juste progressivement parce que…

Ethan rouvrit les yeux et prit un temps d'hésitation.

— Parce que ? répéta Kaya, toute ouïe.

— Parce que j'ai peur de tes réactions.

Kaya le fixa de façon perplexe, puis souffla en repensant à la phrase qu'elle avait écrite sur les objectifs d'Ethan : ne pas avoir peur de lui dire qui il était. Cette réponse ne l'étonnait finalement pas. Elle se rendait bien compte qu'il doutait beaucoup.

— As-tu peur que je prenne mal tout ce qui te concerne ?

Ethan hocha la tête.

— J'ai peur que tu me fuies… Tu l'as déjà fait. Tu m'as rejeté plus d'une fois !

Sa voix s'effaça dans un murmure. Kaya ne pouvait ignorer sa peur qui apparaissait sur son visage rien qu'en la mentionnant. Il frotta un peu plus sa joue contre la main de sa petite amie.

— Ethan, il faut qu'on se fasse confiance. Je veux dire, je ne vais pas te quitter à chaque fois que tu m'avoueras quelque chose. C'est ridicule. Je t'ai dit que je ne te quitterai pas pour l'histoire d'une grossesse. On ne peut pas se cacher des choses éternellement.

— Kaya, tu l'as écrit toi-même. J'ai des démons en moi.

— C'est une image !

— Non, ce n'est pas une image. Tu as raison en disant que je suis le diable, je suis monstrueux. Kaya, je ne suis pas quelqu'un de bien.

Kaya le regarda de façon perdue.

— Qu'est-ce que tu racontes ? Oui, tu peux être un connard, mais de là à te qualifier de monstre…

Kaya se posa alors des questions sur cette monstruosité.

As-tu fait quelque chose de tabou ? De très mal ? Genre tuer quelqu'un ?

Ethan se releva. Cette discussion faisait mal à sa poitrine. L'incrédulité et l'innocence de Kaya concernant ce qu'il aurait pu faire de mauvais le blessaient. Elle n'imaginait pas le pire en lui et il pouvait deviner sa déception si elle venait à savoir la vérité. Il passa sa main sur son visage. Le doute de pouvoir trouver grâce aux yeux de Kaya s'insinuait de plus en plus en lui.

Ton amour pour moi, si je l'obtiens, pourra-t-il vraiment me garantir que tu resteras malgré tout avec moi si tu viens à savoir ce que j'ai vécu avec ma mère ?

Il fit trois pas en arrière et serra ses poings.

Mon amour ne sera jamais suffisant pour rester avec toi, ça, je le sais. Mais je commence à me demander si en additionnant le tien dans l'équation de notre couple, cela sera également suffisant.

Ethan serra la mâchoire, pris d'une énorme tristesse. Kaya posa sa craie et se releva aussi. Elle n'aimait pas le voir s'éloigner d'elle dans ces circonstances. Elle sentait qu'il prenait de la distance dès qu'il voulait reprendre le contrôle sur quelque chose qui lui échappait.

— Tu recules parce que tu doutes, Ethan ! Reste avec moi !

Ethan la dévisagea soudainement.

— Ne te laisse pas envahir par la peur et le retour de ton passé.

— Qu'est-ce qui…

—… me fait dire que tu me fuis et te confortes dans ce que tu connais : tes démons ? Je vois sur ton visage que tu en souffres.

Ethan tourna la tête, décontenancé par sa façon de lire en lui. Elle récupéra les pas les séparant et alla se blottir contre lui.

— Je ne fuirai pas, Ethan. Je te le promets. Je n'ai pas envie de fuir ni de te quitter. Je suis bien avec toi. Je n'ai pas peur de tes ténèbres. Si toi, tu replonges dans ta spirale, je me collerai à toi pour t'en ressortir. N'oublie pas qu'on doit se consoler mutuellement, qu'on est là pour apaiser les tourments de l'autre. Rien n'a changé à ce niveau.

Ethan regarda la chevelure de sa petite amie contre son torse. Son parfum abricot venait apaiser son esprit. Doucement, il lui caressa la tête et se rassasia de l'étreinte de Kaya. Il avait besoin de son affection. Elle le rassurait et elle avait raison : il avait besoin de ses câlins, de ses étreintes, de son intérêt pour lui.

— Kaya…

— Hummm…

— Allons nous perdre dans les étoiles.

Assis sur des tabourets pliants et recouverts d'une épaisse couverture, Ethan et Kaya contemplaient et riaient en contemplant les étoiles.

— C'est magnifique ! s'exclama Kaya, l'œil collé au télescope.

Ethan admirait le visage émerveillé de Kaya avec amour. Il l'embrassa sur la joue.

— Pas autant que toi.

— Je suis sérieuse ! Regarde comme c'est beau ! C'est vraiment Saturne ?

— Mais je suis très sérieux aussi ! Oui, c'est Saturne.

— On voit bien ses anneaux !

— Et si tu me laisses mieux régler le télescope, je pense pouvoir te montrer un de ses satellites, le plus gros, Titan. C'est un télescope amateur de puissance forte, donc on peut voir pas mal de choses.

— Tu viens de me montrer Jupiter, je suis déjà énormément chanceuse.

Elle l'embrassa sur la bouche furtivement, en remerciement de ce magnifique cadeau.

— Je suis content de voir que ça te plait.

— C'est beau.

— Je peux encore te montrer d'autres choses, comme une galaxie ou une nébuleuse !

— Vraiment ! Moi qui pensais rester sur la Grande Ourse, là je suis sur mon petit nuage.

Ethan lui caressa les cheveux.

— Je ne veux pas me contenter du bas de gamme avec toi. Je veux t'offrir le plus beau.

Kaya lui sourit tendrement et posa son front contre le sien.

— Je suis vraiment gâtée avec toi, je le sais. J'ai beaucoup de chance. Et je ne regrette pas d'être devenue ta petite amie.

— Imagine si on se marie un jour ! Tu passerais au plus du plus des cadeaux en m'ayant comme époux !

Le trouble s'empara de la jeune femme.

— Je croyais que tu étais de ceux qui ne se marieront jamais.

Ethan tiqua à sa remarque.

— C'est vrai… Dommage pour toi, tu n'auras jamais le nec plus ultra des cadeaux !

Elle lui donna un coup de poing dans le bras en réponse à cette idée étouffée dans l'œuf.

— Tu envisagerais de te marier avec moi ? lui demanda toutefois Ethan, la curiosité toujours en éveil.

— La dernière fois que j'ai envisagé un mariage, ça s'est mal fini. Je m'accommode donc volontiers de ton refus.

Ethan regarda l'annulaire gauche de Kaya, nu de toute bague à présent. Bizarrement, l'idée de le décorer d'une bague ne le dérangeait pas vraiment si cela venait de lui. Il ressentait ce besoin de propriété sur elle et le mariage allait dans ce sens : se destiner uniquement à l'autre. Il aimait tellement cette femme qu'il était prêt à se dédier à elle de cette façon et l'idée lui devenait encore plus séduisante si elle se dédiait à lui pour la vie par cette promesse.

Pourrais-je seulement envisager de vivre avec elle pour toujours avec toutes les difficultés qui se dressent entre nous ? Sans enfants ? Avec un passé discutable ? Avec une sexualité ayant débuté avec une relation incestueuse ?

Ethan observa Kaya, l'œil collé à la lunette du télescope.

Est-ce que ta présence à mes côtés peut continuer des mois et des années ? Puis-je vraiment y croire ?

— Ethan, je crois que je vois un truc à côté de Saturne ! C'est peut-être ton satellite ! Il y a une ombre !

Ethan regarda une nouvelle fois son annulaire.

— La lumière qui tombe sur une planète inclut toujours une part d'ombre... C'est toujours un jeu d'ombre et de lumière en astronomie... comme dans la vie.

Kaya décolla son œil du télescope et l'observa, interloqué par son propos un brin cynique.

— C'est comme la guerre et la paix, lui répondit-elle alors, en sentant à nouveau ce trouble négatif en lui. Il y a des moments de batailles et de tristesse, et puis il y a des moments où on se repose sur quelqu'un et on honore la joie et le partage. Il est toujours dur de rester sur la voie de la paix, de la lumière. Mais il faut aussi essayer d'y croire et d'y rester. Je sais que je me fais violence pour y croire et que je ne dois pas être la plus convaincante des personnes pour prôner le positivisme, mais peut-être que si on regarde mieux les parts d'ombre, qu'on analyse les guerres, on peut minimiser celles-ci et les accepter pour s'améliorer. Saturne a ses ombres, c'est vrai. On en a tous, mais ce n'est pas pour autant que c'est grave et que ce n'est pas une belle planète.

Elle l'embrassa sur la bouche et lui sourit.

— Observons attentivement cette ombre. C'est peut-être un de ses satellites !

— Kaya, j'ai envie d'être ton satellite. Je veux te tourner autour, non-stop !

Il vit alors son sourire magnifique apparaitre sous ses yeux.

— Ça va être dur d'entretenir le rapport attraction-répulsion pour que tu restes sur orbite !

Il lui caressa le bout du nez du sien.

— Tu veux parier ? Tes lèvres sont violettes ! Je peux à la fois les embrasser et les mordre pour les réchauffer ! Ce serait un bon rapport attraction/répulsion, non ?

— Mouais, ça va finir en attraction exclusive cette histoire… marmonna-t-elle alors.

Ethan éclata de rire et la serra dans ses bras. Il approcha sa bouche de son oreille qu'il mordit puis lécha.

— Voilà un autre sujet d'attraction/répulsion, mais tu as raison, je vais finir par me crasher sur toi, je t'aime trop !

Kaya attrapa un chamallow dans le bol et lui colla dans la bouche.

— Occupe-toi plutôt de l'ombre de Saturne et on verra si tu mérites ma planète !

Ethan tenta d'avaler difficilement son chamallow tout en laissant divaguer son imagination sous les vêtements chauds de Kaya.

— Tu es mon étoile, Kaya. Ton bracelet...

Il caressa alors le bracelet qu'il lui avait offert à Noël et qu'elle portait toujours au poignet. Kaya visa les deux étoiles s'entremêlant.

— Quand tu m'as dit que ces deux étoiles étaient les plus belles à tes yeux, je t'ai dit que je te dirai un jour quelle est la plus belle étoile selon moi. Tu t'en souviens ?

Kaya observa alternativement Ethan et son bracelet et se mit à rougir. Ethan sourit.

— Tu es l'étoile que j'aime le plus contempler. Je ne me lasse jamais de t'admirer. Tu brilles tellement. Tu éblouis mes jours et mes nuits.

Complètement attendrie par cette révélation, Kaya réalisa combien Ethan pouvait être romantique. Jamais elle n'aurait pu imaginer à l'époque tout ce que ce bracelet pouvait symboliser.

— Ces deux étoiles entremêlées, c'est toi et moi ? lui demanda-t-elle alors.

Ethan se mordit la lèvre tout en souriant.

— J'aime bien cette interprétation ! lui répondit-il alors.
— Quoi ? Non, je croyais que c'était toi qui…
— Tu es très romantique, en fait, Chaton !
— Mais non, je pensais que tu avais imaginé…

Kaya soupira devant le visage moqueur d'Ethan. Ce dernier glissa ses doigts dans les siens.

— J'aime bien l'idée d'un « toi et moi » entrelacés. Deux étoiles entrelacées…

Il déposa alors un baiser sur sa joue.

— Nos doigts entrelacés…

Ses lèvres glissèrent vers celle de sa belle.

— Nos corps entrelacés…

Kaya rougit à nouveau alors qu'il lui mordillait le lobe de l'oreille.

— J'ai hâte d'entrelacer mon cœur dans le tien !

Vaincue, Kaya tourna son visage vers Ethan et l'embrassa. Toute cette soirée était tellement belle et romantique qu'elle ne souhaitait qu'une chose : laisser parler son envie d'être avec lui.

— Ethan, j'ai froid. Rentrons vite ! Je veux entrelacer ma langue dans la tienne toute la nuit.

Ce fut au tour d'Ethan de rougir et d'être complètement décontenancé. Il se leva d'un bond et fixa Kaya un instant.

— Ce ciel étoilé est ridicule finalement… comparé à toutes les étoiles que je vais te faire voir dans le lit. Putain ! Elle veut entrelacer des trucs avec moi ! Elle va me tuer !

— J'ai juste dit nos langues ! protesta alors Kaya, maintenant honteuse.

— OK, partons sur ce début d'exploration.

Il la tira à lui alors que Kaya se mettait à rire. Kaya lui sauta dessus, entourant ses jambes autour de la taille de son amant.

— Prête pour le décollage !

— Houston ! Je crois qu'on vient de me perdre !

10

CONDAMNÉ

— Ethan, sache que si tu veux faire plaisir aux femmes, il faut les couvrir de bisous !

Ethan regardait sa mère de façon neutre. Ses paroles ne le touchèrent guère. Il se rappelait la fois où il avait gagné un concours de mathématiques à l'école et elle l'avait ignoré. Ou encore la fois où il lui avait ramené un peu d'argent gagné en distribuant des tracts, pour l'aider dans les dépenses quotidiennes. Oui, elle l'avait félicité, mais il n'y avait jamais eu de bisous derrière. Elle avait utilisé cet argent pour s'acheter sa dose de cocaïne plutôt que de les nourrir. Il avait alors cessé de lui faire plaisir, d'espérer un retour affectueux de sa part s'il faisait un effort pour le gagner. Du haut de ses onze ans, ce discours lui semblait stérile. Les bisous, cela faisait bien longtemps qu'il n'en donnait plus et n'en recevait plus également. Elle avait rejeté les siens depuis le plus jeune âge. Par moments, il se disait qu'elle perdait la tête. Plus particulièrement après qu'elle ait inspiré sa poudre dans le nez ou qu'elle ait bu.

Et puis, il y avait ces moments où elle se sentait faible, vulnérable. Avec le temps, ils devenaient de plus en plus fréquents. Elle pleurait beaucoup, dans son coin, et il l'observait en silence. Impuissant. Aussi solitaire qu'elle, finalement. Et un jour, les choses changèrent.

— Viens dans mes bras ! Toi seul peux me comprendre.

Ethan s'exécuta docilement, et s'allongea avec elle dans le lit.

— Tu as de la chance, Ethan. J'aimerais tellement revenir à l'insouciance de ton âge. Tu ne sais pas grand-chose de la vie, tu es lisse de toute expérience...

Elle l'avait alors blotti un peu plus contre elle.

— Ton père avait été tendre avec moi. Il avait les mêmes yeux que toi. Il les posait sur moi de façon si douce sur ma peau et mes lèvres. Je me sentais tellement bien avec lui... Pourquoi a-t-il fallu que cela finisse aussi mal ?

Elle s'était mise alors à pleurer à chaudes larmes.

— Aucun des hommes qui ont suivi n'a eu cet effet sur moi. J'aurais tellement voulu pouvoir revivre ces instants avec lui. Tu es arrivé et ça a été fini. Il est parti. Tout est parti, hormis ta présence me rappelant ce que j'ai perdu. Je te déteste autant que je t'aime. Tu es la raison de mon chagrin autant que ma roue de secours me renvoyant à la seule chose de bien dans ma vie. Je l'aimais tellement ! Pourquoi ne m'a-t-il pas aimé suffisamment pour rester avec moi !

Ethan se réveilla en sueur, en plein milieu de la nuit. Les souvenirs se bousculaient ces derniers temps et son sommeil s'évaporait en même temps. Les insomnies devenaient plus fréquentes. Il se sentait étouffer, comme prisonnier d'une situation inextricable. Combien de temps cette oppression sur sa poitrine allait-elle encore durer ? Tout se mélangeait dans sa tête. Sylvia,

Kaya, la relation qu'il avait eue avec chacune des deux femmes, la vie dépravée de Sylvia entre tristesse et désillusion... Il allait devenir fou. Il se leva, laissant Kaya dans son sommeil tranquille, et alla se rafraîchir le visage. Il se regarda dans le miroir.

Tu as les mêmes yeux que ton père...

Tout avait commencé à partir de cette ressemblance. Cette foutue génétique qui avait signé le début d'une malédiction. Il pourrait en vouloir à vie à ce père inconnu dont il ignorait tout. Mais comment le maudire, alors qu'il ignorait même jusqu'à quoi il ressemblait hormis les traits dont il avait hérités ? Des yeux, une bouche, un sourire, une ou deux expressions du visage... Le maudire revenait à se maudire. Se maudissait-il d'être ce qu'il était ? Des larmes se mélangèrent aux gouttes d'eau sur son visage. Il détestait ce qu'il voyait ; c'était un fait. Ce visage était la cause de tout. Il tapa le miroir et pleura sur son sort : être le fruit d'une union maudite. Comment pouvait-il s'en sortir avec deux parents si mal lotis ? Comment pouvait-il trouver un repos en se faisant aimer par Kaya, alors que lui-même détestait ce qu'il voyait devant ce miroir ?

Il se déshabilla et décida de prendre une douche. Comme si se nettoyer allait retirer cette poisse sur lui temporairement. C'était devenu le rituel masquant partiellement les ombres de son passé. Se laver, mettre un masque sur son visage pour ne pas montrer les traces de son père sur sa vie d'aujourd'hui, toucher son torse pour ne pas oublier que l'amour menait à la souffrance et que la gentillesse était le début de la douleur, comme le lui avait appris Stan. Il respirait alors fort, remplissant ses poumons d'un air pouvant le purifier temporairement jusqu'à ce qu'il faille recommencer, jour après jour, mois après mois, année après année. Avancer ainsi et tenir. Tenir à défaut de trouver une rédemption. Avancer à défaut de reculer et se faire rattraper par cette malédiction.

Il sortit de la douche, se sécha et regarda à nouveau son visage devant le miroir. Sa poitrine lui faisait mal.

Ma mère a aimé ce visage, elle s'est perdue dans ce regard et voilà où cela l'a mené... Kaya, que t'arrivera-t-il si tu tombes amoureuse de moi ? Que feras-tu pour cet amour ? Ma mère a complètement perdu la tête, ne distinguant plus son amour de jeunesse de son fils. Et toi ? Que feras-tu si tu apprends la vérité sur moi ? Je t'empêcherais de sombrer dans les mêmes folies que ma mère en évitant de concevoir un enfant qui finira malheureux. La malédiction ne doit pas se perpétrer.

Il déglutit et effaça la buée et le reflet de son visage d'un revers de main, avant de quitter la pièce.

Kaya se réveilla avec une sensation de froid sur les épaules. Lorsqu'elle chercha la chaleur d'Ethan à côté d'elle, elle ne trouva que le vide. Elle caressa les draps et se rendit compte qu'ils étaient froids, signe qu'il était levé depuis un moment déjà. Elle soupira. C'est cette sensation bizarre d'absence de sécurité qui la sortit de son sommeil. Elle s'habilla et sortit de la chambre pour tenter de trouver Ethan. Elle le trouva attablé, en train de manger.

— Petite faim nocturne ? lui dit-elle tout en s'approchant de lui.

Il dégustait une omelette qu'il venait de se cuisiner.

— Manger aide à... penser à autre chose.

— Tu parles comme si tu avais des pensées négatives que tu cherches à évacuer...

Ethan ne répondit rien et mit une énorme bouchée d'omelette en bouche qu'il eut du mal à mâcher. Kaya s'assit à côté de lui. Elle n'avait pas spécialement faim, mais lui prit de la main sa fourchette et piqua un bout d'omelette dans son assiette et le mangea. Ethan la regarda faire en silence.

— Elle est bonne.

— C'est normal, je l'ai cuisinée !

— Je n'aurais pas mis les poivrons.

— Ça donne un côté mexicain à l'affaire.

Kaya fit une moue peu convaincue. Elle prit malgré tout un nouveau morceau dans sa bouche.

— Hey ! Tu comptes me siffler mon repas ou quoi ?

Il lui reprit la fourchette des mains et se précipita vers son assiette pour finir le repas.

— Bon, eh bien tant pis ! fit Kaya, d'un air faussement déçu. Il ne me reste plus qu'une solution.

Elle lui attrapa le visage en coupe et l'embrassa.

— À défaut de manger une omelette dans une assiette, je vais te manger toi ? Qu'en penses-tu ?

Ethan se mit à rougir, complètement séché par l'attitude séductrice de Kaya. Il posa sa fourchette et se tourna mieux vers elle pour la prendre dans ses bras.

— Nous n'avons pas encore pu jouer avec la nourriture sur nos corps, c'est vrai… lui déclara-t-il alors d'une voix plus rauque.

Kaya l'embrassa à nouveau sur les lèvres puis dans le cou.

— Je n'aime pas quand je sens les draps froids à côté de moi.

Ethan resserra son étreinte et soupira.

— Pardon. J'ai le sommeil agité ces derniers temps.

Elle se détacha de lui et se dirigea vers le réfrigérateur. Elle en sortit alors un yaourt et prit une cuillère dans le tiroir.

— Tu m'as donné faim ! C'est malin ! Tu en veux ?

Ethan hocha la tête, les pupilles brillantes. Kaya se rapprocha de lui, prit une cuillerée de yaourt qu'elle gouta, puis une seconde qu'elle proposa à Ethan. Ce dernier ouvrit la bouche volontiers avant que Kaya ne se ravise et prenne cette seconde bouchée pour elle. Ethan lâcha alors un grognement et la ramena dans ses bras tandis qu'elle gardait la cuillère dans la bouche tout en riant.

— Je vais te dévorer, ton yaourt et toi !

Elle lui proposa une nouvelle cuillerée qu'il s'empressa cette fois d'avaler, puis l'embrassa. Leurs langues se mélangèrent et les mains d'Ethan commencèrent à se balader du côté des fesses de Kaya.

— Je crois que l'idée que tu me donnes la becquée m'excite !

Tous deux se mirent à rire à la suite des mots d'Ethan. Kaya lui en proposa une nouvelle, mais joua avec lui entre lui laisser la possibilité de la prendre et celle de la lui retirer. Ce petit jeu fit sourire Ethan qui finalement attrapa la cuillère et fit tomber du yaourt sur le T-shirt de Kaya. Cette dernière se trouva un peu agacée de voir son T-shirt sali, mais se ravisa lorsqu'il s'empressa de mordre le tissu à l'endroit où se trouvait le yaourt. L'excitation augmenta également du côté de la jeune femme qui lui caressa les cheveux. Ethan embrassa alors son cou puis revint sur ses lèvres avec plus de passion.

— Je t'aime, Kaya.

Il l'embrassa encore et encore, ne voulant plus s'arrêter.

— J'aime tellement tout chez toi…

Ses mains se glissèrent sous le T-shirt de Kaya qui posa le yaourt et la cuillère sur le comptoir, vaincue par le débordement d'amour d'Ethan.

— Je voudrais que cela dure tout le temps, qu'il n'y ait pas de pause, qu'on s'embrasse tout le temps…

Kaya répondit à sa fougue en tentant de le canaliser et en attrapant ses mains pour y glisser ses doigts dans les siens.

— Je crois qu'on en est pas loin, on passe beaucoup de temps à se câliner malgré tout.

— Je ne serai jamais rassasié de toi ! lui dit-il alors, le regard amoureux alors qu'ils balançaient leurs mains à l'unisson. J'ai tellement besoin de te sentir contre moi que ça me fait mal…

Kaya tiqua à ses mots.

— Je suis pourtant là, avec toi. Tu n'as pas à souffrir, il suffit que tu me dises ce qui te donne envie.

Il la reprit dans ses bras et posa son front sur son épaule.

— Je ne veux pas que tu te sentes étouffée, mais je pense que, même si je t'embrassais pendant vingt-quatre heures durant, je ne serai pas satisfait. Kaya, j'ai besoin de plus.

— Comment ça ?

Il redressa la tête pour lui faire face.

— Est-ce que tu m'aimes ? J'ai besoin de le savoir, je veux ton amour, je veux le ressentir, je veux que tu l'affirmes, que tu déplaces des montagnes pour moi.

Kaya se sentit prise au dépourvu, par le flot de demandes de la part d'Ethan.

— Kaya, je t'en prie, aime-moi ! Je n'en peux plus, je sais que je t'ai dit que je serai patient, mais la vérité c'est que je veux tout, de suite. Je veux que tu m'aimes comme je t'aime. Je veux... être ton unique planète autour de laquelle tu ne peux que graviter.

Kaya ne sut quoi dire. Elle repensa à son comportement. Elle se sentait un peu plus à l'aise et pensait même avoir évolué dans son sens. Pouvait-elle dire qu'elle l'aimait ? Ethan remarqua immédiatement son trouble. Elle hésitait, elle n'affirmait rien. Il s'esclaffa, dépité de voir qu'il n'en avait pas encore assez fait pour gagner son cœur. Elle n'avait pas d'avis tranché sur la question pour aller dans son sens.

Je ne l'aurai jamais... Tu sais pourquoi, Ethan... Pourquoi t'obstines-tu à croire le contraire ? Pourquoi espères-tu ?

— Tu ne m'aimes toujours pas, pas vrai ? Tu aimes bien passer du temps avec moi, mais on sait tous les deux que tu n'en es pas au point de m'exprimer ton amour. Au mieux, c'est de la sympathie.

Kaya le regarda durement. Elle n'en était pas à ce point, elle le savait, le sentait. Pour autant, elle avait du mal à se positionner réellement avec lui. Elle songea à son amour pour Adam et elle avait la certitude qu'elle se retenait effectivement avec Ethan. Elle ne savait pas vraiment pour quelles raisons. Tout allait pourtant bien, malgré certaines ombres au tableau qu'Ethan continuait de lui cacher. Avec Adam, elle était plus volontaire, plus…

Aimante.

La tristesse s'empara de son visage, se rendant compte qu'elle blessait Ethan à ne pas comprendre pourquoi son amour pour lui ne ressortait pas comme il le devrait. Ethan se leva du tabouret et prit de la distance.

— C'est bon, j'ai compris. Tu ne m'aimeras jamais, Kaya. Tu sais, le pire dans tout ça, c'est que je ne t'en veux pas ! Je te comprends, même !

— Non, Ethan, ce n'est pas ça…

Il fit un geste de rejet envers Kaya.

— Ne te fatigue pas. Je sais que je ne suis pas le genre de personne qui peut recevoir de l'amour…

— Quoi ?! Non ! Pas du tout ! rétorqua Kaya, n'aimant pas sa façon de s'accabler.

— Tu sais, il n'y a rien de nouveau pour moi… J'ai l'habitude de l'amour unilatéral. Je l'ai déjà vécu…

— Ethan, attends… Ce n'est pas ça !

— Ma mère ou toi, la finalité reste la même. J'en arrive au même résultat, à cette même impossibilité d'être aimé pour ce que je suis…

— Ethan, ne dis pas n'importe quoi, je…

— C'est bon, ne te force pas. Peut-être que c'est mieux ainsi. Je ne peux pas te rendre heureuse au point que tu m'aimes en retour. C'est la juste réalité des choses.

— Mais si ! Je suis heureuse !

— Je ne te donnerais jamais entière satisfaction. Je ne veux pas d'enfants. Je ne suis pas un exemple de dignité, de probité. Je ne peux finir que par te faire honte.

Des larmes coulèrent sur les joues d'Ethan. Kaya se leva en voyant qu'Ethan partait dans des suppositions qui le blessaient. Elle voulut le retenir, mais il recula. Elle paniqua, devinant qu'il la repoussait à nouveau, qu'il ne voulait même plus qu'elle le touche. Ses yeux s'humidifièrent, son intention n'était pas qu'il la fuit à la base. Ils devaient manger le yaourt ensemble tout en se câlinant. Elle devait être ce qui le console, ce qui le soulage, pas ce qui le blesse.

Comment en est-on arrivé là ? Ethan, ce n'est pas que je ne t'aime pas...

— Pourquoi tomber amoureuse d'un type comme moi ? lui dit-il alors. Même un mort l'emporte sans problème face à moi...

— Justement ! Laisse-moi faire...

— Non ! Il n'y a rien que tu puisses faire ! la coupa-t-il durement. Je ne suis pas suffisamment bien... pour personne.

Il quitta la cuisine, laissant Kaya avec une frustration et une tristesse qui la blessait également. Il fonça dans la salle de bain et se regarda dans le miroir. Son visage en larmes lui rappela les mots de Stan.

« Je vais te donner ta première et dernière leçon paternelle, à défaut d'avoir un père. Souviens-toi toute ta vie d'une chose avec les femmes : la gentillesse apporte la douleur, l'amour mène à la souffrance. Tu as voulu être gentil, prouver ton amour... Regarde à quoi cela t'a mené. Regarde-la. Elle pleure, mais tu crois qu'elle souffre, elle ? Non ! Tout n'est que cinéma. Elle t'aurait vraiment aimé, elle ne t'aurait pas traité comme un objet dont elle se sert pour vivre, se consoler ou s'amuser. Les femmes sont toutes pareilles... »

Il laissa aller son chagrin devant le lavabo. Rien ne changeait. Quels que soient ses efforts, il n'aurait jamais le retour. Il se revoyait vingt ans en arrière, Stan marchant autour de lui, le couteau dans la main, sa mère pleurant dans un coin. Il se remémorait parfaitement la déchirure dans son cœur, la tristesse incommensurable qu'il éprouvait en voyant que sa mère ne bougeait pas pour le détacher des liens qui le serraient. Stan avait accepté de l'élever, en acceptant Sylvia. Il était tout petit lorsque Sylvia rencontra Stan. Elle le fréquenta et s'installa chez lui rapidement. À quel prix ? Très tôt, il avait appris qu'il ne devait pas se faire remarquer. Stan ou Sylvia, il fallait qu'il reste dans son coin et ne se mêle pas des « histoires de grands ». Peu importaient les états d'âme de sa mère ou les siens. Et il avait fini par faire cette erreur, en intervenant dans une histoire de grands, en se permettant même de se révolter face à l'autorité de Stan, en cassant la confiance implicite qu'il avait établie avec lui. Il voulait juste protéger sa mère, lui prouver son amour en la défendant. Il voulait montrer qu'il était lui aussi un grand. Prouver que Stan ne la méritait pas, qu'il ne lui apportait pas tout le bonheur que sa mère méritait et qu'il était devenu cet homme pouvant la rendre heureuse. Ce ne fut qu'une nouvelle illusion. Du haut de ses treize ans, il avait eu faux sur toute la ligne. Stan avait beau être dur, avait beau ne pas être aimant, il avait été le plus honnête avec lui.

« Je vais te rendre service et soigner la douleur qu'elle t'a infligée. Durant des siècles, on estimait que pour guérir de certaines maladies, il fallait retirer le sang impur de son corps. Certains utilisaient des sangsues, d'autres faisaient des saignées... Mais qu'en est-il des maladies d'amour ? Ce mal qui vous ronge la poitrine, vous étouffe, vous empêche de respirer tant la souffrance vous écrase... Il suffit de la traiter de façon indélébile, pour qu'à chaque rechute, on agisse en conséquence !

Il n'y a rien de mieux que la prévention ! Je vais te vacciner contre ce sentiment ridicule qu'est l'amour... »

Ethan retira son T-shirt et caressa du bout des doigts ses cicatrices. Des larmes tombèrent dessus.

« L'amour... Quel grand mot ! Tu n'es pas mon fils, mais tu me déçois. Tu ne sais même pas distinguer les différentes formes d'amour. Tu me fais pitié. Ta mère encore plus. Comment tomber aussi bas dans la déchéance ? Faire ça avec son propre fils. Et toi, qui crois agir au nom de l'amour... Tu confonds tout, tu n'es qu'un gamin influençable et ta mère t'a bien lavé le cerveau. »

Ethan frappa alors le miroir qui se brisa. Kaya entendit le bris de glace venant de la salle de bain.

Qu'est-ce qu'il fabrique ? Tu es donc si fâché que ça ? Au point de casser des objets ? Pourquoi suis-je incapable de lui dire mes sentiments ? Pourquoi est-ce que j'hésite tant ?

Elle regarda en direction de la salle de bain.

Je dois lui dire. Ce n'est pas me forcer. Je crois vraiment que tu as réussi, Ethan !

Elle s'esclaffa devant l'incroyable.

C'est juste que je dois dire au revoir à Adam définitivement avant... Je dois le voir une dernière fois.

Ethan considéra ce miroir un instant, comme l'état de son cœur. Il en retira un morceau et le porta sur sa poitrine. Il ferma un instant les yeux, ressentant encore le couteau de Stan lui laissant ce qui allait devenir sa première cicatrice.

« Voici ce qui va t'apprendre que ta mère est tout sauf une mère. Une mère n'agirait jamais ainsi avec son fils. Dorénavant, tu auras honte d'avoir une telle mère ! »

Il s'enfonça alors le bris de miroir dans la peau et retraça sa cicatrice du haut, tout en revoyant les gestes de Stan sur la poitrine de l'adolescent qu'il était. La douleur lui déchira le cœur au passage, mais il ne laissa échapper aucun cri de douleur, contrairement à l'époque. Le sang commença à couler dans le lavabo. Sa main serrait tellement le morceau de miroir qu'elle en saigna aussi. La pointe acérée finissait de tracer sa première marque qu'un énorme soulagement s'échappa de ses tripes, comme si une partie de sa douleur ancrée au fond de son cœur s'échappait avec le sang.

Renouveler le sang pour se purifier

Il avait l'impression de se sentir moins oppressé. Tout ce qu'il gardait en lui s'échappait enfin. Sa respiration restait saccadée, mais il respirait mieux. Tout son être se déchargeait d'un poids. Il se regarda à nouveau dans le miroir brisé et à moitié manquant. À son image. Il se rappela ensuite de la seconde façon dont Stan lui avait marqué le torse. La seconde étape menant à la délivrance.

« Celle-là, c'est pour que tu comprennes que les femmes sont toutes les mêmes. Elles ne se servent des hommes que dans leur propre intérêt, tout comme les hommes usent d'elles pour le leur. Ce n'est que simples échanges de bons procédés. Il n'y a pas d'amour. Juste des intérêts communs pour que chacun y trouve son compte. Ta mère ou toute autre femme, ce sera toujours ainsi. Retiens bien ceci, fils ! Ne sois l'objet de personne ! Sois le pire connard au monde avec les femmes. Tu te protègeras bien mieux et n'auras pas l'impression de perdre de toi au final. »

Il serra son morceau de miroir dans la main. La douleur de sa main lui semblait insignifiante en comparaison de celle qui lui brûlait la poitrine.

— Je dois retirer tout cet amour…

À l'instar de ce qu'avait fait Stan à l'époque, il traça sur sa peau la seconde cicatrice en enfonçant le morceau de miroir. La douleur était terrible cette fois-ci, amplifiée par la douleur de la première à proximité. Il lâcha un cri déchirant, mais qui le libéra cette fois-ci pour de bon. Le sang coula davantage, mais il sentait enfin une fin à tout cet espoir vain. Il allait enfin pouvoir revivre.

Kaya entendit le cri déchirant d'Ethan depuis la salle de bain. Elle se précipita vers la pièce d'eau et tapa à la porte.

— Ethan, qu'est-ce qui se passe ? Dis-moi ! Ouvre-moi ! Ça m'inquiète !

Elle hésita, mais n'entendant aucune réponse, ouvrit la porte. Ses yeux terrifiés reflétèrent l'horreur qui se jouait sous ses yeux. Du sang partout, Ethan assis au sol, le regard dans le vide et le morceau de miroir dans la main.

11

INGUÉRISSABLE

Kaya resta figée plusieurs secondes, à la fois paniquée et stupéfaite par ce qu'elle voyait. Ethan n'avait pas réagi lorsqu'elle avait ouvert la porte. Ses bras tombant, son torse en sang, il ne montrait aucun signe réflexe. Son regard empli de larmes fixait un point de la salle de bain, mais ses yeux ne clignaient plus. Il était amorphe. Il y avait du sang partout : sur lui, au sol, dans le lavabo et sur le miroir brisé.

Passé l'effroi, le cœur de Kaya saigna tout comme celui d'Ethan. Elle se précipita sur lui.

— Ethan, qu'est-ce qui t'as pris ?

L'absence de réactions d'Ethan l'inquiéta davantage.

— Ethan, regarde-moi ! lui dit-elle alors qu'elle constatait plus attentivement l'ampleur des dégâts.

Elle grimaça en voyant l'horreur des plaies et la douleur qu'il devait éprouver. Elle attrapa vite une serviette et fit tampon sur son torse. Il fallait absolument ralentir les saignements.

— Pourquoi tu as fait ça ? lui cria-t-elle, les larmes lui montant aux yeux.

Ethan resta mutique, l'esprit ailleurs, toujours à fixer ce point dans le vide.

— Pourquoi tu ne me parles pas, espèce d'idiot ?! l'invectiva-t-elle alors que la tristesse de le voir ainsi lui déchirait le cœur. Pourquoi as-tu fait ça, crétin ? Tu n'avais pas le droit !

Le chagrin l'envahit alors que la serviette s'imbibait de sang et que ses mains devenaient rouges également.

— T'es qu'un connard ! lui hurla-t-elle, folle de rage. Pourquoi tu me fais ça ?!

Elle laissa tomber son front sur l'épaule d'Ethan et pleura.

— Pourquoi tu me fais me sentir si impuissante ?!

— La gentillesse apporte la douleur, l'amour mène à la souffrance… murmura-t-il alors, comme seule réponse.

Kaya se redressa pour le regarder. Il n'avait pas dévié son regard. Il était dans son monde, dans sa bulle, dans son cauchemar. Kaya lui frappa de colère l'épaule. Ethan accusa le coup sans plus de réaction. Elle regarda ses propres mains couvertes de sang et tremblantes. Plus elle attendait et restait sous le choc, plus Ethan perdait de sang. Elle se leva, prise d'un élan de responsabilité dont elle ne s'imaginait pas capable et se précipita dans le salon pour trouver une aide. Elle ne savait pas comment appeler les urgences. Elle n'était pas à Paris. Il ne lui restait qu'une solution. Elle chercha dans le répertoire du téléphone d'Ethan le numéro des Abberline et appela. Après trois sonneries, Charles décrocha.

— Allo ? Salut fiston !

— C'est Kaya !

— Kaya ? Pourquoi as-tu le téléphone d'Ethan ?

Kaya laissa échapper un sanglot, la main sur le front, à l'idée de lui annoncer l'horreur.

— Kaya, qu'est-ce qui se passe ? s'inquiéta Charles au bout du fil. Dis-moi pourquoi tu pleures. Où est Ethan ?

— Je ne pensais pas qu'il irait jusque-là... Pourquoi a-t-il fait ça ?

— Kaya, où est Ethan ? Pourquoi dis-tu ça ?

— Il faut que vous veniez vite, s'il vous plaît ! le supplia-t-elle, dévastée par le chagrin. Je ne sais pas quoi faire ! Il faut faire venir une ambulance ! Il y a du sang partout...

— Merde ! Il s'est ouvert le torse, c'est ça ?

Kaya marqua une pause dans ses larmes, tout à coup surprise par la demande de Charles.

— Pourquoi a-t-il fait ça ? Je ne voulais pas qu'il se fasse ça.

— Je sais. Ce n'est pas ta faute, Kaya. Ethan... a des souffrances profondes qui ne datent pas d'hier. On arrive ! Ne t'inquiète pas ! Tout va bien aller.

Charles raccrocha, laissant Kaya dans l'expectative. Elle ne comprenait plus rien. Elle se sentait prise dans un tourbillon où elle n'était plus maîtresse de son destin. Elle regarda la salle de bain.

Ce n'est pas la première fois que tu fais ça ?

Elle retourna auprès de lui rapidement. Il n'avait pas bougé d'un pouce depuis qu'elle l'avait quitté.

— Ethan, j'ai appelé ton père. Je ne sais pas quoi faire ! Je te demande pardon. Je me sens tellement nulle.

Elle observa à nouveau l'ampleur du désastre. Tout ce sang répandu oppressait sa poitrine. La pièce plutôt exiguë ne l'aidait pas à bien respirer. C'était Ethan qui était le plus en souffrance, mais c'était elle qui se sentait écrasée par la douleur. Elle ne pouvait rien faire d'autre que de changer la serviette puis la plaquer sur ses plaies et faire pression. Elle le prit dans ses bras, posant sa tête contre elle, espérant que ce simple geste le soulage un peu et qu'il sache qu'elle était là malgré tout. Elle pouvait encore lui prouver qu'elle tenait à lui, qu'il n'était pas seul.

Ethan se laissa faire, mais elle avait l'impression de ne plus exister à ses yeux. Il n'était pas avec elle. Son esprit était déconnecté de son corps. Le choc, le traumatisme était tel qu'il avait fait abstraction de la réalité. Elle se demandait même s'il se rendait encore compte de son état et s'il souffrait. Il paraissait complètement détaché de tout. Un pantin sans âme. Les minutes avant l'arrivée des Abberline lui parurent être une éternité. Elle avait continué de lui parler, pour ne pas qu'il s'évanouisse. Elle avait entendu dire que c'était impératif de garder les blessés éveillés le temps que les secours arrivent. Elle lui avait alors parlé de choses n'ayant aucun rapport avec ce qui venait de se passer. Les étoiles, ce qu'elle avait envie de faire avec lui, son rêve de voir la mer exaucé grâce à lui… Elle évitait tout sujet pouvant lui paraître désagréable, mais s'efforçait de lui faire comprendre qu'elle continuait de se projeter avec lui dans l'avenir. Elle avait hésité à parler de ses sentiments. Elle ne savait pas s'il les accepterait ou s'il pouvait les percevoir comme une supercherie afin d'adoucir sa souffrance et ce, sans sincérité. Elle avait donc décidé de reporter ce sujet à plus tard.

Charles et Max arrivèrent un quart d'heure après l'appel de Kaya. Connaissant le code d'entrée, Charles entra sans sonner, suivi de Max.

— Kaya ! cria-t-il alors.

— Dans la salle de bain !

Les deux hommes se précipitèrent dans la salle de bain sans attendre.

— Merde ! laissa échapper Charles en voyant le carnage.

Max resta en retrait, d'abord surpris par la scène, puis plus renfermé dans ses pensées. Charles soupira et se baissa sur Ethan et Kaya.

— Cindy n'est pas là ? demanda Kaya dans un état second.

— Les femmes ne sont pas acceptées ici. Cindy et Claudia n'ont jamais pu entrer dans cette maison et il ne vaut mieux pas qu'elles le fassent dans ces circonstances. Tu es son exception. Vu ce que tu m'as dit au téléphone, nous avons fait le choix de ne pas accentuer l'angoisse d'Ethan avec d'autres présences féminines. Elle attend à la maison mon retour.

— Il ne me parle pas. Je lui parle depuis tout à l'heure, mais il reste inerte, les yeux ouverts.

Charles souleva délicatement la serviette, mais Kaya y opposa une résistance.

— Kaya, tu peux relâcher. Je suis médecin. Tu peux me laisser le relai.

Charles lui fit un petit sourire. Kaya était tremblante, complètement figée dans son rôle d'accompagnante du blessé. Il remarqua son visage fatigué, dévasté par le chagrin et la peur. Lentement, il l'encouragea à desserrer ses doigts de la serviette pour qu'il puisse faire son diagnostic. Les plaies étaient importantes, mais ne semblaient pas avoir touché d'organes vitaux. Il reposa la serviette sur le torse d'Ethan puis tenta de vérifier l'état de conscience de son fils. Il prit son pouls, posa sa main sur son front, claqua des doigts, alluma sa lampe torche de son téléphone pour capter son attention visuelle, puis soupira. Max restait derrière, silencieux. Charles ferma les yeux, triste de voir son fils ainsi.

— Kaya, écoute-moi. Je sais que ce que je vais te demander risque de ne pas te plaire, mais je te le demande pour le bien d'Ethan.

Kaya serra la serviette, le cœur serré. Elle avait peur de son verdict.

— Je vais te demander de quitter les États-Unis. Ce n'est pas contre toi, mais il y a quelque chose qui a déclenché son acte et je me doute que c'est lié à toi, que ce soit conscient ou inconscient chez lui. Je ne pensais pas qu'il en viendrait à un tel geste. Mais tu dois prendre tes distances avec lui quelque temps, le temps qu'on démêle les choses.

Kaya contempla Ethan et de nouvelles larmes coulèrent sur ses joues.

— Je ne peux pas le laisser comme ça. Je veux être avec lui.

Charles lui sourit tendrement.

— Je sais. Je sais que tu tiens à lui. Et je ne t'imputerai jamais la faute à propos de ce qu'il vient de se passer. Ce qui m'inquiète, ce n'est pas ses plaies qu'il s'est infligées, mais son état mental.

Kaya pleura davantage à ses mots.

— J'ai essayé d'être sa confidente…

— Je n'en doute pas. Et je suis sûr que même s'il ne t'a pas tout dit, tu l'es déjà à ses yeux. Je vais néanmoins te demander d'agir à l'encontre de ce que tu juges important pour lui.

Charles se tourna vers son fils ainé.

— Max, tu vas l'aider à rentrer à Paris. Préviens d'abord Maman pendant qu'elle se nettoie et se change. Tu lui expliques qu'il a recommencé, que tu t'occupes d'emmener Kaya à l'aéroport et que je vais conduire Ethan à l'hôpital. Tu lui dis que son état physique est stable. Pour le reste, il est trop tôt pour se prononcer.

Max hocha de la tête et se dirigea dans la cuisine pour appeler sa mère. Charles caressa ensuite la joue de Kaya.

— Kaya, s'il te plait, prend tes affaires et rentre à Paris. Ethan est une force niveau physique, donc ne t'inquiète pas pour tout ce sang perdu. Il guérira vite. L'expérience nous a déjà montré qu'il est fort physiquement. Cependant, c'est un homme fragile mentalement, même s'il tend à démontrer le contraire. Il faut qu'on fasse le point sur la raison de son geste, car ce qu'il a fait est la résultante d'un malaise psychologique qui couvait et que nous connaissons, mais qui a connu un nouvel élément déclencheur.

— Moi ?

— Non, ce serait très réducteur de le résumer à toi seule. Cela peut-être autre chose, mais qui, à ton contact, a accentué son mal-être intérieur. Même si nous connaissons ce qui ronge Ethan depuis longtemps, nous devons analyser ce qui l'a fait replonger. Je pourrais te demander ce qui s'est passé, mais ce qui m'intéresse, ce sont ses mots à lui, son interprétation de la situation. Ce sera le travail de Cindy de comprendre son analyse de la situation, peu importe la véracité de son discours.

— Il l'a déjà fait ? demanda alors Kaya, alors qu'elle caressait la tignasse d'Ethan avec tristesse. Pourquoi ? Je n'aurais jamais pensé que ses cicatrices étaient de son fait.

Charles retira sa main de sa joue et lui sourit.

— La première fois, elles n'étaient pas de son fait.

— Stan ?

— Il te l'a dit ? C'est bien. Oui, Stan. Les suivantes furent de son propre chef. Certaines personnes en dépression expriment leur détresse en prenant des drogues, comme ce fut le cas de Max, d'autres cherchent à se faire aimer impérativement pour ne pas se sentir oubliés comme Claudia et d'autres se scarifient pour soulager leur mal-être comme Ethan. Kaya, j'ai trois enfants avec un passif psychologique compliqué. Si Cindy et moi les avons adoptés, c'est aussi parce que nous voulions les sauver tous les trois de leur détresse intérieure. Un enfant doit être heureux et aimé. Il n'a pas à subir la fatalité ; une vie est trop précieuse pour être vécue de façon horrible. Aujourd'hui, Max a réussi à ne pas replonger dans ses addictions, Claudia a encore des besoins de reconnaissance et je pense que son attitude vis-à-vis de toi est une réponse à son besoin d'exister aux yeux de ceux qu'elle aime comme son frère... Reste Ethan. C'est le plus instable des trois. Le plus imprévisible des trois. Celui avec qui nous n'avons aucune certitude…

Kaya put lire dans les yeux de Charles une certaine tristesse dans son incapacité à rendre son fils totalement heureux. Elle posa sa main sur son avant-bras pour lui apporter son soutien.

— Je te promets qu'il te reviendra bientôt, Kaya. Mais pour l'heure, il faut lui retirer toute source de stress pouvant le faire replonger. Pour le soigner, il doit être en terrain neutre, sans nouvel élément perturbant son état mental.

Max revint vers eux.

— C'est bon, Maman est prévenue. On peut y aller.

Kaya observa Charles puis Ethan. L'heure de la séparation était venue, aussi déchirante qu'indésirable. Elle caressa la joue d'Ethan. Ce dernier avait fini par fermer les yeux contre elle. Il semblait s'être endormi. De nouvelles larmes coulèrent à l'idée de le laisser loin d'elle. Charles engagea son départ en récupérant Ethan dans ses bras.

— Va ! lui déclara Charles. Je vais prendre soin de lui, je te le promets.

Elle contempla une dernière fois Ethan dans les bras de son père et fit un signe de tête avant de se lever et de quitter la salle de bain. Charles ferma les yeux un instant, réalisant bien le sacrifice qu'il lui demandait de faire au vu de son sentiment de culpabilité évident. Pourtant, il n'avait pas le choix. Il devait absolument éloigner Kaya pour retrouver Ethan, perdu dans son errance psychique.

Kaya se changea, tel un zombie, complètement anesthésiée. Max l'aida à ranger ses affaires en silence, puis ils quittèrent le Sanctuaire tandis que Charles déposait des pansements temporaires sur Ethan avant de l'emmener à l'hôpital.

Une fois dans la voiture, Max prit la parole.

— Je vais t'aider pour les démarches à l'aéroport, ne t'inquiète pas. Je resterai avec toi jusqu'à ce que tu décolles. On va voir quel est l'avion le plus tôt pour Paris.

— Merci…

La petite voix de Kaya et son abattement firent de la peine à Max. Il ne savait comment se positionner avec elle. Il lui avait peu parlé jusqu'à présent, hormis lors du repas familial et n'avait aucun a priori la concernant. Il ne la connaissait pas suffisamment pour l'estimer comme bienfaitrice ou dangereuse pour Ethan. Son affliction montrait qu'elle tenait malgré tout à Ethan même après l'accident.

— Il s'est passé quoi exactement ?

Kaya le dévisagea devant sa question abrupte. Si Charles n'avait pas souhaité d'explications, Max semblait plus curieux.

— Je ne sais pas… Tout est allé très vite. Nous mangions un yaourt et…

Le chagrin la saisit à nouveau.

— Il voulait que je lui dise que je l'aime, mais… je me suis sentie gênée. Je ne savais pas si c'était le bon moment. J'avais peur de ne pas paraître sincère. Je n'ai pas dit au revoir à Adam de façon formelle, je ne savais pas si je me considérais encore en deuil et l'attente impatiente d'Ethan me mettait une pression qui m'a encore plus mis le doute sur ce que je devais faire ou dire et qu'il l'accepte avec franchise. Et il a commencé à dire qu'il ne serait jamais assez bien pour moi et proférer des élucubrations sans me laisser la possibilité de parler, de m'expliquer. Il s'est braqué et je n'ai pas pu lui transmettre ce que je ressentais vraiment. Il est parti ensuite s'enfermer dans la salle de bain. Si j'avais su, j'aurais été moins hésitante…

Elle renifla tout en s'essuyant le visage.

— J'ai donné une bonne raison à Claudia de confirmer ses craintes et de me détester. Quelle idiote ! J'ai été nulle sur toute la ligne. Et je dois me prétendre sa petite amie.

— Ne te blâme pas trop. Toi ou quelqu'un d'autre, Ethan a ses fragilités et rien ne prouve qu'il n'aurait pas ouvert ses cicatrices une nouvelle fois même sans ta présence.

— Il attendait mon amour… et a été déçu.

Max jeta un regard vers Kaya, vaincue. Il posa ensuite ses yeux sur la route, songeur.

— Je pense plutôt que ce n'est pas tout ce qui justifie son geste. Tu sais, la première fois où il s'est ouvert le torse, c'était quand il a eu sa première petite amie.

Kaya écouta cette anecdote avec attention.

— C'était avant l'adoption de Claudia. Nous avions une voisine de l'âge d'Ethan. Je crois qu'on peut dire qu'elle avait flashé sur l'attitude taciturne d'Ethan de l'époque. Plus il la repoussait, plus elle s'accrochait. Au point de venir tous les jours à la maison pour le voir. Elle était persévérante et il a fini par craquer et s'est laissé séduire. Il avait dix-sept ans. Ils sont sortis ensemble un moment puis un jour, il l'a découverte par hasard embrassant un autre mec. Au-delà de la tromperie et donc de la trahison ressentie, au-delà de l'amour factice qu'elle lui portait, ce qui pousse Ethan à se faire mal, c'est son rapport à lui-même. Il a une mauvaise image de lui-même. Pour lui, ce ne sont pas les autres les responsables, mais lui. Il se dévalorise plus qu'on pourrait le croire. Donc, ne te fustige pas en te portant responsable de quelque chose sur laquelle tu n'as pas d'emprise. La façon dont il s'estime, c'est avant tout un travail qu'il doit faire sur lui-même, quand bien même des éléments extérieurs viendraient renforcer ses doutes sur sa personne. Mes parents ont été complètement décontenancés quand c'est arrivé. Il s'est ainsi renfermé sur lui-même à nouveau, alors qu'il avait fini par s'ouvrir à nous. C'est à ce moment-là que mes parents lui ont proposé le Sanctuaire. Mais son aversion pour les femmes s'est renforcée par la suite. Il s'est construit une carapace encore plus forte. Une autre identité.

— Combien de fois est-ce arrivé ? demanda alors Kaya, la gorge nouée en découvrant la dérangeante vérité sur ses cicatrices.

— De lui-même, tu es sa troisième fois.

— La seconde, c'était dû à quoi ?

— On ne sait pas vraiment. Il n'y avait pas de femmes dans son entourage pouvant provoquer un déséquilibre dans sa vie. Ma mère en a conclu à une rechute émotionnelle liée à ses perspectives d'avenir. C'était l'époque où il cherchait son orientation professionnelle. Quand on ne se sent pas légitime, on doute de tout et en particulier de sa réussite sur tout ce qui peut être entrepris.

Kaya serra ses poings. Elle était loin d'imaginer le mal-être profond d'Ethan au point de se sous-estimer de la sorte.

— Pourquoi se fait-il ça ?

— Va savoir… Une libération certainement. Les gens qui se scarifient le font pour évacuer leur mal et aussi pour se punir d'être ce qu'ils sont.

Kaya porta son poing sur ses lèvres et pleura à nouveau, souffrant à présent pour lui, s'imaginant son enfer.

— Donne-lui le temps de faire le point. Ce qui est sûr, c'est qu'il est ressorti de ces épreuves plus fort, plus dur, plus solide à chaque fois. Il lui faut juste le temps de se refaire un mental. Je ne te garantis pas que son retour sera aisé. Tu risques de voir même des changements dans son comportement, mais ne renonce pas. Si tu l'aimes vraiment, montre-lui…

Trois heures plus tard, Max observa Kaya embarquer dans son avion. Il n'avait pu lui garantir un retour d'Ethan rapide auprès d'elle. Il ne savait même pas s'il reviendrait auprès d'elle.

— Il a coupé les ponts avec celles qui l'ont blessé. Qu'en sera-t-il de toi, Kaya ? Je suis tellement désolé pour toi… Tu ne mérites pas ça. Lui non plus.

12

ABANDONNÉE

Kaya regarda la devanture de la boutique avec inquiétude. Tout allait une nouvelle fois se jouer dans l'heure qui allait suivre. C'était toujours la même angoisse : celle de devoir trouver un job. Devoir reprendre en main sa vie, remplir son frigo, régler ses factures et ses dettes. Même si le rêve américain avait pris fin, elle avait encore du mal à revenir à son quotidien parisien. Pourtant, il s'imposa vite à elle : la romance ne lui apporterait pas d'argent à la fin du mois. L'urgence était donc de retrouver un boulot.

Elle souffla un bon coup pour se donner du courage et entra. C'était une boutique de fringues plutôt branchée, destinée à un public jeune. Cette chaîne de magasins connue cherchait une vendeuse à temps plein et avait mis une annonce sur un site consacré à la recherche d'emploi. Bien évidemment, elle avait envoyé son CV, parmi la liste des autres offres auxquelles elle pouvait répondre, et avait décroché un entretien à sa grande surprise.

— Bonjour ! lui dit alors une vendeuse.
— Bonjour ! J'ai rendez-vous avec Monsieur Lorenzo.
— Ah oui ? Il est dans la réserve ! Je vais le chercher.

Un homme grand, brun, habillé d'une chemise et d'un jean, apparu au bout de quelques minutes. La trentaine assurée, il se présenta à elle avec un petit sourire.

— Bonjour, je suis Andrea Lorenzo. Je dirige les magasins *Armadio*.

Il lui tendit alors la main pour la saluer. Kaya la lui serra avec un grand sourire.

— Bonjour, Kaya Lévy. Nous avions rendez-vous pour un entretien, je crois.

— Vous croyez ou vous en êtes sûre ?

Kaya tiqua à sa remarque et perdit son sourire.

— Euh… je suis sûre.

— Alors, ne perdons pas de temps. Allons dans le café d'en face.

Sans attendre, il l'invita à sortir du magasin pour se retrouver quelques minutes plus tard assis l'un en face de l'autre autour d'un verre.

— Je ne vais pas passer par quatre chemins ! déclara-t-il pour ouvrir les hostilités. J'ai peu de temps. J'ai quatre magasins à gérer aujourd'hui, donc je dois me partager en quatre. Il me faut donc des personnes fiables pour les trois quarts du temps où je ne suis pas présent. Que savez-vous d'Armadio ?

Kaya regarda fixement son interlocuteur. Il avait ce ton solennel de tous les patrons en entretien d'embauche, ou du moins des recruteurs.

— Que vous vendez des vêtements.

— Je pense que vous pouvez faire mieux, non ?

Kaya observa son jus d'orange pressée, offert généreusement par l'homme qui lui faisait face. La vérité est qu'elle n'avait rien d'autre à dire.

— Puisque vous voulez aller droit au but, je n'ai rien d'autre à ajouter. On me demande de vendre, je vends. On veut que je conseille, vous aurez l'avis d'une néophyte en matière de mode, de la sincérité sur la façon dont je perçois les gens, sur ce qui me paraît le mieux pour eux. Je ne suis pas experte, mais je fais toujours de mon mieux.

Monsieur Lorenzo la fixa avec un petit sourire.

— Vous faites de votre mieux, mais vous cumulez toutefois les emplois. Ce n'est pas une preuve de stabilité quand je regarde votre CV.

Kaya se montra troublée par sa remarque.

— Il y a des boulots où ce n'était pas ma volonté d'être virée ! protesta-t-elle.

— Évidemment ! Ce n'est jamais la faute des employés. C'est le discours pour faire bien. On ne choisit pas de virer quelqu'un pour ses superbes compétences. Mademoiselle Lévy, avouez que cette façon de papillonner d'emploi en emploi n'est pas très claire.

Kaya baissa la tête. Il avait raison. Elle ne montrait en rien son sérieux avec un tel CV.

— C'est un client qui m'a faite virer par vengeance, à deux reprises. Mes patrons n'ont pas eu le choix.

Lorenzo croisa les bras tout en se reculant contre le dossier de sa chaise.

— Vous vous rendez compte que vous êtes en train de me dire que vous avez foiré votre relationnel client ?

— Je sais. J'ai eu affaire à un... méga connard !

Elle releva les yeux vers son recruteur pour voir sa réaction.

— On ne choisit pas nos rencontres. Le destin nous met des gens sur notre route et c'est soit bénéfique, soit catastrophique.

— Et vous souhaiteriez que notre rencontre soit de l'ordre du bénéfique ? demanda alors Monsieur Lorenzo.

— Si cela ne vous dérange pas, oui… je suis assez fatiguée de courir après les jobs. Tout ce que je veux, c'est travailler.

Lorenzo regarda le serveur s'occuper un instant de la table d'à côté.

— C'est la première fois que je vois une femme qui me met devant l'ultimatum d'être soit un bon samaritain, soit un connard fini. J'ai l'impression de porter l'honneur de toute la gent masculine sur les épaules ! Soit je la sauve, soit je confirme l'idée générale que nous sommes tous les mêmes. C'est assez incroyable ! Je suis censé avoir l'ascendant sur vous en tant que recruteur et vous renversez la situation à votre avantage.

Kaya commença à comprendre que son entretien était en train de tourner court. Il n'y avait rien qui n'allait en son sens. Sans le vouloir, elle avait conduit son entretien à l'échec. Ethan avait maintenant un pouvoir sur son avenir professionnel. On n'avait plus besoin de la virer ou d'attendre sa démission, car elle était au stade où il n'y avait carrément plus de possibilités de travailler pour elle. Elle s'esclaffa, frappée par la dérision de son cas, puis soupira. Elle se leva alors et posa un billet pour payer les boissons. Elle lui devait au moins cela en guise d'excuse.

— Pardon de vous avoir fait perdre votre temps. Ce n'était pas mon intention. Je ne veux pas que vous en perdiez davantage. Je me rends compte que je vous donne effectivement le bâton pour me faire battre et qu'en plus, je deviens involontairement irrespectueuse. Je ne pense pas que vous soyez un connard. Tous les hommes ne le sont évidemment pas et je ne vous demande pas de trancher ce débat. Je comprends même votre réticence à m'embaucher au vu de l'énumération de tous ces jobs en peu de temps. Qui embaucherait une personne, à première vue, si instable ? C'est de ma faute. Je n'aurais pas dû mettre autant de détails sur mon CV. C'est tout à votre honneur que d'être méfiant et de vouloir protéger vos intérêts. Malgré l'échec de cet entretien, j'aurai au moins appris que, parfois, il valait mieux mentir. La sincérité ne paie pas toujours. Je vais donc essayer de mentir à mon prochain entretien d'embauche, notamment au niveau de mon CV. Merci pour votre aide.

Elle se tourna alors et enfila son manteau.

— Je vous souhaite une bonne journée et bonne chance dans votre recrutement.

Elle lui offrit un petit sourire et un geste de la tête pour le saluer, puis quitta les lieux. Une fois à l'extérieur, elle regarda le ciel. Il commençait à pleuvoir. La météo était à l'image de son cœur : gris, triste, morne. Elle s'avança doucement dans la rue piétonne et au bout de quelques mètres, s'appuya contre un mur. Elle se sentait seule, démunie, fatiguée et complètement idiote.

Comment as-tu pu te vendre de la sorte ? Faut être stupide que de tout dire sur ton CV !

Elle se pinça l'arête du nez, sentant le mal de tête poindre. Rien n'allait. Elle n'avait pas de nouvelles d'Ethan depuis son retour à Paris, il y a cinq jours. Elle ne dormait plus, rongée par l'inquiétude. L'impuissance la déprimait. Il ne répondait pas à ses appels. Ce silence la minait et elle tournait en rond.

Tu sais ce que tu dois faire... tu n'as plus le choix.

Elle sortit son téléphone de son sac à main et le regarda un instant. Pas de SMS ni d'appel d'Ethan. Rien. Le vide sidéral.

Plus le temps passe et plus il va croire que ça m'est égal...

Elle commença à pianoter son répertoire et s'arrêta sur deux numéros.

Je dois les appeler. Du moins un des deux. Ils pourront me conseiller. Ils savent son passé...

— Oliver ou Eddy ?

Elle appuya sur « appeler » et mit à l'oreille son téléphone. Elle se sentait honteuse, mais aussi tellement aux abois qu'une nouvelle force la poussait à aller chercher de l'aide. Son cœur battait toujours un peu plus fort à chaque bip qui la faisait attendre. Chaque seconde l'amenait à plus de peur et à la fois plus de détermination.

— Allô ?

Il avait décroché son téléphone. Elle pouvait enfin se confier. Pourtant, la honte de gêner la saisit au moment où elle entendit sa voix.

— Allô ? put-elle entendre à nouveau à son oreille.

— Bon… bonjour, Oliver ! C'est… Kaya !

— Kaya ?

— Oui… Ethan avait mis dans le téléphone qu'il m'a prêté tous ses amis dans le répertoire…

Elle sentait son cœur s'emballer. Elle ne savait plus où se mettre.

— Ah ! OK ! Je vais t'enregistrer sur le mien. Il n'en a pas fait de même avec nous !

Il se mit à rire légèrement, amplifiant un peu plus l'impression d'absurdité de cet appel pour Kaya. Elle ferma les yeux, pestant contre cette situation qui s'avérait maintenant ridicule.

— Dis-moi, qu'est-ce qui t'amène à m'appeler… demande alors Oliver, intrigué par son silence soudain.

— Euh… non, ce n'est rien. Je… je vais me débrouiller ! Pardon de t'avoir dérangé.

— Tu ne me déranges pas ! répondit rapidement Oliver, le ton clair et calme. Si tu m'appelles, c'est que tu as besoin de moi.

Après quelques hésitations, Kaya se lança.

— As-tu eu des nouvelles d'Ethan ?

— Des nouvelles d'Eth… quoi ? Mais tu n'es pas avec lui aux States ?

— Non, je suis rentrée à Paris il y a cinq jours… et lui est resté là-bas. Si tu ne sais pas ça, c'est que tu ne sais rien.

Le désespoir la gagna. Oliver s'inquiéta.

— Que s'est-il passé ?
— Je... rien ! Laisse tomber ! Merci de m'avoir répondu.
— Kayaaaa... put-elle entendre Oliver la sermonner d'une voix tout à coup plus autoritaire. Parle !

La voix grave de son interlocuteur la fit paniquer.
— Il est... on s'est disputé et il...
— Il a quoi ? !
— Je ne peux pas le dire ! C'est son secret ! C'est...
— C'est ses cicatrices, c'est ça ? Ne me dis pas qu'il a recommencé !
— Quoi ? Tu sais pour ses cicatrices ?
— Kaya..., souffla Oliver, écoute-moi. Je sais beaucoup de choses concernant Ethan. Dis-moi ce qu'il s'est passé. Je peux t'aider.

Les yeux de la jeune femme s'humidifièrent. Pour la première fois en cinq jours, elle allait pouvoir se confier, trouver de l'aide. Oliver entendit son sanglot à travers le téléphone.
— Je n'ai pas de nouvelles depuis des jours.
— Nous n'avons aucune nouvelle non plus. Nous devions faire plusieurs visioconférences, mais elles se sont soldées par son absence. Mais raconte-moi ce qui s'est passé. Cela expliquera son silence et je pourrai te dire comment réagir.
— Il a voulu que je lui dise mes sentiments pour lui, mais, à ce moment-là, il m'a prise au dépourvu. J'ai paniqué. Je n'ai pas su comment lui répondre. Il m'a crié dessus sa déception, son écœurement. Il a ensuite quitté le salon pour se rendre dans la salle de bain. Et là, j'ai entendu un bris de glace.

Son sanglot reprit.
— Je suis allée voir. J'ai ouvert la porte et... il y avait du sang partout.
— Putain ! Merde ! Il l'a donc bien refait !

Elle put entendre Oliver s'agiter à travers le combiné.

— Kaya, écoute-moi. Ethan se mutile dès que l'émotion est trop forte et qu'il se rend compte qu'il a replongé à l'époque de sa mère biologique. Il compare sa situation actuelle à celle qu'il a connue à l'époque et il fait l'amalgame. Il reproduit ce que lui a fait son beau-père pour se « purifier » de la même erreur qu'il pense répéter alors.

Kaya réalisa alors pourquoi ses cicatrices étaient aussi boursouflées, pourquoi il n'était pas passé sous le bistouri d'un chirurgien esthétique, pourquoi le lien qu'Ethan entretenait avec elles était si fort. Il avait une relation avec ses cicatrices qui la dépassait. Mutilations. Purification. Autant de mots qui lui faisaient réaliser l'état psychologique grave qu'Ethan lui avait plus ou moins caché. Plus elle en apprenait, plus elle réalisait tout ce qui pouvait se trouver sous l'iceberg. Elle ne se doutait pas de l'importance de son mal-être. Oliver lui faisait voir une autre facette d'Ethan que Charles et Max avaient commencé à mentionner. Beaucoup de choses restaient floues, mais elle commençait à comprendre. Les morceaux du puzzle s'emboîtaient doucement : la participation de son beau-père à cette folie, la place délicate de sa mère biologique. Il lui restait encore des questions comme savoir quelle était l'erreur d'Ethan pour subir une telle punition de la part de Stan.

— Oliver, c'est quoi cette erreur ? Qu'est-ce qu'il a fait pour en arriver maintenant à reproduire le geste de son beau-père de lui-même ?

Oliver soupira.

— Ce n'est pas à moi de te raconter, mais à lui. Ce que je peux te dire, c'est qu'il le fait lorsqu'il sent qu'il a été trahi, qu'on a joué avec ses sentiments et qu'il a été faible, qu'il n'a pas su gérer cela.

Kaya se frotta le front. Le mal était à présent là. Entre les révélations de Max et celle d'Oliver, elle commençait à compléter un peu plus le tableau du passé d'Ethan. Cependant, ce qu'elle découvrait était tout sauf plaisant à entendre. Elle plongeait avec Ethan dans sa douleur au fur et à mesure qu'elle avançait dans son analyse de la situation.

— Je ne l'ai pas trahi. Je ne l'ai pas trompé. Alors pourquoi ?

— Kaya, il a besoin d'être rassuré. Ethan est un passionné dans tout ce qu'il fait et je pense qu'avec toi, sa passion peut déplacer des montagnes. Si en face, il a quelqu'un qui ne répond pas à ses demandes, qui reste vague sur ce qu'il ressent pour lui alors qu'il est à fond, la chute peut être terrible.

— Je n'ai pas dit que je le rejetais ou que je ne l'aimais pas. C'est juste que…

— Kaya, ton manque de franchise, de clarté, a été le couteau qui lui a permis de s'ouvrir la poitrine. Je ne veux en aucun cas t'accabler, entendons-nous bien. Je t'explique juste ce qui me semble avoir entrainé son acte. Il revit le même rejet qu'il a vécu avec sa mère. Il attendait un amour qui n'est pas venu à lui et s'est donc puni d'avoir fait confiance et d'avoir été si crédule.

Kaya s'agenouilla. Elle se sentait mal. Elle savait sa culpabilité, mais n'avait pas compris jusqu'à présent en quoi elle était responsable. Aujourd'hui, elle réalisait qu'il avait atteint son seuil de tolérance avec elle. L'eau avait débordé du vase et avait tout emporté sur son passage.

— Qu'est-ce que je peux faire ? lui demanda-t-elle alors, aux abois.

— Il n'y a pas grand-chose à faire pour l'instant, à part attendre qu'il reprenne contact avec nous. Il va revenir, c'est sûr. Malgré son geste, il a toutefois une grande force intérieure. Je l'ai toujours vu se relever. Ça va aller. Ne perds pas espoir.

— Tu crois qu'il va revenir vers moi ?

Le silence d'Oliver en réponse vint confirmer les craintes de Kaya.

— Il est possible qu'il renie totalement votre histoire en réflexe d'autodéfense contre l'agression subie à ses sentiments non respectés. Kaya, ça va être dur. Il faut que tu te battes et le rassures. Il y a une chose sur laquelle tu peux t'accrocher, c'est la sincérité de ses sentiments pour toi, même s'il est certainement en phase de les renier pour se protéger. Fais-en ton arme pour le garder.

— Je ne fais que le blesser... je ne le console en rien... peut-être que la solution est justement de tout arrêter.

— Si tu renonces, c'est que tu confirmes qu'il avait raison de penser que tu ne tiens réellement pas lui. Te battre pour lui est une preuve d'amour. À toi de voir si tu considères qu'il y a de l'amour entre vous. Tu dois te positionner clairement, Kaya, savoir ce que tu veux vraiment avec lui.

Kaya resta silencieuse devant son comportement trouble avec Ethan. Amour ou pas amour de son côté ? La question était simple. L'amour déplace des montagnes. En était-elle à ce stade ? Si elle se sentait prête à renoncer à Adam, qu'elle éprouvait des sentiments pour Ethan, le degré d'amour lui paraissait compliqué à définir.

— Écoute, dès que j'ai des nouvelles de lui, je te contacte. Promis ! Et tu en fais de même dès que tu en as. OK ?

Kaya acquiesça.

— Oui.

— Bien. On fait comme ça. Ne t'inquiète pas. Ça va aller. Je te laisse. J'ai du boulot. Je dois aller à une réunion.

— Oui, pardon de t'avoir dérangé.

— Tu ne me déranges pas. N'hésite pas à me rappeler. OK ?

— Oui... merci.

— De rien.

Oliver raccrocha. Kaya se releva et se frotta l'arête du nez une nouvelle fois.

Il faut que je m'allonge. Je sens que je vais faire un malaise… Il se mutile ! Ethan ! Qu'est-ce qui se passe dans ta tête !

♛♛♛

— Abigail, à toi de jouer ! Quelles ont été les consignes d'aujourd'hui ?

Abigail inspecta ses dossiers d'un air navré.

— Je suis navrée, je n'ai pas eu de nouvelles de Monsieur Abberline depuis quinze jours. En avez-vous eu ?

Brigitte, Sam et Oliver se regardèrent en silence.

— Je n'ai pas eu de nouvelles de lui depuis notre dernière entrevue par webcam tous ensemble l'autre jour… commenta Sam.

— C'est bizarre qu'il n'ait donné aucune directive depuis autant de temps ! s'exclama BB, surprise.

— J'ai quelque chose à vous dire… déclara alors Oliver.

Oliver chercha ces mots ; il semblait embêté.

— Kaya m'a appelé. Elle est à Paris. Ils se sont disputés. Elle n'a plus de nouvelles de lui non plus.

— Aïe ! fit Sam en grimaçant.

— Est-ce que l'on peut penser qu'une peine de cœur puisse jouer sur son professionnalisme ? demanda alors Abigail.

— Et bien il s'agit de Kaya ! s'exclama Sam. On peut dire qu'elle a touché son cœur. Elle est l'exception qui confirme la règle qui dit qu'il est professionnel en toutes circonstances.

— En attendant, ce n'est pas bon signe. Kaya a été bouleversée et inquiète. Il faut qu'on ait des nouvelles de lui rapidement ! ajouta Oliver.

C'est à ce moment-là que la porte de la salle de réunion s'ouvrit et qu'Ethan apparut devant eux.

— Bonjour à tous ! Désolé pour le retard. J'ai eu quelques soucis pour venir. À l'ordre du jour, le financement de la prochaine campagne Aura. Il faut qu'on avance. Mon périple aux States nous a fait prendre malgré tout du retard, même si nous avons travaillé en visioconférence.

Ethan s'installa comme si de rien n'était et commença son speech de patron sans dire un mot de plus sur son retour. Oliver, Sam et BB se regardèrent, à la fois inquiets et surpris. Abigail se sentit soulagée, mais comprit vite que son patron se concentrait d'emblée sur le travail pour éviter de s'étendre sur certains sujets délicats. Toute la réunion se fit dans une ambiance ultra professionnelle, mais peu détendue. Lorsqu'Ethan les quitta, Sam jeta son stylo sur ses feuilles.

— Et sinon, ça va, vous ? joua alors Sam en inventant une conversation entre Ethan et eux. Oui oui ! Très bien et toi ! Vous m'avez manqué ! Je suis rentré hier des États-Unis, mais je ne voulais pas vous prévenir pour vous faire la surprise… C'est réussi, Ethan ! Sacré farceur ! Rhhaaa ! Même pas fichu de nous sortir ce type de banalité !

Oliver soupira, reconnaissant que les paroles de Sam étaient justes. Ethan éludait clairement toute discussion amicale avec eux.

— C'est vrai qu'il aurait pu être plus expressif sur son retour et sa joie de nous retrouver ! constata BB.

— Les prochains jours vont être durs, je sens ! s'inquiéta déjà Sam.

— Laissons-lui le temps d'arriver et de venir à nous.

Sam considéra la remarque d'Oliver avec attention.

— Pourquoi faut-il toujours attendre ? Pourquoi se mettre à sa disposition ? Nous aussi, nous avons une vie et nous ne sommes pas aussi fermés à la partager.

Il se leva alors quitta la pièce avec détermination.

Tu fais partie de ma vie, Ethan, et je compte bien te le rappeler...

13

TRAHI

— Enfin tu es rentré !

Sam se précipita vers la chaise face au bureau d'Ethan. Lunettes vissées sur le nez, ce dernier leva à peine un œil vers son ami.

— Tu es arrivé quand ? s'empressa de demander Sam, heureux. Ça nous a tous surpris de te voir débarquer ce matin. Tu aurais pu nous prévenir.

— J'ai été occupé...

Le ton plutôt distant d'Ethan effaça le sourire de Sam.

— Oui, je me doute, tu vas avoir un paquet de réunions à prévoir et à gérer. Ta mère s'est donc bien remise ?

— Ça va...

Ethan apposa sa signature sur un dossier et passa au suivant.

— Et Kaya ? Comment va-t-elle ?

Le stylo ripa à l'annonce du prénom cité. Ethan tenta de rattraper sa signature et ferma le dossier qu'il posa sur l'autre.

— Je suppose qu'elle va bien... finit-il par lui répondre.

Il prit un troisième dossier de sa pile, l'ouvrit et lut en diagonale son contenu.

— Tu supposes ? Elle n'était pas avec toi ? feignit Sam de ne pas savoir.

— Elle est rentrée avant moi… dis-moi… tu as des signatures à me faire passer ? Tant que j'y suis, autant que je fasse les tiennes. Je suppose que ces dossiers dans tes mains sont pour moi, non ?

Un instant pris dans sa réflexion, Sam regarda la main tendue d'Ethan, avant de calculer qu'effectivement, ce qu'il tenait dans ses mains, était l'une des raisons de sa visite.

— Ah ! Oui !

Il lui donna la paperasse à signer.

— Ethan, j'ai une annonce à te faire.

Ce dernier souffla et posa son stylo, comprenant qu'il aurait du mal à se concentrer en constatant le ton solennel de Sam.

— Qu'est-ce qu'il t'arrive ?

— Un truc de dingue !

— Je n'ai pas le temps de plaisanter ! Tes histoires de jupons seront pour une autre fois. J'ai trop à faire !

Il lui rendit avec impatience ses papiers signés.

— Sauf que mon histoire de cul concerne BB ! rétorqua Sam, le visage sérieux.

Ethan leva les yeux.

— Il y a toujours BB dans tes histoires de cul. La rendre jalouse, la voir s'énerver, la voir t'ignorer. C'est un feuilleton que je suis depuis que vous vous connaissez, donc rien de dingue en soi…

— Elle est enceinte !

Un long silence plana entre les deux amis. Ethan fixa sa main, cherchant le vrai du faux dans cette blague.

—… de moi ! ajouta Sam, encore plus sérieux.

— Qu… Quoi ?!

— Rhaaaa ! Je vais être papa !

— Heiiin ?! fit Ethan, les yeux comme des soucoupes. C'est quoi encore que cette histoire ?

— Ah ah aaaah ! fit alors Sam dans un rire tout en le montrant du doigt. Tu vois que c'est dingue ce que j'avais à te dire. Tu te foutais de moi, mais avoue que je t'ai fait un second trou au cul !

— Pfff ! N'importe quoi ! Je vois juste que tu me tapes un nouveau délire avec elle. Laisse-moi deviner… tu te dis que si elle tombe enceinte, tu te proposeras comme père si le vrai père se barre ! Ou bien qu'elle a pris du bide et tu te dis que c'est un signe… Un plan sur la comète de plus !

— Pas du tout ! Tu te souviens du Nouvel An ? Tu l'as jetée pour Kaya. On a bu des shots de tequila et pendant que tu roucoulais avec ta chérie, et bien, BB et moi, on a fini la soirée, complètement torchés. Je l'ai ramenée et… on a couché ensemble.

Ethan le fixa, incrédule.

— Tu as vraiment couché avec elle ?

— Ouais ! Le plus beau jour de ma vie… même si je ne me souviens de rien.

Sam s'attrapa les cheveux.

— Quelle vie de merde quand même ! J'avais enfin réussi à séduire BB et il a fallu que j'oublie tout !

— Et donc, parce que tu as couché avec elle, tu en conclus que tu vas devenir père de ses futurs marmots. Tu ne vas pas un peu vite en besogne de croire qu'une nuit implique obligatoirement une grossesse derrière ?

— C'est là où il faut rire ! BB a voulu faire passer notre nuit comme une petite incartade, un accident, un truc qui ne se reproduira plus entre nous. C'était le plan… jusqu'à ce que le polichinelle arrive dans son tiroir ! Vraiment ! Ce n'est pas une blague !

Ethan se mit à rire, secouant la tête de l'énormité qu'il entendait.

— Tu te rends compte ! On le fait une fois et paf !, la balle est mise dans le panier ! Une seule et unique fois !

— Tu es dégoûté… J'avoue que ça me ferait chier à ta place !

— Hein ? Mais pas du tout ! Quand elle me l'a annoncé — elle n'osait pas m'en parler —, j'ai fait des bonds de cabri partout. Ce fut le second plus beau jour de ma vie ! Papa ! Avec BB en maman ! Tu imagines le truc ! Bon, pour le moment, BB ne veut pas que papa s'en mêle, mais elle est juste encore sous le choc. Elle ne peut pas se passer de moi !

— Elle ne veut pas que tu participes ?

Sam souffla, un petit sourire triste au coin des lèvres.

— Elle estime que c'est de sa faute et ne veut pas m'obliger à tenir cette responsabilité.

— Et toi, tu te sens vraiment prêt ? Toi, Casanova ?

Sam regarda un coin de son bureau.

— Ma vie dissolue n'est qu'un écho de ce que je ne pouvais avoir. Maintenant, j'ai un espoir. Ce bébé, c'est ma chance de partager ma vie avec Brigitte. On peut former une famille. J'en suis convaincu.

— Et elle, non…

— Pour elle, je me voile la face. Elle ne me croit pas capable de me caser et encore moins de pouvoir élever cet enfant.

— Elle n'a qu'à avorter.

— C'est trop tard. Elle l'a su tard, et elle a préféré le garder, malgré le peu de temps restant pour avorter. Elle veut profiter de cette opportunité d'être maman. Elle voit ça comme un signe du destin plutôt que considérer cela comme une grosse emmerde.

— Donc tu es dans une opération séduction d'un autre ordre maintenant, celui d'être partie prenante de cette aventure, et tu veux mon conseil.

— Pas du tout ! Je te dis que je suis déjà partie prenante et qu'elle n'en a juste pas encore conscience ! Elle sait pourtant que je serai toujours là. Non, si je viens te voir, c'est parce que je veux que tu sois le parrain du gosse, pardi !

— Pardon ?

— Je veux que tu sois le parrain de mon fils ! T'es sourd ou quoi ? T'es chiant à faire répéter les choses !

— Parce que c'est un garçon ?

— C'est certain que ce sera un garçon.

— Tu t'emballes un peu trop.

— Je suis sérieux ! Tu es le mieux qualifié pour être son parrain. Patron, pote, pas de gosses. S'il venait à nous arriver quoi que ce soit à BB et moi, tu serais le mieux disposé à recueillir et prendre soin de l'enfant.

— Oliver est tout aussi capable.

— C'est toi que je veux ! Tu refuses ?

— Oui, je refuse ! répondit Ethan, catégorique.

— Pourquoi ? s'en alarma Sam.

— Je ne veux pas de gosses. Ni venant de moi ni venant des autres.

— Pourquoi ? ! répéta Sam, très déçu.

— Parce que cela ne m'intéresse pas ! Trouve quelqu'un d'autre !

— Je te pensais mon ami…

— Je le suis, mais je ne serai ni père ni parrain. La joie de la paternité n'est pas la même pour tout le monde. Respecte ça !

Sam se leva bruyamment.

— Parfait ! J'ai dû effectivement me tromper dans mon jugement. Je pensais pouvoir compter sur toi. Il est clair que tu seras le dernier dorénavant vers qui je me tournerai, faux ami !

Il tourna alors les talons avant de rajouter ceci :

— Ce n'est pas parce que ton avenir avec Kaya est incertain que tu dois refermer toutes les portes qui s'ouvrent à toi.

Sam claqua alors la porte et disparut. Ethan retira ses lunettes et les jeta sur ces dossiers.

— Et merde ! Ils font tous chier avec leur marmaille ! Qu'ils aillent au diable ! Je suis bien avec mes portes fermées...

Kaya regardait l'entrée d'Abberline Cosmetics depuis cinq bonnes minutes sans oser entrer. Elle faisait les cent pas, se rongeant les ongles. Elle hésitait encore sur le meilleur choix à opter : entrer ou partir. Elle ne tenait plus en place. Aucun des amis d'Ethan n'était capable de lui donner des nouvelles de ce dernier depuis qu'elle avait quitté les États-Unis. Ethan ne l'avait ni appelée ni pris la peine de lui envoyer un SMS depuis ce fameux jour où tout avait basculé. C'était il y a plus de vingt jours. Il n'y avait pas eu une journée où elle n'avait pas espéré un appel, une réponse, quelque chose pouvant la rassurer sur la santé d'Ethan.

Aujourd'hui, elle ne tenait plus. Que ses amis mentent ou ne lui parlent pas, le constat était le même : elle n'obtiendrait pas de réponse satisfaisante de leur part. Elle devait chercher ailleurs. Trouver Abigail lui semblait une bonne idée jusqu'à ce qu'elle se retrouve devant Abberline Cosmetics. Son initiative partait en fumée face à sa couardise et son discernement en ballottage à cause de ses sentiments.

— Je peux trancher si vous voulez !

Kaya se tourna alors vers la personne qui venait de lui parler.

— Monsieur Déca !

— Et vous me faites à nouveau du « Monsieur » ! Allons, Kaya !

Kaya lui offrit un petit sourire gêné.

— Bonjour Alonso.

— Bonjour. Je vois que vous hésitez à entrer. Je peux vous aider à trancher. Ne rentrez pas. Venez plutôt boire un café avec moi ! Je vous assure que ce sera bien plus sympa.

Kaya regarda une nouvelle fois l'enseigne de l'entreprise d'Ethan avec regret.

— Je parie qu'il vous fait vivre l'enfer. Laissez-moi deviner... Il est à l'étape « silence radio » où il ne vous donne plus signe de vie.

Interloquée, Kaya considéra Alonso, qui la regarda d'un air compatissant.

— Vous savez, je regrette de devoir vous dire « je vous avais prévenue », mais je pense que vous êtes tout à fait consciente de ce qu'il se passe, même si vous refusez de l'admettre.

— Vous ne savez rien ! rétorqua alors Kaya.

— Pas besoin de savoir ce qu'il s'est passé entre vous. Je côtoie Abberline depuis suffisamment d'années, pour deviner à quelle étape vous êtes arrivée avec lui. Il a toujours fonctionné de la même façon avec toutes les femmes qu'il a fréquentées. Il les séduit sans rien lâcher, la femme craque, il pousse le vice jusqu'à ce qu'elle soit éperdument amoureuse de lui et c'est à ce moment-là qu'il prend la fuite.

— C'est bien ce que je dis : « vous ne savez rien » !

— Vraiment ? En attendant, qui attend une réponse de l'autre ? Le schéma peut légèrement changer, mais l'issue reste la même. Regardez-vous ! Qui sait s'il pense réellement à vous en ce moment ? Qui vous dit qu'il n'a pas tourné la page ? Venez, allons discuter autour d'un verre.

Il lui proposa sa main poliment.

— Ne rentrez pas dans ce cercle vicieux de l'espoir. Il va vous blesser.

Les larmes montèrent aux yeux de la jeune femme. Elle se sentait déjà blessée par l'attitude distante d'Ethan. Elle posa sa main dans celle d'Alonso Déca. Il était une main tendue vers elle. Une nouvelle depuis son retour des États-Unis.

Le serveur déposa un smoothie devant Kaya. Alonso Déca porta sa tasse de café à sa bouche, puis la reposa avec calme. Kaya n'avait pas particulièrement soif.

— Je suis heureux que vous m'ayez laissé l'opportunité de passer un peu de temps avec vous. J'ai, de plus, espoir de ne pas être cette fois-ci dérangé par Abberline.

Kaya baissa les yeux. Cela faisait des jours qu'elle rêvait d'une intervention surprise d'Ethan dans son quotidien. Il l'avait mal habituée. Aujourd'hui, sa vie était impactée par les actes d'Ethan. Les étoiles lui paraissaient différentes, la vue d'un pick-up lui serrait la gorge, lui parler du zoo lui hérissait le poil… tout son quotidien lui rappelait des moments partagés avec Ethan. Elle avait compris durant cette séparation que sa relation avec lui avait vraiment changé durant son séjour américain. Elle réagissait bel et bien comme une petite amie. Elle revivait les mêmes tristesses qu'avec Adam.

Une petite amie amoureuse…

Elle observa Déca. Il semblait serein, ravi de déguster son café en sa compagnie. Elle repensa ses propos.

Je suis désespérée, il a raison…

Elle attendait à présent son plaidoyer contre Ethan Abberline. Après tout, Déca n'avait jamais caché sa rivalité et son inimitié pour lui.

— Vous ne buvez pas ? Les vitamines raviveront votre mauvaise mine. Allez ! Ça vous fera du bien !

Kaya se sentit obligée de s'exécuter. Elle but deux gorgées et se força à lui sourire.

— C'est mieux ! déclara-t-il, satisfait. Je n'aime pas vous voir si triste et encore moins à cause de cet homme. Je ne vais pas vous critiquer concernant votre relation avec lui ; vous étiez déjà prévenue. Par contre, je ne supporte pas de voir une femme comme vous, désemparée. Vous êtes si charmante. Vous ne devriez pas être en souffrance. Vous méritez d'être heureuse et choyée.

— Et vous pensez que je ne le suis pas parce que j'attendais devant Abberline Cosmetics ?

— Vous pouvez tenter de défendre votre position, mais votre visage, lui, ne ment pas.

Déca remarqua immédiatement le malaise de Kaya après ses mots. Il posa son coude sur la table et sa tête dans sa main, puis grimaça de façon mignonne pour tenter de lui remonter le moral.

— Il faudrait être fou pour fuir une femme comme vous.

— Vous comptez me complimenter longtemps, tout en le fustigeant ?

Déca se mit à sourire.

— J'avoue que le descendre en flèche me fait un bien fou, je pense que je vais vite être à court d'arguments, comparé à tous les compliments qui me viennent à l'esprit en vous voyant.

Kaya finit par décrocher un sourire.

— Ne vous laissez pas abattre par la goujaterie de cet homme. Continuez de vivre pleinement sans lui. Ne le laissez pas gagner.

— Et vous vous proposez pour me sauver ?

Déca se redressa et se pencha au-dessus de la table.

— Je suis présent pour vous, à vos côtés, comparé à lui. N'est-ce pas déjà un bon début ?

Kaya lui renvoya un sourire amer.

— Qui vous dit que les débuts n'aboutissent pas à une fin ? Parfois, il vaut mieux ne rien démarrer.

Déca pencha sa tête sur le côté.

— Pourquoi y aurait-il une fin à quelque chose que l'on aime ?

Kaya fixa alors Déca, surprise par la pertinence de sa réponse et transposable à sa situation avec Ethan.

Une fin à quelque chose que l'on aime ?

Bizarrement, cette simple phrase lui remonta le moral. Ethan n'avait aucune raison de mettre une fin à leur histoire, car il l'aimait. Il lui avait dit. Il lui avait prouvé. Elle ne devait pas douter. Il la recontacterait tôt ou tard. Elle ne devait pas renoncer à l'amour qu'il lui portait depuis si longtemps. Cette nouvelle motivation soudaine lui fit décocher un sourire franc, plus soulagé, plus confiant. Déca remarqua son changement d'attitude.

— Bien, je vois que vous avez repris confiance.

— Que faisiez-vous devant l'entreprise d'Ethan ? lui demanda-t-elle alors.

— Je voulais voir Abberline pour l'inviter au lunch chez L'Oréal, la semaine prochaine. Mais, je dois bien avouer que cette ennuyeuse commission a trouvé une fin bien plus heureuse en vous voyant vous, plutôt que lui.

— Et du coup, il n'a pas eu son invitation !

— Oh ! Quel dommage ! fit-il alors, faussement navré.

Devant l'ironie de Déca, Kaya s'esclaffa.

— Un petit rire ! Bien ! On avance vers une humeur plus légère que tout à l'heure.

Kaya ne sut quoi répondre. Elle devait admettre qu'il lui changeait les idées. Il était la part de vengeance qu'elle pouvait développer contre Ethan. Il agissait un peu en son nom.

— En parlant de lunch et d'invitation, je suis invité à un cocktail ce soir. Cela vous dirait de m'accompagner ? Ce sera bien plus sympa avec vous à mes côtés !

Kaya s'agita sur sa chaise, gênée par la réponse à lui donner.

— Je doute d'être la compagne idéale pour ce genre d'événements.

— Vous avez pourtant été parfaite pour Abberline.

— Je ne suis pas du tout à l'aise. Je ne suis pas du même monde qu'Ethan et vous. Tous ces codes et toutes ces paillettes, ce n'est pas pour moi.

— Pourtant, vous l'avez fait pour lui.

— Parce que je n'ai pas eu le choix.

Déca ne cacha pas sa surprise.

— Il vous obligeait ?

— C'est... c'est plus compliqué que ça... laissez tomber !

Elle ne se voyait pas lui dire que tout avait commencé par un contrat, un accord.

— Quoi qu'il en soit, je ne vous oblige pas, contrairement à lui. Je serai ravi de passer cette soirée avec vous.

L'insistance de Déca la mettait mal à l'aise. Elle ne voulait pas être impolie en refusant, mais elle n'avait aucune envie de sortir avec qui que ce soit.

— Je vous ferai livrer une belle tenue ! insista Déca.

— Ce n'est pas le problème de la tenue...

— Cela vous changera les idées. Et promis ! Je ne ferai pas comme lui la dernière fois : je ne vous abandonnerai pas pendant la soirée. Si vous voulez partir, on partira !

La bonne volonté de Déca toucha Kaya. Il se pliait en quatre pour qu'elle se sente bien avec lui et qu'elle ne redoute pas cette soirée. Étonnamment, elle savait qu'il ferait au mieux pour son bien-être. Alonso Déca avait toujours été prévenant avec elle.

— C'est quoi ce cocktail ? lui demanda-t-elle alors, pour creuser un peu plus sa proposition.

Voyant qu'elle s'intéressait un peu à cette soirée, Déca sourit.

— C'est un cocktail organisé par un publicitaire qui tourne bien sur Paris. Il bosse avec de grandes entreprises, dont L'Oréal. Son entreprise est prisée, car il faut bien admettre qu'il fournit un travail très efficace.

— Comment s'appelle ce publicitaire ?

— Il s'agit d'Elmet Monroe et sa boîte, c'est Pulp Advertising.

Aucun des deux noms ne parla à Kaya. En même temps, il était certain qu'elle ne connaissait pas les noms, vu qu'elle n'y connaissait rien en publicité et communication.

— Venez ! Ce sera une petite soirée mondaine, mais de mon côté, il n'y a pas d'enjeu. On boira un coup devant les petits fours. On écoutera un peu de musique et quand on en aura marre, on partira !

Kaya pensa à Richard.

Sera-t-il présent ? Je pourrais l'appeler pour qu'on se voie devant les petits fours ?

— D'accord ! Faisons cela !

Déca se redressa et posa son dos contre le dossier de sa chaise. Kaya vit un sourire radieux face à elle.

— Super ! s'exclama Déca. Je passe vous chercher à vingt heures. Cela vous va ?

— Vous connaissez mon adresse ?

— Non, mais vous allez me la donner. Souhaitez-vous que je vous fasse livrer une tenue ?

— Non, ça ira. Je mettrai ma robe à sequins. De toute façon, je ne suis pas de ce monde, donc personne ne remarquera que je porte la même robe que pour la soirée d'Agnès B.

— Ne soyez pas aussi dure envers vous. Vous ne passez pas inaperçue, je vous assure. Mais vous étiez effectivement magnifique dans cette robe.

— Merci ! souffla Kaya, le rose aux joues.

— Parfait ! Quelle bonne journée ! J'ai bien fait d'aller voir Abberline ! J'ai hâte d'être à ce soir !

Le téléphone de Kaya sonna tout à coup. À la hâte, elle se précipita pour répondre, espérant que le numéro inconnu affiché sur l'écran soit Ethan.

— Allo ?

— Mademoiselle Lévy ?
— Oui ?

Une certaine déception gonfla sa poitrine en réalisant que ce n'était pas la voix d'Ethan.

— C'est Andréa Lorenzo de chez *Armadio*. Nous avons eu un entretien d'embauche ensemble.

— Oui, je me souviens très bien. En quoi puis-je vous aider ?

— Je dirai plutôt que c'est moi qui vous viens en aide… Je vous embauche !

— Quoi !?

Kaya se leva tout à coup de sa chaise. Il ne pouvait pas y avoir meilleure nouvelle aujourd'hui. Elle regarda Déca qui semblait s'amuser de sa surprise.

— Je vous attends donc lundi au magasin, à la première heure.

— Mais pourquoi moi ?

— Huuum… Disons que je préfère la franchise aux mensonges également. J'ai réfléchi et je ne peux que sourire en repensant à notre entretien, c'est donc que vous m'avez quelque part bien vendu votre candidature.

— Je serai là sans faute, lundi !

— Si vous ne voulez pas être virée une nouvelle fois, vous avez plutôt intérêt ! Passez une bonne journée !

— Merci ! Vous aussi !

Elle raccrocha et fixa l'écran de son téléphone avec l'impression de rêver. Elle se rassit sur sa chaise, l'esprit soudain plus léger. Elle se sentait même prête à fêter la bonne nouvelle avec Alonso Déca.

— Une bonne nouvelle ?

— Oui ! Très bonne !

— Très bien, vous êtes tellement plus rayonnante lorsque vous souriez. J'espère que vous garderez ce sourire ce soir !

14

AMER

Kaya se regarda une dernière fois devant le miroir. Elle n'avait pas très envie de sortir. En plus, elle pensait plus à son futur travail qu'à sa soirée. Elle avait finalement trouvé un boulot. Une obligation depuis son retour des USA tant sa précarité la suivait encore. Un job de vendeuse de fringues dans une petite galerie commerciale, c'était une aubaine ! Elle avait sauté sur l'occasion. Le contrat 35 heures était parfait pour elle. Il lui fallait absolument rentrer de l'argent sur son compte. Ce mois allait déjà être compliqué pour se nourrir. Elle devait également rembourser Ethan, même s'il ne prenait pour l'instant pas la peine de lui répondre.

Lorsque Déca sonna à la porte, elle grimaça. Alonso lui offrit un immense sourire accompagné d'un petit coffret qu'il ouvrit à sa vue. Kaya y découvrit une parure. Un collier et une paire de boucles d'oreilles serties de petits diamants. Alonso se montra ravi de l'effet de ces bijoux sur Kaya qui ne put cacher sa surprise.

— Bonsoir Kaya ! Je me suis dit que cette parure s'accorderait bien avec votre robe à sequins.

Kaya soupira.

— Vous n'étiez pas obligé.

— Ça me fait plaisir. Laissez-moi au moins cela, faute d'avoir pu vous habiller !

— OK. Mais je vous rends tout à la fin de la soirée.

— Ça me va !

Elle le laissa entrer quelques minutes, le temps de mettre la parure sur elle.

— Joli appartement ! commenta Déca en faisant un panoramique de la pièce principale.

— Ce n'est pas à moi, mais à un ami qui me le prête.

— Abberline ?

— Non, pas Abberline.

Déca sembla se satisfaire de cette réponse, comme s'il était heureux de constater qu'il n'avait pas encore envahi toute sa vie.

— Allons-y ! s'empressa alors de dire Kaya, qui ne souhaitait pas s'attarder sur la visite des lieux.

Une fois dans la voiture, Kaya se sentait nerveuse, d'abord parce qu'elle n'était pas fana des soirées mondaines. Ensuite, parce qu'elle savait que le seul objectif de Déca était de vouloir la séduire. Or, elle n'en avait ni le cœur ni la patience. Même si ce cocktail pouvait lui changer les idées, le silence d'Ethan l'obnubilait.

— Si vraiment ce cocktail est rasoir, j'avais pensé nous promener le long de la Seine. Les monuments sont éclairés et ça donne une jolie ambiance à la balade.

Kaya regarda sa tenue légère sous son gros manteau. Déca comprit son inquiétude.

—… Mais si vous avez froid, nous ferons autre chose. On improvisera !

Kaya ne répondit rien et se contenta de regarder par la fenêtre de la voiture les bâtiments qui défilaient. Sa froideur devait absolument calmer les intentions d'Alonso la concernant. Et cela marchait plus ou moins. Alonso sentait ses réticences, mais se voulait optimiste et patient.

Lorsqu'ils arrivèrent à la soirée, Kaya sentit sa poitrine se serrer. Tout lui faisait penser à Ethan : les mêmes gens guindés avec leurs sourires de façade que lors de ces soirées passées en sa compagnie. Elle reconnut même au loin Monsieur et Madame Aleman. Elle en leva les yeux de dépit. Tout ce qui l'énervait était là, sous ses yeux. Elle avait l'impression de revenir quelques mois en arrière avec ce même désenchantement sur le gratin parisien. Elle soupira. Elle ne se sentait toujours pas à sa place.

Après une heure de présentation auprès des personnes influentes, Kaya éprouva le besoin de prendre un peu de distance. Même si Alonso se montrait attentif à ses besoins et ses réactions, cela ne suffisait pas pour qu'elle se sente à l'aise. Elle se força à sourire, à prendre part aux discussions alors qu'elles n'avaient aucun intérêt pour elle.

Elle trouva finalement son salut auprès des petits fours. Un immense sourire se dessina sur son visage en apercevant une silhouette qu'elle connaissait.

— Le feuilleté au saumon a l'air plutôt bon. J'aimerais l'avis d'un spécialiste sur la question.

Richard Laurens se tourna et se mit à sourire en entendant cette voix familière.

— Kaya ! Quelle surprise !

Ils se prirent dans les bras pour un petit câlin de retrouvailles.

— J'espérais tant vous voir ! Je suis contente !

— Mais… que faites-vous ici ?

— C'est une longue histoire !

Kaya grimaça en repensant à sa journée.

— J'ai croisé Alonso Déca, et il m'a invitée ici. J'avoue que je n'étais pas très emballée, j'espérais vous voir à défaut d'avoir trouvé le temps de vous appeler.

— Je vois… répondit alors Richard, pensif. Donc vous n'êtes plus avec Abberline ?

— Si, si ! acquiesça Kaya, optimiste malgré ses déboires. Les choses ont évolué entre nous. Vous allez rire, nous sommes ensemble !

— Vraiment ?

Elle lui attrapa la main amicalement.

— Oui ! Pour de vrai ! J'ai encore du mal à croire que nous en soyons arrivés là, mais c'est aussi grâce à vous que nous nous sommes trouvés et que nous avons avancé.

— Je n'ai pas fait grand-chose. Je vous rappelle que je n'ai été qu'un pion dans votre complot !

Kaya baissa les yeux, se sentant toujours coupable de leurs mensonges à son encontre.

— Vous ne m'avez pas tourné le dos. Vous m'avez même offert un toit. Je vous dois beaucoup.

— Tout se passe bien dans l'appartement ?

— Parfaitement !

— Kaya, allons nous mettre à l'écart. Il y a trop de monde et trop de bruit ici.

Kaya hocha de la tête. Tous deux tombèrent sur Déca en pleine discussion avec une femme.

— Ah ! Kaya ! Vous voilà ! Monsieur Laurens, bonsoir.

Richard fit un signe de tête sévère pour répondre à son salut. Kaya remarqua immédiatement que chaque personne ici portait un masque : le masque de la vraie personnalité, puis celui de l'homme d'affaires, du patron ou du représentant. Elle le voyait chez Ethan, Richard ou Déca. Il y avait cette démonstration charismatique à vouloir montrer son influence, sa puissance, son importance. Déca distribua des coupes de champagne. Kaya ne l'aimait toujours pas, mais n'osa pas le dire.

— Je vous présente Gloria. Gloria, voici Kaya, mon invité, et Monsieur Laurens.

La jeune femme leur sourit de façon sympathique.

— Enchantée ! déclara-t-elle avec un grand sourire.

— Gloria a partagé un morceau de ma vie il y a longtemps, avant de prendre son indépendance loin de moi.

— Ne vous inquiétez pas ! dit-elle alors. Nous nous sommes quittés en bons termes et sans souffrance ! Il y a eu juste des évidences acceptées…

— Gloria est la petite-fille de l'ancien préfet de Paris ! s'exclama Déca.

— Ah oui ? fit alors Richard, avant de se mettre à réfléchir.

— Vous connaissez mon grand-père ?

— Oui, oui…

— Gloria me disait avoir enfin trouvé l'amour et elle souhaitait me présenter ce charmant inconnu.

— Nous vous laissons dans ce cas ! se hâta de répondre Laurens.

— Venez ! insista Gloria. Je suis tellement heureuse de vous présenter mon nouveau chéri !

— Je suis sûre qu'il est merveilleux ! répondit Laurens, mais ce sera pour une prochaine fois ! Allons-y, Kaya !

Gloria ne cacha pas sa déception.

— Nous pouvons faire un petit détour par l'endroit où se trouve l'âme sœur de Gloria ! proposa Déca. Ensuite, nous pourrons nous retirer pour discuter loin de tout ce monde. Gloria, nous t'accordons cinq minutes, ça te va ?

Le rôle de médiateur qu'endossa Déca plut à Kaya, moins à Richard. Gloria sautillait de joie. C'était une belle femme. Blonde, plus grande que Kaya, elle semblait gentille. Il y avait un côté solaire qui émanait d'elle. Kaya ne s'étonna pas que Déca ait pu vivre une relation avec elle. Elle attrapa alors la main de Kaya et tous se dirigèrent vers le lieu où se trouvait son petit ami.

— Vous avez un petit ami, Kaya ? lui demanda-t-elle alors.

— Oui ! s'étonna à admettre Kaya.

C'était la seconde fois qu'elle admettait qu'elle était en couple ce soir. Son cœur se mit à battre. Elle était aujourd'hui fière d'admettre son statut de petite amie, alors qu'elle avait toujours hésité jusqu'à présent.

— C'est tellement chouette, n'est-ce pas ?

Kaya acquiesça, souriant volontiers à sa remarque.

— Kaya, je ne pense pas que ce soit une bonne idée ! intervint Richard, inquiet.

— On lui dit bonjour et on sort. Promis !

— Mais…

— Promis ! ajouta Déca, voulant aller dans le sens de Kaya, quoi qu'il arrivât.

Richard soupira. Gloria les guida jusqu'à un groupe de personnes. Kaya reconnut Oliver jusqu'à ce qu'elle se retrouve devant un homme qu'elle ne connaissait que trop bien.

— Kaya, voici mon petit ami, Ethan Abberline !

Le sol s'effondra sous ses pieds. Ethan était là devant ses yeux. Gloria se précipita sur lui pour l'embrasser sur les lèvres. Tout le monde se trouva pris au dépourvu en voyant Kaya devant Ethan. Oliver blêmit. Sam posa sa main devant ses yeux, sentant la tempête arriver. BB maudit Ethan dans son coin. Déca regarda en alternance les deux femmes, impuissant devant ce qui était en train de se jouer. Il réalisa alors que sa soirée venait de prendre une direction qui allait se finir avec difficulté. Il observa alors Richard, le visage triste.

— Vous saviez ? souffla-t-il. Vous les aviez vus ? C'est pour ça que vous insistiez pour aller ailleurs, pour l'épargner de ce spectacle ?

Richard resta silencieux. Un bruit fracassant vint sortir tout le monde de leur torpeur. Kaya venait de lâcher sa coupe de champagne qui explosa au sol. Elle avait l'impression de vivre un cauchemar dont même ce bruit ne put l'en faire sortir. Ethan la regarda d'abord de façon surprise, puis froidement, comme si elle était une étrangère. Gloria qui souriait à son bras vit la stupéfaction de Kaya, puis la coupe de champagne au sol avec interrogation.

— Tu… es rentré ? bredouilla-t-elle tout en sentant le chagrin saisir sa poitrine, sa gorge puis ses yeux.

— Vous vous connaissez ? s'étonna alors Gloria.

Déca ferma les yeux quelques secondes, puis soupira. La réaction de Kaya touchait tous ceux qui connaissaient plus ou moins leur histoire. Il s'approcha de Kaya et lui tint délicatement le bras.

— Kaya, ne restons pas là. Allons avec Laurens faire un tour.

Le silence d'Ethan pétrifiait ses amis. Son manque d'égard envers Kaya leur glaçait le sang. Kaya regarda dans un état second les doigts d'Alonso sur son bras. Une serveuse arriva alors pour nettoyer la flute explosée au sol. Elle observa cette serveuse, accroupie, ramassant avec une pelle et une brosse les morceaux de verre éparpillés partout. Une larme coula sur sa joue. Elle s'agenouilla à ses côtés et commença à ramasser les morceaux de verre avec elle.

— Laissez-moi faire, Madame. Ça ira ! Ce n'est pas grave.

La serveuse lui offrit un petit sourire bienveillant, mais Kaya n'en tint pas compte et continua. Déca intervint alors et se baissa à sa hauteur.

— Kaya…

Ses larmes coulaient, mais elle refusait d'entendre quoi que ce soit. Elle s'affairait à sa tâche de tout nettoyer.

— Kaya ! insista alors Déca. Ça ira. Laissez faire cette femme.

Kaya lui lança alors un regard dur, malgré ses larmes.

— Non ! répondit-elle fermement. Je suis une idiote. Je suis comme elle. J'ai toujours été comme elle.

Elle retira alors à la hâte ses boucles d'oreilles et son collier, et les rendit sèchement à Alonso. Elle pleurait réellement à présent.

— Je n'ai rien à faire ni avec vous ni avec personne ici ! C'était… une mauvaise idée. Tout était une mauvaise idée.

Tout à coup, elle eut un sursaut de douleur au niveau de sa main. Un morceau de verre venait de lui entailler un de ses doigts. La blessure saignait à l'instar de son cœur. Sam se tourna alors vers Ethan, agacé par son inaction.

— Bordel, Ethan ! Dis-lui quelque chose !

Ethan resta distant, hermétique à ce qui se passait. Gloria tentait de comprendre, mais avait peur de faire une gaffe. C'est alors qu'une ombre s'approcha de Kaya, la releva, puis la porta dans ses bras. Le visage toujours en larmes, Kaya regarda la personne qui se permettait de la soulever ainsi.

— Oliver ? déclara-t-elle d'une petite voix, tout en se tenant le doigt.

— Pardon, Kaya ! Viens ! On s'en va !

Sam et BB restèrent ébahis par l'action soudaine d'Oliver en faveur de Kaya, puis se trouvèrent finalement soulagés. Sans attendre, Oliver quitta la salle avec Kaya dans ses bras. Richard fixa un instant Ethan, aussi déçu que navré. Il quitta finalement les lieux en silence tout en secouant négativement la tête. Déca se précipita alors en direction de Kaya et Oliver, plus inquiet pour Kaya que pour Ethan également. BB observa attentivement Ethan. Elle cherchait la faille dans sa nouvelle carapace. Son attitude ne correspondait pas à ce dont il les avait habitué depuis quelques mois à propos de Kaya.

— Tu es content ? lui asséna alors Sam, en colère. Je ne sais pas à quoi tu joues, mais pour une fois, je rejoins Kaya sur ce qu'elle disait de toi : tu n'es qu'un connard !

— Sam ! intervint alors BB, stupéfaite par ses mots durs autant que par son ton réprobateur, même si l'attitude de leur ami restait indélicate.

— Je n'ai jamais dit que j'étais sympathique ! répondit Ethan, calmement.

— Quelqu'un peut m'expliquer ? s'agaça Gloria.

Ethan la regarda froidement.

— Je pense que tu devrais rentrer. La soirée est finie.

Ethan les abandonna alors, laissant Gloria sans réelle réponse, et BB et Sam ne sachant plus quoi penser des actions de leur ami.

♛♛♛

Oliver posa Kaya devant les toilettes du bâtiment accueillant le cocktail. Sans plus d'égard pour le panneau indiquant l'accès réservé aux femmes, il entra avec elle et mit son doigt sous le premier robinet à sa portée.

— Tu t'es faite une belle entaille ! constata-t-il sous le jet d'eau. On va essayer de calmer le saignement. Ne bouge pas ton doigt. Laisse-le sous l'eau.

Il lâcha alors sa main et se précipita vers les distributeurs de papier. Avec plus ou moins de facilité, il confectionna un pansement de fortune avec le papier. Kaya se laissa faire, silencieuse, groggy par ce qu'elle venait de vivre. Il lui essuya ensuite ses larmes d'un geste délicat avec un autre morceau de papier, puis lui sourit tristement.

— Pardon, Kaya ! répéta-t-il alors. Tu comptais sur moi pour te prévenir de son retour et je ne l'ai pas fait. En vérité, nous avons tous été pris au dépourvu. Nous n'avons pas su comment analyser son retour et son comportement.

La porte des toilettes s'ouvrit alors avec fracas et Déca s'avança vers Kaya immédiatement.

— Kaya, est-ce que ça va ? Non, évidemment ! Je suis idiot. Comment est-ce que je peux poser une telle question en vous voyant ainsi ? Quel crétin !

Kaya sourit en le voyant s'autoflageller.

— Je suis désolé ! continua-t-il. Si je ne vous avais pas présenté Gloria, vous n'auriez pas pleuré. Ce salaud d'Abberline, je vous jure ! Comment peut-il se comporter de la sorte ? Je vous assure que j'ignorais tout ! Que ce soit pour sa présence ici ce soir ou pour Gloria !

Déca s'agita, faisant les cent pas nerveusement.

— On devait passer une super soirée, et voilà ! Il a encore tout gâché !

— Comment se fait-il que vous soyez ensemble ici, ce soir ? s'interrogea alors Oliver.

— Nous nous sommes croisés dans la journée et je lui ai proposé une soirée pour lui changer les idées. Quelle merveilleuse idée finalement, n'est-ce pas ? Quel con !

— Ce n'est pas grave, Alonso… répondit doucement Kaya.

Déca s'avança alors vers elle et posa ses deux mains sur ses joues. Elle avait les yeux rougis par le chagrin.

— Votre prévenance est si belle. J'ai beau vouloir tenter de le comprendre, ma seule conclusion est qu'il ne vous mérite pas.

Oliver fronça les sourcils. Ses manières séductrices sous couvert de réconfort et de sympathie l'agaçaient. Même s'il reconnaissait qu'Ethan avait déconné, il n'aimait pas son jugement partial. Ethan restait son ami et c'est bien parce qu'il le connaissait qu'il refusait de voir une séparation entre Kaya et lui.

Déca est un danger pour leur couple. Plus dangereux que Gloria. Je dois l'éloigner d'elle avant que le pire arrive. Je dois gagner du temps pour trouver des réponses au comportement bizarre d'Ethan…

Oliver posa sa main sur l'épaule de Kaya.

— Kaya, je suis sûr qu'il y a une explication à son comportement. Nous n'avons pas encore tous les éléments, mais il est certain qu'il y a une explication. Ne tire pas de conclusions hâtives. Laisse-lui le bénéfice du doute.

Déca fit une mine peu convaincue.

— Il a toujours eu un tel comportement avec les femmes. Il s'en sert, puis les jette comme des malpropres. Franchement, sa manœuvre reste la même : il a fini par en faire de même avec Kaya. Il y a des limites en termes de respect ! Se jouer des sentiments des autres, ça va deux minutes, mais cette fois, il exagère. Je ne lui trouve aucune excuse valable. C'est un…

— Connard… continua Kaya d'une petite voix.

Son cœur était en miettes. Elle venait de dire le mot qui résumait Ethan. Depuis le début, elle le traitait de connard. Elle connaissait ses habitudes avec les femmes et pourtant, elle était tombée dans le panneau. Elle avait cru tous ses mots, tous ses compliments, toutes ses déclarations d'amour. Elle a cru voir l'homme derrière le connard. Elle réalisait qu'elle avait vu ce qu'il voulait lui faire croire. Il l'avait embobinée. Il était très fort dans le jeu de la manipulation.

Une nouvelle vague de chagrin la saisit. Elle posa ses deux mains sur son visage pour ne pas que les deux hommes voient sa honte. Affectés par son chagrin, Déca et Oliver se précipitèrent vers elle pour la calmer. Oliver s'agaça de cette situation. Alonso

Déca était gênant et la plongeait que davantage dans la certitude de la trahison.

Il retira une de ses mains cachant son visage et l'attira hors des toilettes. Surpris, Kaya et Alonso suivirent sans trop savoir ce qu'Oliver avait en tête. C'est Déca qui freina ses intentions.

— Qu'est-ce que vous faites ? lui demanda-t-il tout en faisant barrage de son corps.

— Nous quittons les lieux. Kaya n'est plus à sa place ici.

— Et vous comptez l'emmener ? Je suis son cavalier ! De quel droit décidez-vous de notre soirée ?

— La soirée est finie.

Le ton dur et le visage sérieux d'Oliver força Déca à cesser d'objecter.

— Je pense qu'il vaut mieux qu'elle soit en territoire neutre, loin de tout ce qui la rattache à ce cauchemar.

— Et vous pensez être neutre dans cette histoire ? Laissez-moi rire !

Malgré la pertinence de sa remarque, Oliver ne se laissa pas démonter.

— C'est vrai, Ethan est mon ami et en tant que tel, je sais qu'il y a anguille sous roche. Je n'ai pas encore toutes les réponses, mais ce que je sais, c'est qu'Ethan tient à cette femme bien plus qu'il tient à n'importe lequel de ses amis.

Oliver montra Kaya comme étant cette femme. Cette dernière se trouva surprise par ses paroles et reconnaissante de son soutien.

— Pour l'instant, il faut… que nous partions.

Oliver soupira, attristé par la situation.

— Elle vous recontactera plus tard.

Sans lui laisser le temps de contredire quoi que ce soit, Oliver bouscula Déca et quitta les lieux avec Kaya. Déca serra les dents, mais céda en voyant le visage défait de la jeune femme.

15

SOUTENUE

Oliver récupéra alors leurs affaires et ils prirent sa voiture. Oliver sentait qu'il était à cran, en colère. Il avait eu des alertes avec Ethan, mais il avait juste espéré une saute d'humeur.

Une saute d'humeur… tu parles ! Je sentais que ça puait. Nous l'avons tous senti et nous n'avons rien pu faire.

Instinctivement, une fois dans la voiture, il posa sa main sur la main de Kaya, silencieuse depuis. Elle fixa la main d'Oliver serrant la sienne.

— Je te promets qu'on va dénouer cette affaire ! lui déclara-t-il alors.

— Merci, Oliver, pour ton soutien, mais je pense qu'il n'y a plus rien à dénouer. Il a fait son choix.

— Non, ce n'est pas un choix, c'est un repli, une illusion qu'il a créée pour se protéger.

Kaya baissa la tête et ne répondit rien. Elle ne savait plus qui avait raison. Elle n'avait même plus la force de réfléchir. Elle n'avait rien protesté concernant Déca et son départ précipité. Elle ne se sentait en réalité plus capable d'espérer. Ethan avait soufflé sur le peu d'espoir qu'elle avait retrouvé en sa compagnie et la cabane qu'ils avaient construite s'était envolée. Elle se sentait nue. Il n'y avait plus de protection. Plus de chaleur. Plus de bien-être. La couverture temporaire que lui offrait Oliver ne suffisait pas à réchauffer son cœur refroidi par la déception et la douleur.

Oliver l'emmena chez lui. Un petit appartement dans un quartier tranquille de la capitale. Ils passèrent une porte cochère qui les mena dans une cour intérieure avec des plantes et un vieil escalier menant aux appartements aux étages. Oliver la guida vers l'un d'entre eux. Dès qu'il ouvrit la porte d'entrée, un chat vint les accueillir. Oliver se pencha pour le porter.

— Mirabelle, je te présente Kaya. Elle a besoin de tes câlins. Je compte sur toi !

Le chat ronronna sous ses caresses. Kaya sourit et caressa Mirabelle.

— Bonsoir Mirabelle.

Oliver reposa Mirabelle et l'invita à prendre ses aises. Kaya put découvrir une partie de l'intimité d'Oliver. À sa grande surprise, l'appartement était mignon. Rien à voir avec celui d'Ethan. Il y avait ici un côté chaleureux, plus cosy. La présence de Mirabelle participait aussi à cette atmosphère tranquille, apaisante.

— As-tu envie de boire quelque chose ? Thé ? Chocolat chaud ? Café ?

Bizarrement, elle ne savait pas quoi répondre. Avait-elle réellement soif ? Avait-elle besoin d'un remontant ? Devant son inertie, Oliver insista.

— Kaya ?

Cette dernière regarda autour d'elle. Jamais elle n'aurait pensé se retrouver ici un jour. Oliver s'approcha d'elle et la prit dans ses bras.

— Tu dois te sentir perdue et pas à ta place. Je comprends. Pour l'heure, le mieux est de te poser et de ne pas trop t'alarmer.

Il desserra son étreinte et lui sourit.

— Chocolat chaud ? Il paraît que le chocolat, c'est bien contre la déprime !

Kaya se mit à rire et accepta de la tête sa proposition. Oliver se hâta alors dans la cuisine pour préparer son petit réconfort.

Rapidement, il rejoignit Kaya dans le salon. Mirabelle effectuait sa mission avec brio. Elle s'était installée sur les genoux de la jeune femme et se laissait caresser en ronronnant. Il déposa alors un plateau avec deux tasses de chocolat chaud, un peu de pain et de la pâte à tartiner. Kaya se mit à sourire en voyant la pâte à tartiner.

— Je pense que la pâte à tartiner sera plus efficace pour mon moral que le chocolat chaud.

Oliver lui sourit, ravi d'avoir eu l'idée du siècle.

— Je savais que ça te plairait !

Tout à coup plus loquace, Kaya décala Mirabelle et se jeta sur le pain.

— Ça fait des lustres que je n'en ai pas mangée.

— Fais-toi plaisir dans ce cas.

Le silence fit parler leurs papilles durant quelques minutes.

— Je suis désolée, Kaya. Sincèrement. Je voudrais pouvoir te donner des explications, je n'en ai pas pour le moment.

— Il n'y a rien à dire.

— Il est rentré en France il y a peu. Nous l'avons su ce matin. Il est venu à Abberline Cosmetics et s'est comporté comme si de rien n'était. Il a animé la réunion de mise au point de la gamme *Aura* et on a tout de suite vu que quelque chose clochait. Mais de là à le retrouver ce soir avec cette femme et qu'elle vende leur relation de la sorte, on est tous tombés sur le cul. On ne comprend pas comment il a fini aussi vite avec elle. Je me dis que c'est de l'apparat.

Kaya regarda sa tasse de chocolat chaud avec tristesse.

— J'ai refusé de voir la vérité en face. Il était pourtant évident que son silence cachait quelque chose. Cet accident aux États-Unis, c'était une rupture. Il a mis fin à notre relation en même temps qu'il s'est ouvert le torse.

De nouvelles larmes coulèrent sur ses joues.

— J'ai conduit Adam à la mort. Et que fais-je avec Ethan ? Je l'ai cassé. Il m'avait dit qu'il voulait bien être mon jouet comme j'étais le sien, à condition de ne pas le casser. Je l'ai meurtri.

Oliver posa sa main sur la sienne, se voulant rassurant.

— Il est certainement blessé, mais tout n'est pas pour autant foutu. Il est dans un réflexe de défense.

— Je ne lui ai pas dit les mots qu'il attendait.

— Tu n'avais aucune obligation de le faire. Il a simplement été impatient et surtout aveugle. Tes larmes montrent bien que même si tu ne dis rien de tes sentiments, ça ne veut pas dire que tu n'en as pas.

Le téléphone mobile d'Oliver sonna alors. Surpris, il le chercha, puis décrocha en voyant l'interlocuteur.

— Oui, Sam…

— Elle est encore avec toi ?

— Oui, nous sommes chez moi.

— Tu… tu l'as ramenée chez toi ?

— C'est ce que je viens de dire !

— Comment elle va ?

— À ton avis ?

— Je ne comprends pas ! Je ne comprends plus rien. Je croyais qu'avec elle, c'était sérieux, et il nous a rejoué le rôle du Casanova.

— Il est resté avec vous après notre départ ? demanda alors Oliver, curieux de connaître la réaction d'Ethan.

— Non, il nous a tous plantés. Y compris Gloria, qui n'a pas compris non plus son attitude.

— Au moins, ça l'a affecté. C'est plutôt bon signe.

— Pourquoi agit-il de nouveau en connard ?! Qu'est-ce qui s'est passé ? Qu'est-ce qu'il a dans le crâne ? BB est silencieuse, mais n'en pense pas moins. Elle est inquiète et ce n'est pas bon pour le bébé.

— Je ne sais pas quoi te répondre. Il faut juste être présent. Je pense surtout qu'Ethan n'est pas bien et il reprend son tempérament autodestructeur. Du moins, je le redoute, comme quand je l'ai connu. J'espère juste que ce n'est pas ça.

— Son comportement autodestructeur ? Que veux-tu dire par là ?

Oliver souffla.

— Laisse tomber. On verra bien d'ici demain comment il réagit... je te laisse. À demain, Sam.

— Attends !...

Oliver raccrocha, visiblement affecté par toute cette affaire. Kaya se sentait coupable, envahissante.

— Je... vais rentrer... déclara-t-elle alors, ne voulant gêner davantage.

— Il est tard ! Je ne vais pas te laisser repartir en pleine nuit.

Kaya lui sourit, touchée par sa gentillesse.

— J'ai causé assez de soucis.

— Si tu parles de Sam, ne t'inquiète pas. Il est inquiet aussi parce que Brigitte est enceinte et il est aux petits soins avec elle. Le moindre bobo est une apocalypse pour lui.

— Brigitte est enceinte ?! répéta Kaya, estomaquée par la nouvelle.

Oliver se mit à rire.

— Il y a eu un petit accident au Nouvel An. Sam et BB ont fini leur soirée ensemble et voilà, ils ont un polichinelle dans le tiroir. Mais BB ne veut pas que Sam agisse par devoir. Elle ne lui demande rien, mais Sam… comment dire… je pense que, malgré la surprise, il est heureux de cette situation. Il veut vraiment construire quelque chose avec elle.

Kaya sourit en l'écoutant annoncer cette bonne nouvelle.

— Ethan a refusé la demande de Sam d'être parrain. Cela ne m'a pas étonné, et la réaction d'Ethan a été très sèche. Bon, c'est vrai aussi, Sam n'a pas pris de gants, tellement fier, heureux, d'annoncer la nouvelle. Ethan l'a complètement coupé dans son élan. Depuis Sam et Ethan sont un peu en froid.

— Et Brigitte ?

— Elle ne dit rien. Elle encaisse en silence tout ce qui lui arrive. Je pense qu'elle tente de gérer sa propre nouvelle situation avant de penser au reste. Elle va être maman sans s'y être préparée et en soi, c'est déjà un gros travail d'acceptation à faire. Mais ce qui est touchant, c'est qu'elle ait refusé d'avorter. Elle assume.

— C'est une femme forte.

Oliver opina du chef.

— Ethan a fait aussi un cinéma quand nous étions aux USA à propos du fait d'avoir un bébé. Il s'est énervé parce que j'ai discuté avec une voisine française qui venait d'avoir un bébé. Je l'avais pris dans mes bras et tout cela l'a refroidi. Il m'a crié qu'il n'y aurait pas d'enfants entre nous. Sur le coup, je n'ai pas compris parce qu'il n'avait jamais été question de cela. Nous sommes loin d'un tel stade. Mais avec sa réaction concernant Sam et Brigitte, l'accident de son torse je me dis que le problème est plus profond que cela et tout est lié.

Oliver soupira. Il savait que la paternité rejetée d'Ethan était sans nul doute une résultante, un effet boule de neige après ce qu'il avait vécu avec sa mère.

Se pourrait-il que ce soit un cumul de détails te remémorant ta triste expérience avec ta mère qui t'ait conduit à te mutiler à nouveau, Ethan ?

— Kaya, y a-t-il eu d'autres moments entre vous... où tu l'as trouvé bizarre ? Où son comportement a brusquement changé ?

Kaya se remémora chaque jour passé avec lui.

— C'est difficile à dire... j'ai découvert tout d'abord qu'il avait peur de l'abandon, qu'il cachait volontairement sa gentillesse derrière une attitude de connard pour ne pas souffrir du rejet. Il est particulièrement jaloux. Il est toujours dans la demande. Et puis il y a eu l'histoire de son expérience sexuelle... non, laisse tomber.

Oliver sourit.

— Tu as beaucoup progressé avec lui durant ce séjour. C'est bien.

— Pas assez, puisque je l'ai conduit à s'ouvrir le torse...

— Kaya, ne te culpabilise pas trop.

— Je suis censée être sa petite amie. C'est le contrat que nous avons signé et voilà le résultat.

— Un nouveau contrat ? s'étonna alors Oliver.

Kaya s'attrapa la tête avec l'impression de devenir folle.

— Oui, notre relation n'est faite que de contrats. Je sais, c'est bizarre.

— Mais c'est votre façon d'évoluer. Tu es passée du stade de complice d'une magouille au stade de petite amie. Vos contrats ne sont que des détails pour valider de nouvelles étapes dans votre relation. Ne doute pas de ce que vous avez bâti ensemble. Ethan t'aime, Kaya. C'est un geste extrême qu'il a eu parce qu'il est bien avec toi. Tout se bouscule en lui et il ne sait plus qui il doit être.

— Si je te demande ce qu'il a vécu, tu ne me diras rien, n'est-ce pas ?

Oliver baissa les yeux, mal à l'aise.

— Tu sais très bien que ce n'est pas à moi de te dire les choses. C'est à lui. Mais tu as des alliés avec toi : Eddy et moi. Nous savons tous les deux ce qu'il avait vécu et nous pouvons vous aider.

— Tu as dit à Sam que tu avais peur qu'il ne s'autodétruise...

— Je sais, c'est un peu fort comme terme. Mais Ethan est une bombe à retardement. Il suffit d'un rien pour qu'il implose. Il garde en lui, en silence, et au bout d'un moment, la pression est telle qu'il doit la libérer. C'est ainsi qu'il…

Oliver mima de son pouce le couteau tranchant sa poitrine.

— Et parfois, ça ne suffit pas. Donc, il part en vrille. Bon, rassure-toi. Que ce soit les Abberline, l'orphelinat, Eddy ou moi, nous l'avons toujours relevé. Aujourd'hui, tu es sans doute en rapport avec sa rechute, mais tu peux aussi nous aider à le relever.

— Je n'ai pas la prétention de pouvoir le guérir. J'ai essayé de calmer ses douleurs profondes et j'ai échoué.

— Tu doutes trop de toi, Kaya. Tu peux le guérir. Tu sais pourquoi. Parce que tu l'as déjà mené vers quelque chose qu'aucune autre femme n'avait réussi à faire. Quelque chose en toi qui l'attire, qui lui plaît, qui le rassure aussi. Tu comptes à ses yeux. S'il a planté tout le monde après notre départ, c'est parce que justement rien n'est vraiment fini entre vous. Je suis sûr que tu trouveras la faille dans laquelle t'engouffrer pour toucher à nouveau son cœur et le retrouver.

— Tu es… optimiste ! Il ne me parle pas ! J'ai essayé de lui montrer qu'il pouvait me dire ses tourments et il a tout gardé pour lui.

— Il te dira tout. Si je sais ce qui lui est arrivé, c'est parce qu'on a partagé pas mal de galères à l'orphelinat. On avait le point commun de ne pas avoir été épargné par la vie. Tu dois rester positive et croire en lui ! À moins que tu souhaites réellement tout abandonner ?

— Tu es en retard ! Nous avons commencé la réunion sans toi.

La voix grave d'Ethan fit sourire Oliver.

— Oui, désolé. J'ai dû ramener une dame chez elle.

Oliver s'installa, comme si de rien était, à la table de réunion et réorganisa ses dossiers. Immédiatement, BB et Sam regardèrent la réaction d'Ethan, se doutant bien que Kaya était cette dame. Oliver avait un petit sourire qui laissait tout le monde dans les suppositions.

— Elle a dormi chez toi ? demanda alors Brigitte, décidant de ne faire cas de la volonté d'Ethan à ne pas parler de la veille.

— Je n'allais pas la laisser rentrer seule en pleine nuit. Je suis un gentleman !

Sam s'esclaffa devant sa réponse jouant sur le doute de cette fin de soirée.

— On mange ensemble ce soir..., continua-t-il d'un ton posé. Elle veut me remercier de mon soutien.

— On peut reprendre ? trancha Ethan, le visage encore plus sévère.

— Fais, Ethan ! Fais ! répondit Oliver, calmement et de manière décontractée.

La réunion reprit son cours, mais l'ambiance était bien plus froide que d'ordinaire. Ethan avait fait des remarques sarcastiques à tout le monde, puis avait fini par quitter la salle de réunion avec Abigail sans un mot de plus, le pas pressé. Brigitte relâcha la pression dans un soupir de soulagement. Ethan portait à lui seul une aura lourde qui la stressait. Elle se caressa instinctivement le ventre. Sam ne manqua pas de le remarquer.

— Tout va bien ?

— Oui... ça va. Quelle réunion !

— Tu as fait fort ! commenta Sam à Oliver. Tu comptais le rendre jaloux ?

— Je ne compte rien du tout ! répondit Oliver, tout en rangeant ses dossiers. Je lui signifie juste que je garde contact avec elle malgré lui, comme Simon le fait également ou Laurens.

— Tu crois qu'il est jaloux ? demanda BB.

— Qui sait ? répondit Oliver. Il doit sans doute ruminer dans son bureau actuellement, rien ne dit qu'il ne changera pas pour autant sa position concernant Kaya.

— Elle va bien ? s'inquiéta BB.

— Elle tente de garder la tête haute, mais elle ne comprend pas. Elle n'a pas tous les éléments pour le comprendre et ça la frustre.

— Comme je la comprends ! commenta Sam sur un ton sarcastique. Ce type est un mystère.

Il s'étira sur sa chaîne, puis se leva.

— Moi, j'aimerais surtout qu'il ne s'enferme pas dans une triste solitude ! fit BB. Car là, j'ai l'impression que la tension qu'il instaure entre chacun de nous, celle qu'il a créée plus ou moins, l'accommode.

Oliver considéra la remarque BB avec attention.

— On doit continuer à l'inclure. Ne pas entrer dans son jeu de l'isolement...

— Avant que tu arrives, nous l'avons vu prendre des cachets... fit remarquer BB. Ça m'inquiète.

— On ne peut que rester vigilant et être là pour l'instant... fit Oliver.

— Il s'est passé quoi avec Kaya ? l'interrogea Sam.

— Il y a eu une fracture dans leur relation. Ethan avait des attentes et des doutes et Kaya n'a pas su le rassurer. Elle ne connaît pas suffisamment son malaise et leur communication demeure difficile. On ne peut pas la blâmer, car nous savons tous qu'Ethan ne se confie pas. Même si elle avait obtenu des confidences de sa part, ce n'est pas suffisant pour comprendre Ethan et ça a dû le frustrer au point de se dire que c'était foutu, que ça ne marchera jamais entre eux. Il revient donc au point de départ.

BB soupira, triste de constater qu'Ethan demeurait un homme avec beaucoup de non-dits, qui finalement le dévoraient de l'intérieur.

— Il n'y a donc pas qu'un problème de confiance, de communication avec lui. Que ce soit Kaya ou nous, nous sommes tous incapables de lui venir en aide. Il ne peut expier son mal-être par notre soutien.

Sam frotta le dos de BB, affectée par cet échec.

— Peut-être que nous nous y sommes mal pris jusqu'à présent... fit remarquer Sam, songeur. Nous avons attendu qu'il nous parle, qu'il vienne à nous. Preuve est de constater que cela ne mène à rien. On attend en vain. Peut-être devons-nous être plus insistants, plus présents avec lui ?

— Cela ne changera rien ! rétorqua Oliver. Je connais son passé et cela ne le libère pas davantage de ses démons. Il ne se confie pas à moi pour autant. Kaya est la solution. Nous avons tous remarqué qu'Ethan avait revu son comportement avec elle. Elle est la seule qui peut changer la donne parce qu'elle a un atout que nous n'avons pas, c'est l'amour.

Sam se mit à rire en l'écoutant.

— Ça fait très poseur, ça !

Oliver s'esclaffa.

— J'avoue que ce que je dis paraît très romancé et idéalisé, que le concept de l'amour sauveur des pires situations est un peu grotesque, mais j'y crois. Je veux y croire. Pour lui. Parce que c'est ce dont il a besoin pour trouver une paix intérieure. C'est pour ça qu'il faut conserver coûte que coûte son lien avec Kaya. Si aujourd'hui, il est rompu, nous pouvons le conserver en la gardant près de nous, en l'incluant dans notre quotidien. Je suis persuadé qu'Ethan finira par craquer. Il l'a dans la peau. Il peut repousser cela, il ne pourra pas résister longtemps à son besoin instinctif d'être auprès d'elle, peu importe ses peurs intimes.

— C'est pour ça que tu manges avec elle ce soir ?
— Oui. Je pense que ça la soulage d'avoir encore des liens avec Ethan, malgré sa prise de distance.
— As-tu des idées pour faire craquer le boudeur ? demanda Sam.

Oliver sourit.

— Pas particulièrement. Mais je sais que Kaya y arrivera. Il suffit de passer du temps avec elle pour comprendre pourquoi elle est si spéciale aux yeux d'Ethan.

Sam pencha la tête de façon perplexe, ne sachant comment interpréter sa phrase. BB baissa les yeux. S'il y avait une chose dont elle pouvait être sûre, c'est que Kaya était bien une personne atypique aux yeux de bon nombre d'hommes…

16

FINI

— Je ne pensais pas que tu cuisinais aussi bien !

Oliver sourit tout en coupant des tomates en morceaux tandis que Kaya faisait revenir les oignons dans une poêle.

— J'aime bien cuisiner. Le seul problème, c'est que les gros plats à manger quand on est seul, ce n'est pas cool. Si je fais une daube ou un civet, j'en mange pendant des jours ! Du coup, j'ai acheté un gros congélateur et je congèle. Comme ça, j'ai des repas d'avance pour le boulot ou quand je rentre tard le soir. Mais bon, c'est quand même mieux de partager un bon repas avec quelqu'un.

— Oui, clairement ! C'est un peu pareil pour moi ! Je cuisinais avec plaisir quand j'étais avec Adam. Il avait bon appétit, en plus ! Mais depuis, je ne cuisine quasiment plus. C'est triste, mais je ne trouve plus le même plaisir…

Oliver regarda les oignons et réfléchit.

— Je comprends. Un peu pareil pour moi. Cuisiner avec sa compagne est bien plus sympa, je reconnais. Avec mon ex, je passais des week-ends aux fourneaux pour lui faire plaisir. Malheureusement, tenir quelqu'un par le ventre n'est pas suffisant !

Oliver se mit à rire de sa boutade. Kaya le contempla un instant.

— Cela fait longtemps que tu es seul ?

Oliver versa les morceaux de tomates dans la poêle.

— Mmmh… Cinq ans ?

— Autant !? s'étonna la jeune femme.

Oliver fut étonné de sa surprise.

— Je veux dire…, tu es quelqu'un de gentil !

Kaya se mit à rougir, gênée d'avouer sa pensée immédiate le concernant. Oliver lui sourit avec tendresse.

— Je crois que je ne cherche pas non plus à avoir une autre relation. En fait, ça me fatigue d'avance les rencontres arrangées. Essayer de trouver plus de compatibilités avec une personne suite à deux ou trois affinités, en s'obligeant à la sortie au cinéma, au restaurant et voir si ça matche vraiment… ça ne m'intéresse pas. Je fonctionne plus au feeling, au naturel. Quand on se plaît, tout est simple, évident. Il n'y a pas besoin d'en faire des caisses pour plaire. Je n'ai pas envie de perdre ce temps.

Kaya touilla ses morceaux de tomates qui fondaient pour se transformer en sauce.

— On exige peut-être beaucoup pour soi-même aussi…

Oliver considéra la remarque de Kaya avec intérêt.

— Sans doute. Quand on est échaudé par une relation qui n'est plus, on n'a pas forcément envie de rouvrir des blessures qui commencent à se fermer.

Kaya sourit tristement à ses paroles. Oliver constata son amertume.

— Mais je ne suis pas entièrement seul ! J'ai Mirabelle ! C'est une très bonne partenaire, avec un jugement infaillible !

Kaya se mit à rire en voyant Mirabelle vautrée sur le canapé.

— Elle est toute mimi !

— Tu as de la chance, elle semble plutôt bien t'accepter. Ce n'était pas le cas pour mon ex.

— Ah oui ?

— Oui ! Elle ne l'aimait pas. Elle est allée jusqu'à lui pisser sur les chaussures qu'elle portait !

Kaya fit un O. avec sa bouche de stupéfaction.

— Dans un sens, j'aurais peut-être dû prêter plus attention à son instinct vu que ça s'est mal fini ! s'en amusa Oliver.

— Je devrais peut-être m'acheter aussi un chat !? Il pourrait peut-être me dire si j'ai vraiment une compatibilité avec Ethan.

Tous deux rirent de cette solution radicale à leur relation amoureuse. Oliver versa la viande hachée dans la poêle et reprit un peu de sérieux.

— Tu vas faire quoi pour Ethan ? lui demanda-t-il alors. Tu y as réfléchi ?

— Je n'arrête pas d'y penser et finalement, je me rends compte que je me torture les méninges pour rien ; il ne changera pas d'avis du jour au lendemain. Je dois me résoudre à avancer et surtout à m'occuper l'esprit. Je dois reprendre ma vie et reprendre l'habitude de faire sans lui. Trouver un travail est déjà super. Ça m'occupe la tête et m'oblige à me projeter dans un autre quotidien que celui que j'ai vécu avec Ethan.

— Je comprends.

— Ton amitié aussi me fait du bien. Je ne te remercierai jamais assez d'être présent pour moi depuis notre séparation. Je me sens moins seule.

Oliver lui caressa le dos, touché par ses mots.

— Je suis aussi allée voir Richard. Il me change les idées. Je crois que j'ai besoin de voir du monde pour ne pas penser à lui. J'ai besoin d'exister autrement. Être rejetée de la sorte, c'est dur. J'ai l'impression d'être devenue son vilain petit canard et je ne sais pas exactement pourquoi. J'ai des pistes, des suppositions, mais je crois qu'il faut que je trouve surtout la force d'accepter que je ne pourrai pas le guérir, ou même le rendre heureux. Je dois moi aussi accepter cette rupture… Je finirai par y arriver.

— On cuisinera un gâteau pour ce jour où tu auras retrouver une paix intérieure, même si ça m'attriste de te voir renoncer.

Kaya se mit à rire.

— Oui, je pense que j'en aurais besoin malgré tout !

♛♛♛

— Non, je ne vais pas patienter ! s'énerva Ethan au téléphone. Ou j'ai ma livraison qui arrive comme prévu, ou je change d'entreprise.

Il raccrocha, à cran. Son retour sur Paris avait été dur. Outre sa séparation effective avec Kaya, il avait une montagne de boulot de retard. Ethan se frotta la tête. Même s'il avait continué à travailler à distance depuis les USA, certaines tâches nécessitant sa présence avaient pris du retard et il en payait le prix aujourd'hui. Il enchaînait les réunions, serrait un nombre incalculable de mains, dînait et soupait tous les jours au restaurant avec des partenaires d'entreprise, engloutissait des montagnes de dossiers à lire, puis à signer à tout-va. Ses journées devenaient interminables. Aujourd'hui encore, il se trouvait à travailler jusqu'à très tard au bureau.

Il se frotta le visage de ses deux mains et soupira de fatigue. Il était épuisé. Il regarda l'état de son bureau. De la paperasse encore et toujours. Des tas et des tas de dossiers. Il ouvrit un des tiroirs de son bureau et se saisit d'une boîte de cachets. Il en prit deux dans sa main et les avala avec un peu d'eau d'une bouteille qui se trouvait sur un coin du bureau. Il ferma les yeux, prenant quelques minutes, pour se reposer et attendre l'effet sécurisant de ces pilules.

L'avantage à rester au bureau, c'est que cela lui évitait de penser à Kaya, à cet amour raté, au manque qu'il ressentait malgré tout. Plus il avait l'esprit occupé, moins il se remémorait la scène du cocktail et la déception de Kaya. Il reconnaissait sans mal sa lâcheté. Il n'avait même pas eu le cran de rompre proprement. Il fuyait son amour, il fuyait les complications et explications, il fuyait même ses propres réactions. Tout ce qu'il savait, c'est qu'il avait besoin de distance, de reprendre du poil de la bête. Il avait même été peu loquace auprès de sa famille. Il voulait juste qu'on lui fiche la paix.

Il se caressa le torse et regarda sa chemise. Il avait encore les points de suture. On lui avait conseillé un bon chirurgien esthétique pour rattraper du mieux possible les stigmates de son ancienne cicatrice sur la nouvelle. Il avait refusé. Plus il les verrait, moins il replongerait dans ses travers. Bizarrement, même si dans sa tête et dans son cœur, c'était toujours le chaos, il se sentait mieux. Une pression en moins l'avait quitté en même temps que sa résolution à admettre qu'il vivait un amour impossible avec Kaya. Il lui fallait ce temps d'acceptation. Revoir Kaya de sitôt n'était pas prévu. Il ne se sentait pas encore prêt à se confronter à elle. Et il en avait eu la confirmation en la trouvant face à lui au cocktail. Tout son corps s'était figé, ne sachant s'il réagissait au bonheur de la revoir, à la peur de sa réaction ou au constat amer qu'ils ne devaient plus être ensemble pour leur bien à tous les deux. Toujours était-il que depuis il se sentait à nouveau mal à l'aise, tiraillé entre deux positions : celle de mettre un terme définitif avec elle et celle de continuer. Il jeta son stylo et desserra sa cravate, las de tout. Entre la fatigue du boulot et celle de ses émotions, il ne voyait plus la surface. Il coulait, toujours plus profond dans les eaux troubles du néant. Il ne lui restait plus que cela : le néant.

Pas de douleur, pas de souffrance.

On frappa alors à la porte. Il regarda l'horloge murale au-dessus de l'entrée de son bureau. Normalement, il ne restait plus grand monde à cette heure-ci dans l'entreprise. Abigail était rentrée. Oliver aussi. Sam était au restaurant avec BB.

La femme de ménage ?

— Entrez ! répondit-il, perplexe.

Son cœur s'arrêta l'espace de quelques secondes. Son corps se raidit. Sa mâchoire se serra. La soirée allait être dure. Très dure. Il le savait. Kaya était là, à la porte de son bureau.

— J'ai... vu de la lumière. J'ai tenté. Je ne te dérangerai que quelques minutes.

Avait-il le choix ? Elle s'imposait à lui. Quoi de plus légitime que de vouloir éclaircir une situation qu'il laissait volontairement en suspens ? Devant son silence, Kaya s'avança jusqu'à lui. Ethan l'observa, interloqué.

— Tu sembles aller bien...

Ethan pouvait sentir de la rancœur dans sa voix.

— Je ne sais pas ce qui me rend la plus amère : cette impression d'être coupable de quelque chose sans en connaître les raisons véritables, le fait que j'ai attendu désespérément de tes nouvelles depuis que j'ai été congédiée comme si tu étais devenu radioactif ou une réaction de ta part depuis ce qu'il s'est passé.

Ethan garda les yeux rivés sur elle pour ne pas montrer sa culpabilité. Il se devait d'être droit dans ses baskets jusqu'au bout et ne pas montrer la déchirure la plus profonde de son cœur. Il la laissa parler. Elle méritait cette entrevue, quelle que soit son issue. Il n'y en avait qu'une. La fin de tout cela.

— Je dois dire, continua-t-elle, que je ne m'attendais pas à te trouver à ce cocktail, encore moins la bouche collée contre celle d'une autre femme. En même temps, tu as dû être surpris de me retrouver en ce lieu, accompagné d'Alonso Déca.

— Ce que tu fais m'est complètement égal.

La voix froide d'Ethan dissipa les bonnes résolutions de Kaya à lui laisser le bénéfice du doute. Son regard était dur, vide de tendresse. Elle semblait être devenue une parfaite étrangère à ses yeux. Elle déglutit, essayant d'avaler sa sévérité et son manque de tact, mais l'émotion d'être devenue une recalée rejoignant ses ex la gagna. Les larmes montèrent à ses yeux.

— Qu'est-ce qui se passe, Ethan ? Pourquoi es-tu si distant et froid avec moi ? Dis-moi quelle erreur j'ai faite ! J'ai ressassé et ressassé, je…

— Il n'y a rien à chercher. C'est fini. Je suis passé à autre chose et tu devrais en faire autant.

Kaya accusa le coup difficilement. Elle ne savait plus quel sentiment devait prédominer dans cette situation. Elle l'aimait autant qu'elle le détestait. Il avait remis toute sa panoplie de connard. Elle avait perdu l'homme qui se cachait en dessous et elle savait que c'était en partie de sa faute, mais ne savait pas réellement en quoi.

— Donc, tout ce que tu m'as dit sur tes sentiments pour moi, c'était du pipeau ?

— Tu y as cru ? J'ai essayé de te faire plier jusqu'au bout, j'ai feint des sentiments pour que tu craques, je me suis lassé. J'en ai marre de toi.

Kaya secoua la tête négativement constatant que Monsieur Connard était bel et bien de retour. Paroles acérées, regard froid, attitude rigide et hautaine. Et pourtant, elle ne s'en formalisait plus comme avant.

Je connais ton cinéma, Ethan. Tu adoptes ce stratagème pour te protéger. Je sais que tu n'en penses pas un mot.

Elle laissa couler ses larmes le long de ses joues. On ne pouvait pas forcer une personne à faire ce qu'elle ne voulait pas.

— Je te demande pardon. J'aurais voulu t'aider, je voulais te sauver, Ethan. Je voulais vraiment connaître quelles étaient tes blessures profondes, les comprendre pour mieux te les faire oublier. Je voulais que tu retrouves une paix intérieure comme tu m'as aidée à retrouver la mienne, mais j'ai échoué. Je t'avais dit que je n'avais pas les épaules aussi larges que les tiennes. J'ai tenté. Je le voulais sincèrement. Pardon.

Une douleur atroce étreignit le cœur d'Ethan. Quelque part, Kaya l'avait sauvé. Mais, finalement, il y avait des destins qui ne pouvaient être changés. Une malédiction ne s'arrêtait pas sur le baiser d'une princesse. La vie était plus compliquée que cela. Kaya posa alors quelque chose sur son bureau. Ethan bloqua sur l'objet et observa immédiatement Kaya.

— Je te la donne. Je n'en ai plus besoin.

La bague de fiançailles d'Adam trônait sur le haut d'une pile de dossiers. La fameuse fleur violette n'était plus à sa place auprès d'elle. Même si elle avait accepté de l'enlever pour lui, ce qu'elle faisait ce soir était pire encore. Elle se séparait définitivement d'Adam en même temps que de lui. Une nouvelle douleur oppressa la poitrine d'Ethan, comprenant que cet objet, gardien de tant d'affection de la part de Kaya, était en train d'être le sujet de quelque chose de plus grave à venir.

— J'ai aimé une fois. J'ai perdu cet amour. Tu m'as dit m'aimer et m'as demandé d'en faire autant à ton sujet. Tout cela pour en arriver encore au même résultat : je suis celle qui reste seule avec ses sentiments.

Elle ne put étouffer son sanglot plus longtemps, la douleur étant trop vive, la réalité trop cruelle.

— Je ne veux plus aimer ni souffrir. Adam ou toi, le résultat demeure le même. Les espoirs sont des rêves inutiles. Il n'apporte que des illusions et déceptions. Garde-la. Que ce soit lui ou toi, il vaut mieux qu'elle revienne à la source de mon amertume. Le passé appartient au passé. C'est ce que tu m'as demandé de comprendre. Si je l'ai fait, ce ne fut visiblement pas ton cas. Tu fais dorénavant partie de mon passé. Peut-être qu'ainsi, j'avancerai plus légère. Tu m'auras appris cela. Tu as raison. L'amour, c'est une belle connerie ! Bien heureux celui qui ne tombe pas amoureux ! L'amour mène à la souffrance. Il ne faut pas croire en l'amour.

Elle s'essuya les yeux de ses mains, renifla, puis lui sourit tristement.

— Pardon de ne pas avoir eu le temps d'exprimer mes sentiments avant. Je t'enverrai un chèque tous les mois pour rembourser ma dette, mais je m'assurerai que l'on ne se croise plus. Ne t'inquiète pas. Prends bien soin de toi, Ethan.

Elle regarda une dernière fois sa bague, puis tourna les talons et quitta le bureau. Ethan se trouva heureux d'être assis, car tout son corps était en sursis. Sa poitrine était en morceaux. Plus il regardait cette maudite bague, plus il se détestait. Il n'osait même pas la toucher. Il s'imaginait déjà se brûler les doigts s'il venait à le faire. Il n'était pas un homme bien pour pouvoir la déplacer. Il se toucha la joue et vit une larme sur ses doigts. Il venait de vivre la pire rupture de sa vie. Il avait blessé la femme qu'il aime en même temps qu'il venait de se suicider. C'était fini. Il n'avait plus rien à part cette bague qui lui servait de nouvelle malédiction. Celle de détruire l'amour des gens qu'il aimait. De nouvelles larmes se mirent à couler sur ses joues et le chagrin le prit. Il ne pouvait pas imaginer plus belle sortie de la part de Kaya. Pas de verre ou de carafe d'eau dans la figure, pas de cris, pas de coups. Pas même un « connard » vociféré entre ses lèvres. Il l'avait pourtant largement mérité, mais rien des habitudes de Kaya n'était apparu ce soir. Il s'attrapa les cheveux, jeta sa tête en arrière et pleura tout en riant. Le dégoût envahissait son corps. Dégoût de lui, dégoût de la vie, dégoût de cette fin si pathétique. Il jeta un dernier regard vers la bague. Il voulait son amour, il venait de le perdre à peine révélé.

— Mon cher Adam, toi et moi nous sommes unis de façon bien triste. Le club des maudits ! N'est-ce pas merveilleux ? Allons fêter notre rang des recalés dans la vie de Kaya !

Il se leva, se saisit finalement de la bague comme pour sceller ce nouveau pacte avec Adam et quitta son bureau. Il la jeta en l'air avant de la rattraper.

— Vie de merde !

Ethan examina la tombe d'Adam avec cynisme.

— Santé, mon ami !

Il but alors une gorgée de vodka. Il était tard, le cimetière était fermé, mais il avait maintenant connaissance de la combine pour passer le mur grâce à Kaya. La benne à ordure et hop !, le voilà en parfait contrevenant, en plein délit.

Il versa alors de l'alcool dans un petit verre posé sur la tombe.

— Tiens ! Bois ! Tu vois ? Regarde bien ! C'est bien ta bague et c'est moi qui l'ai !

Assis en tailleur devant la sépulture, Ethan se mit à rire tout en se balançant. Il porta une nouvelle fois le goulot de la bouteille à sa bouche.

— Je t'ai battu ! Tu fais moins le malin, hein ! Elle t'a abandonné ! Elle a cessé de t'aimer !

Il posa la bague sur la stèle d'un geste énergique de la main, comme pour l'incruster dans le marbre.

— Tu peux te la garder ! Tu peux tout récupérer, c'est fini... Ouais, tout est fini...

Il se mit alors à pleurer. Il pinça ses yeux pour ne pas laisser sortir ses larmes. Il renifla pour tenter de reprendre un peu de contenance.

— Je t'ai gagné, mais... j'ai perdu aussi. N'est-ce pas pathétique ? Tu dois bien rire finalement. Ton rival est bien pitoyable. Même pas capable d'être un petit ami fiable.

Il attrapa le verre posé sur la stèle et le but cul sec. Il reversa dans la foulée de la vodka dedans.

— Prétendre lui proposer d'être différent de toi, lui proposer autre chose, et la laisser tomber, car j'ai eu les yeux plus gros que le ventre, j'ai été prétentieux...

Il but une gorgée à la bouteille.

— Aaah ! Santé ! Vas-y ! Marre-toi bien ! Ouais, on est bien deux cons ! Aimer une femme et ne pas avoir la possibilité de le prouver. On est bien ridicule !

Il renifla à nouveau et regarda autour de lui.

— Tu es peut-être plus heureux ici finalement. As-tu toi aussi ressenti cette impuissance face à elle ? Tellement parfaite à nos yeux et nous tellement faibles à la rendre heureuse. Tu as cumulé les jobs pour la sauver de cet enfoiré de Barratero, tu as essayé de lui montrer que votre couple était la plus belle chose à retenir pour être heureux et finalement, quoi ? S'endormir au volant et s'écraser contre un arbre ? La blague ! Les autres peuvent y croire, mais moi... Soyons francs tous les deux ! Ne t'es-tu pas volontairement dit que tu n'étais peut-être pas à la hauteur, toi aussi ?

Il but le verre posé sur la stèle et le reposa.

— Avoue ! Tu as voulu mettre fin à un fardeau ? Quand tu as vu l'arbre, tu t'es dit « pourquoi pas ? »...

Il remplit le verre à nouveau.

— Vas-y ! Bois ! Je ne peux pas te jeter la pierre ! Rompre n'était pas suffisant pour éteindre la douleur. J'ai envie de la même issue..., mais tu restes en fin de compte plus fort que moi. Tu as un courage que je n'ai pas. En vingt ans, je ne l'ai jamais eu. Je ne suis capable que de m'ouvrir le torse. Je n'arrive même pas à le faire sur mes veines du poignet. Un véritable poltron ! On peut croire que je suis fou de me faire mal comme ça, qu'il faut du courage, mais concrètement, tous ignorent que je ne trouve pas ça courageux. Je ferai un très mauvais guerrier. Je leurre. Je pourrais me faire passer pour mort plutôt que d'être vraiment capable de me faire tuer pour ma patrie. Et même en amour, je n'ai pas cette force d'esprit.

Il regarda alors ses doigts, ses mains incapables de faire le geste ultime qui pourrait le libérer définitivement de sa douleur et de sa honte.

— Je t'envie quelque part. Tout te passe au-dessus maintenant. Avec tes potes de tombes, vous devez bien rire de la vie bien merdique que nous, vivants, nous supportons avec défaitisme. Genre « Regardez-les, ces cons, à lutter en vain, à s'accrocher alors qu'ils n'obtiendront jamais ce qu'ils souhaitent le plus ardemment ».

Ethan but plusieurs gorgées de vodka à la bouteille.

— Tu as la paix maintenant. Tu n'as plus à te comparer, à te demander si tu es à la hauteur des attentes des autres, tu n'as plus à survivre. Tu n'as plus à aimer et espérer être aimé. Le vide. Le néant. La sérénité. Tu as bien de la chance.

Il essuya d'un revers de manche les dernières larmes qui tentaient de s'échapper de ses yeux.

— Le plus mal loti, c'est moi. Ni vivant ni mort, juste en sursis permanent. L'éternel perdant, le mal-aimé maudit. Je voulais te battre, je voulais écraser son admiration pour toi et aujourd'hui, c'est moi qui m'écrase devant toi et qui t'admire. Ouais, tu as toute mon admiration. C'est nul ! C'est pathétique ! C'est invraisemblable ! Je serai presque à te demander comment tu as fait pour trouver ce courage. Un moment de folie ? Tu devais pourtant être lucide ce jour-là. Comment as-tu pu réussir à aller jusqu'au bout ?

Il observa la stèle en silence pendant quelque seconde.

— Tu ne me diras rien, n'est-ce pas ? En même temps, personne ne peut m'aider ! Même Kaya a fondé des espoirs à le faire et a échoué. Elle l'a avoué.

Il soupira et fixa une dernière fois la bague posée à côté du verre.

— Je te la laisse. De nous deux, tu mérites Kaya bien plus que moi. Tu mérites bien plus son amour que moi.

Il se leva, reprit finalement la bague dans un élan de possessivité soudain et quitta alors le cimetière, laissant derrière lui la bouteille, le verre et son amertume.

17

COLORÉ

— Ne tire pas cette tête ! Tu sais très bien qu'il faut que tu le fasses !

Ethan s'affala sur le comptoir du Sanctuaire, peu motivé.

— Oliver, ne joue pas le rabat-joie. Tu sais très bien que je vais me faire chier à compter pendant des heures pendant que toi, tu papoteras et me regarderas faire.

Oliver se mit à rire.

— Ça va aller vite, cet inventaire.

— C'est ça ! C'est toi le comptable et c'est moi qui m'y colle.

— Je suis juste là pour noter les chiffres que vous aurez tous les trois comptés !

— Évidemment.

— Évidemment...

— Investir, c'est mon truc, mais compter, faire des inventaires, toute la logistique, tout ça, je vous le laisse. C'est trop barbant.

— Tu pourrais au moins être solidaire ! fit alors remarquer Barney.

— Oh, mais je suis là ! Ma présence peut suffire pour vous montrer ma solidarité !

— C'est bien rare de te voir si fainéant pour quelque chose ! rétorqua alors Simon. On pourrait presque croire que tu es malade, que tu n'es pas dans ton assiette. Nous ferais-tu une Kayanusite aiguë ?

Ethan fusilla du regard Simon.

— Ah ah ! Très drôle ! Je suis mort de rire ! Vous comptez me saouler encore longtemps avec elle ? C'est fini. Ça fait un mois qu'on est officiellement séparé. Passez, vous aussi, à autre chose.

Barney et Simon se regardèrent, peu convaincus.

— Et ça fait un mois que tu te mets des murges presque tous les soirs ! commenta de façon sarcastique Simon.

— Tu me surveilles, maintenant ? T'as pas des trucs à aller compter dans les frigos ? Ne me saoule pas !

Simon grimaça.

— On attend Sam. Il ne devrait plus tarder.

Barney regarda l'horloge au mur. Normalement, il venait seul.

— BB est fatiguée, donc elle reste à la maison… ajouta Barney.

— C'est quand même dingue, cette histoire ! observa Simon. Qui aurait cru qu'un bébé viendrait s'immiscer entre eux, cette année ?!

— C'est vrai ! C'est assez surprenant ! répondit Oliver. Même si ça fait un moment qu'entre eux, ça roucoulait, ça se tournait autour, ça se devinait.

— Sam m'a dit que tu as refusé d'être le parrain ? demanda Barney à Ethan.

Le coude sur le comptoir, Ethan posa sa tête dans sa paume et soupira.

— Mouais, et alors ?

— Pourquoi refuses-tu ? continua Simon.

— Parce que je n'en ai pas envie.

— Mais c'est ton pote ! s'étonna Simon.

— Justement ! Je lui sauve la vie !

Simon le dévisagea, ne comprenant pas sa réponse.
— Pourquoi dis-tu ça ? demanda Barney.
— Parce que je ne ferai pas un bon exemple. Il vaut mieux qu'il cherche ailleurs. Il trouvera mieux.

Oliver baissa les yeux, triste d'entendre de tels propos, tandis que Simon demeurait perplexe devant ses justifications.
— Bon ! On commence ! coupa sèchement Ethan, ne souhaitant pas s'étendre sur le sujet. Sam nous rejoindra. Oliver peut le remplacer en attendant qu'il arrive.
— Désolé ! Je ne peux pas ! s'en amusa Oliver.
— Pourquoi ça ? demanda Ethan, surpris.
— Parce que Kaya va arriver ! répondit alors Oliver, tout sourire.
— Qu… Quoi ? fit Ethan, pas sûr d'avoir bien compris.
— Oui, elle doit m'apporter mon repas ! s'exclama Oliver, tout fier.
— Kaya t'a cuisiné un repas ? l'interrogea Barney, aussi surpris qu'Ethan.
— Oui ! Au cours d'une discussion, on a parlé cuisine et, de fil en aiguille, elle a proposé de me cuisiner mon plat préféré pour me remercier de mon aide lors du cocktail.
— Encore ! s'exclama Ethan. Elle ne l'avait pas déjà fait ? Vous avez déjà mangé ensemble, non ?

Oliver se délecta de constater la jalousie évidente de son ami derrière son agacement.
— Et c'est quoi ton plat préféré ? demanda alors Simon à Oliver.
— Les tagliatelles au saumon ! répondit Oliver, ravi.
— Moi aussi, je veux qu'elle me cuisine mon plat préféré ! s'exclama Simon, un brin jaloux. Elle t'a aussi cuisiné ton repas préféré, Ethan ?

Ethan se redressa et se leva.

— Non. Je n'ai pas eu ce privilège ! répondit-il sèchement. On commence ou on parle des ingrédients des tagliatelles au saumon ?

Simon contourna le comptoir et se rapprocha d'Ethan.

— Comme il est mignon ! Il est jaloux ! lui dit-il alors, tout en lui frottant le bout du nez.

— Arrête, crétin ! vociféra Ethan, tout en repoussant sa main. Je n'ai aucune raison d'être jaloux.

— C'est ça ! On y croit tous !

— Vous me gonflez ! Je commence sans vous !

Ethan s'écarta et se dirigea vers les frigos quand Kaya entra dans le club.

— Bonjour ! dit-elle timidement aux personnes qu'elle vit au comptoir.

Ethan remarqua immédiatement un sac plastique à sa main dans lequel il devinait le fameux repas préparé. Il serra le poing de rage.

Putain ! Oui, je suis jaloux ! Je suis jaloux d'un repas ! Ce n'est pas possible !

— Salut ! lui répondit Oliver avec un grand sourire.

Et lui, il la contemple avec un regard idiot, le salaud !

Simon fonça vers Kaya.

— Trop content de te voir !

Il la serra dans ses bras. Kaya sourit.

— Je ne reste pas. Je ne veux pas vous déranger dans votre inventaire. Je suis juste venue apporter quelque chose à Oliver.

— Qu'est-ce que tu racontes ? Tu ne nous dérangeras jamais ! Ça fait depuis le Nouvel An qu'on ne s'est pas vus et tu veux déjà nous quitter ?

Kaya grimaça devant l'air déçu très exagéré de Simon.

— OK ! Je reste un peu, mais pas longtemps.

Simon jeta un œil vers Ethan qui n'avait pas bougé depuis son arrivée. Il était resté là, stoppé dans son élan.

— Viens, ma belle ! déclara-t-il, tout en passant son bras autour du cou de la jeune femme.

— Tiens, Oliver ! dit-elle en lui tendant le sac plastique. Promesse tenue !

Enthousiaste, Oliver accepta volontiers son cadeau.

— Je suis jaloux ! Je veux moi aussi mon plat préféré cuisiné par Kaya ! maugréa Simon.

— Comment sais-tu que c'est un plat cuisiné ? lui demanda-t-elle alors.

— J'ai vendu la mèche ! Désolé ! répondit Oliver.

Kaya sourit gentiment.

— Ce n'est pas grave.

— Tu voudras bien me cuisiner mon plat préféré à moi aussi ? lui demanda Simon, tout ronronnant.

— Ça dépend si je connais une recette de ce que tu aimes.

— J'adore les pizzas ! s'exclama Simon.

— Tu devrais pouvoir t'en sortir, Kaya ! ironisa Barney, devant le plat mentionné par Simon.

— Je peux essayer...

— Youpi ! Une pizza made in Kaya !

Simon se tourna vers Ethan.

— Quelque chose que tu n'auras pas d'elle ! déclara-t-il fièrement.

Kaya remarqua alors sa présence et se trouva tout à coup gênée.

— Je... je ne savais pas que tu serais là.

— Désolé de te déranger ! lui répondit-il sèchement.

— Non ! Pas du tout ! Ce n'est pas ça !

— Bonjour la compagnie !

Sam entra sur ces entrefaites.

— Ah ! Te voilà ! On va pouvoir commencer plutôt que de parler cuisine ! railla Ethan.

— Cuisine ? Désolé, mais ça m'intéresse ! déclara Sam. Dès qu'il s'agit de bouffe, je suis là ! C'est quoi la discussion ?

Ethan leva les bras de dépit avant de les laisser retomber de lassitude.

— Kaya a préparé des tagliatelles au saumon à Oliver ! expliqua alors Simon. Pour ne pas faire augmenter ma jalousie, elle a accepté de faire aussi mon plat préféré.

— Donc, on en est à savoir quel est mon plat préféré, c'est ça ? demanda alors pour confirmation Sam, tout sourire.

— Vous pensez à Kaya ? les interrogea aussitôt Barney. Elle n'a peut-être pas envie de cuisiner pour tout le monde ! Elle a fait ce cadeau pour Oliver, et peut-être parce que c'est Oliver. Laissez-la tranquille.

Simon et Sam regardèrent avec attention Oliver, nouveau privilégié aux yeux de Kaya. Oliver se sentit tout à coup gêné. Ethan serra les dents.

Parce que c'est Oliver... Bah voyons !

— Simon, je ne sais pas si je vais pouvoir les faire... je n'ai pas tout le matériel pour les faire ni les ingrédients. En tout cas, ce ne sera pas pour aujourd'hui.

Tous se mirent à réfléchir au problème.

— Adieu ma pizza... déclara alors Simon, résigné.

— On peut toujours en commander !

La voix d'Ethan trancha leurs discussions. Tous se regardèrent, surpris de son intervention.

— Ce ne sera pas un made by Kaya, mais on sera autour d'une pizza quand même.

Tous restèrent un instant silencieux.

— Ça ne vous va pas ? fit Ethan face à l'absence de réactions. Tant pis ! Assez perdu de temps ! On a un inventaire à faire.

— On peut effectivement faire cela ! déclara l'Oliver, heureux de le voir s'impliquer dans une situation avec Kaya. Simon, tu les commandes. Kaya et Ethan iront les chercher le temps que l'on répercute vos comptes sur mon cahier.

Ethan s'agita devant l'idée d'Oliver.

— Et pourquoi tu ne les fais pas livrer ?

Oliver se mit à sourire, sachant parfaitement pour quelle raison Ethan se défilait.

— Toi, tu es pour augmenter l'empreinte carbone de Paris ? lui répondit-il avec défiance.

Ethan tiqua. L'attaquer sur son positionnement écologique était une première.

— Tu paies la livraison ? renchérit Barney, en soutien à Oliver, aimant le voir mal à l'aise.

— Je soutiens l'emploi du pauvre livreur ! se justifia Ethan, ne souhaitant pas se laisser démonter par leurs propos culpabilisants.

— Dis plutôt que tu flippes de partir les chercher avec Kaya !

Sam l'enfonça d'un coup de marteau le laissant KO et mit fin au duel. Il se regarda les ongles, puis jeta un œil vers Ethan.

— Poule mouillée ! Ne pas être parrain, ne pas accompagner Kaya... c'est quoi la prochaine suite ?

Ethan serra la mâchoire au point de faire ressortir les veines de ses tempes. Sa remarque lui déplaisait grandement, mais il ne savait pas quoi répondre. Oui, ça le gênait. Mais pouvait-il seulement le dire devant la première concernée ? Oliver, Simon et Barney observèrent l'un puis l'autre pour guetter la moindre réaction tendant vers un trait d'humour, mais rien ne vint. Sam semblait sérieux. Ethan regarda Kaya rapidement.

— Ça n'a rien à voir ! Je n'ai pas peur d'être parrain ni d'être avec Kaya. Pour le rôle de parrain, je t'ai dit que ça ne m'intéressait pas. Tu comptes me harceler longtemps encore ? Quant à Kaya...

Leurs regards se croisèrent. Kaya resta pendue à ses lèvres, comme si elle attendait la sentence avant décapitation.

— Notre relation est certes finie, mais sa présence ne me gêne en rien ; elle fait ce qu'elle veut avec vous.

— Bien ! fit Barney. Je commande les pizzas et vous irez les chercher !

Ethan marchait un mètre devant Kaya, les mains dans les poches. Il serrait toujours les dents, ayant la nette impression de s'être fait piéger par ses amis. Kaya, un mètre derrière, le suivait en silence, tout aussi mal à l'aise de se retrouver seule avec lui. Cela ne s'était pas produit depuis leur séparation.

Kaya, tu dois juste t'acquitter de la mission "récupération des pizzas". Ni plus ni moins. Ne te fais pas de film. Ethan ne fera rien de tendre pour toi.

Elle soupira. Comment étaient-ils arrivés à ce stade où passer un moment ensemble devenait une torture ? Elle observa son dos devant elle et son cœur se serra. Après tout ce temps passé ensemble, elle ne le connaissait toujours pas. Il gardait toujours ses douleurs pour lui. Rien n'avait filtré sur ce qui s'était passé avec Charles une fois qu'elle était partie. Il avançait en silence en traînant ses boulets sans demander la moindre aide.

Tu n'es pas seul, Ethan. Alors pourquoi ne te fies-tu pas à nous ?

Elle repensa à la remarque de Sam.

Sam t'a demandé d'être le parrain du bébé qu'il a avec Brigitte et tu as refusé ? Pourquoi te sens-tu si peu concerné par la parentalité ? Pourquoi ne veux-tu pas entendre parler des enfants ?

Plus il marchait, plus elle se persuadait qu'elle devait peut-être continuer d'enquêter dans son coin. Elle devait enquêter auprès de ses proches, l'observer de loin puis ramasser tous les éléments pour trouver des hypothèses. Elle imaginait déjà une pièce dans son appartement prêté par Monsieur Laurens, dédiée ainsi à son enquête sur Ethan, un peu comme dans les films policiers où elle relierait chaque nouvel élément à certains qu'elle avait déjà, avec des bouts de laine rouge, bleu ou jaune selon les différentes pistes qu'elle aurait. Un énorme mystère s'épaississait au fur et à mesure que les indices apparaissaient.

Revêtir une casquette de détective ne lui plaisait pas. Elle avait le sentiment de forcer Ethan à révéler ses secrets. Elle aurait tellement préféré que tout vienne de lui.

Ils passèrent devant plusieurs boutiques avant d'atteindre le restaurant de pizzas. Kaya s'arrêta devant une des vitrines, attirée par la devanture. Elle jeta un œil à Ethan qui continuait de marcher, sans avoir vu qu'elle ne le suivait plus.

Il est temps de te tester, Abberline ! Si tu refuses, et bien on va te mettre devant le fait accompli.

— Ethan ! Attends ! J'aimerais regarder à l'intérieur du magasin.

— Qu'est-ce que tu veux y faire ? On n'a pas le temps ! On doit récupérer les pizzas !

— Je voudrais acheter quelque chose dedans.

Ethan s'agaça.

— Je voudrais trouver un doudou ou quelque chose d'autre pour le bébé de Sam et Brigitte. C'est pour les féliciter de cette bonne nouvelle.

Ethan contempla Kaya un instant.

— Fais-le un autre jour ! Elle n'est qu'au début de sa grossesse ; tu vas lui porter malheur !

Sans prêter attention à sa désapprobation, Kaya entra dans la boutique. Ethan leva les yeux, même plus étonné de la voir faire à sa guise malgré ses réticences. Kaya commença à faire bouger les vêtements sur les portants, émerveillée par les petits bouts de tissus. Ethan resta à l'extérieur, ne souhaitant pas rentrer dans ses manigances, mais gardait un œil de temps en temps vers l'intérieur.

Kaya prenait son temps faisant l'inspection de chaque vêtement, doudou ou parure de bain pour bébé au point qu'Ethan commençait à s'impatienter et à faire les cent pas. Mais ce fut un autre détail qui attira son attention : un homme. Un homme avec qui elle commença à discuter de façon plutôt amicale.

— Qu'est-ce que veut ce type ?

D'agacement, il se décida à rentrer dans la boutique sans se faire remarquer.

— Alors vous pouvez peut-être m'aider ? put-il entendre de la part de la voix masculine.

— Volontiers ! Bon, je ne suis pas moi-même maman, mais je veux bien vous dire mes préférences.

— Avec plaisir, Mademoiselle Lévy.

Dans un coin, et faisant semblant de s'intéresser à une cape de bain, Ethan se figea.

Comment connaît-il son nom ?

— Alors, je dirais que pour un enfant de trois mois, il vous faut du six mois minimum. Pour être sûre, je prendrais du neuf mois. Surtout que votre filleul va vite grandir, donc autant assurer vos arrières en prenant du neuf mois. C'est un garçon. Il y rentrera rapidement.

— Vous feriez une bonne vendeuse ! sembla s'en amuser l'homme.

Ethan n'aimait pas son ton complice. Kaya pouffa.

— Je devrais effectivement songer à bosser dans une boutique de fringues ! répondit-elle de façon badine.

Tous deux se mirent à rire tandis qu'Ethan restait perplexe.

— Votre patron sera content de votre travail ! Je n'en doute pas.

Le petit sourire de l'interlocuteur de Kaya et la réaction charmée de cette dernière agacèrent davantage Ethan qui décida d'intervenir. Il apparut alors derrière la jeune femme.

— Tu as trouvé ? lui demanda-t-il de façon ferme.

Kaya se retourna soudainement.

— Oh ! Tu es là ?

— Je dérange ?

— Pas… pas du tout !

Ethan toisa l'homme du regard. Une ambiance lourde pouvait se faire sentir entre les deux hommes.

— C'est fini ? Allons-y !

Ethan attrapa Kaya par le bras pour la conduire vers la sortie.

— Attends, Ethan ! Je n'ai pas choisi !

Elle tenait deux doudous dans les mains.

— Je prendrais le vert ! fit l'homme, gentiment. Ne sachant pas si c'est un garçon ou une fille, le risque est moindre.

Ethan regarda attentivement les deux peluches.

— On prend le gris.

On ?

Kaya se retint de rire. Cette situation lui rappelait le choix sur le coloris de l'écharpe qu'elle lui avait offerte.

Évidemment, tu prends l'inverse, l'opposé ! Tu restes un compétiteur.

Elle contempla les doudous.

— J'aime bien les deux.

— Tu es riche ? fit alors remarquer Ethan, sarcastique.

Kaya se vexa et se sentit mal à l'aise. Même s'il n'avait pas tort, elle n'aimait pas ce jugement facile. Elle voulait prendre le vert juste pour lui rendre sa remarque en pleine figure.

— Et bien, tu n'as qu'à lui offrir le second ! fit-elle à Ethan, malicieuse.

Elle lui sourit de façon entendue et lui déposa le gris dans les mains. Ethan sentit le piège se refermer sur lui.

— J'ai déjà prévu autre chose de mon côté !

Même si c'était faux, il ne voulait pas la laisser gagner.

— Vraiment ? Je croyais que cela ne t'intéressait pas et que c'était trop tôt ?

Elle examina à nouveau les deux doudous.

— Le doudou vert a un carré de tissu... argumenta l'homme à côté d'elle. Mon filleul le met sur le nez ou sur sa tête pour s'endormir. Il en a d'autres, et c'est ce carré de tissu qui fait la différence.

Ethan fusilla du regard l'entremetteur.

— Alors je prends le vert ! fit Kaya, convaincue par cet argument. Après tout, le vert, c'est symbole d'espoir !

— Oui, c'est aussi symbole de croissance, de santé ! continua son interlocuteur. Ça représente la stabilité, l'équilibre.

Kaya tapa des mains comme pour signifier un adjugé vendu.

— Alors, c'est parfait pour la circonstance ! s'enthousiasme Kaya.

Ethan leva les yeux une nouvelle fois.

Tu veux jouer à ça ? OK ! On va jouer, connard !

— Le gris est signe d'élégance, de calme, de douceur, de tempérance, d'autonomie. Tu peux l'associer à n'importe quelle couleur. Sa neutralité en fait un compagnon Fashion plus adapté.

Kaya écarquilla les yeux, abasourdie par l'argumentaire d'Ethan. Elle reconnaissait bien là le chef d'entreprise de cosmétiques prêt à vendre n'importe quoi avec une facilité déconcertante.

— Donc, prends-le. Il sera plus passe-partout et moins agressif aux yeux du bébé.

Kaya s'esclaffa de son implication soudaine dans l'achat du doudou. Ethan gardait son sérieux, parfaitement déterminé à la convaincre. Elle contempla les deux doudous une nouvelle fois.

— Le gris a aussi une connotation triste, de mélancolie ! fit remarquer l'homme aux côtés de Kaya.

— C'est la couleur de la modernité, symbole du futur ! renchérit Ethan.

L'homme se mit à sourire en réalisant que la conversation devenait une joute verbale où le vainqueur ne serait pas le doudou acheté, mais celui qui paraîtrait le plus solide aux yeux de la jeune femme.

— De toute évidence, Kaya a le dernier mot... conclut le partisan du doudou vert. Peu importe notre avis sur la question, c'est à elle de choisir.

Ethan mit ses mains dans les poches de son pantalon et toisa une nouvelle fois l'homme qui lui faisait face. Au-delà du choix de Kaya concernant le doudou, cet homme se posait en un fin compétiteur face à lui.

— Puis-je vous aider à trancher ?

La vendeuse vint interrompre le débat, tout sourire, laissant apparaître une lueur de répit pour Kaya qui se demandait à présent si cette histoire allait en finir aux poings.

— Non, ça ira ! répondit sèchement Ethan. On s'en va !

Il retira des mains de Kaya le doudou vert et le rendit à la vendeuse, ainsi que le doudou gris, puis tira Kaya vers la sortie. L'homme se mit à rire de ce repli soudain.

— À lundi, Kaya ! déclara-t-il alors, amusé de cette situation.

Ethan se stoppa net alors qu'il venait d'ouvrir la porte. Il la referma lentement et fusilla du regard celui qu'il considérait désormais comme un emmerdeur. Il contempla alors Kaya, intrigué.

— Lundi ? Tu vas le revoir ?

Kaya eut du mal à cacher son amusement également. Elle se tourna alors vers l'homme.

— Vous venez ? Bien ! À lundi, Monsieur Lorenzo !
— Tu ne comptes pas me répondre ? s'agaça Ethan.
— J'avoue… j'hésite !

Voyant bien qu'elle se jouait de lui, Ethan prit les devants. Il lâcha sa main et s'avança vers l'homme.

— Je suis Ethan Abberline, PDG de Abberline Cosmetics. Vous êtes ?
— Andrea Lorenzo. PDG de la chaîne de vêtements Armadio et patron de Kaya.

Ethan se tourna vers Kaya et la dévisagea.

— Eh oui, j'ai trouvé un nouveau boulot ! se justifia-t-elle simplement. C'est avec lui que j'ai eu mon entretien d'embauche et je ne le remercierai jamais assez de m'avoir recrutée.
— C'est une personne assez surprenante ! ajouta Andrea Lorenzo. Je me suis demandé si j'avais déjà vécu un tel recrutement, mais non, j'ai vécu de l'inédit ! C'est ce qui m'a convaincu finalement de l'embaucher.

Ethan jaugea Lorenzo, peu à même à croire que c'était quelqu'un de bien.

PDG, mes fesses !

— Et vous êtes son petit ami ? osa lui demander Lorenzo, convaincu d'avoir participé à un combat face à un homme jaloux.
— Non ! répondit froidement Ethan.

Kaya baissa les yeux.

— Vous êtes donc son frère ? Vous êtes plutôt protecteur.
— Où voyez-vous de la protection ? J'ai juste défendu un avis sur un doudou pour en finir rapidement ! Rhaaa ! Je n'y crois pas d'avoir perdu mon temps pour un putain de doudou !

Il enlaça alors ses doigts dans ceux de Kaya qui sourit doucement devant ce geste tendre impromptu.

— On a des pizzas à récupérer. Excusez-nous…

Il la conduisit vers la sortie et la poussa vers la pizzeria. Kaya eut à peine le temps de faire un signe de main pour dire au revoir à son patron.

— Tu aurais pu me laisser acheter un des doudous.

— Tu es trop longue dans ton choix. Par ailleurs, ce type, je ne le sens pas. Méfie-toi de lui.

— Serais-tu jaloux ?

Ethan s'arrêta et considéra sa moue moqueuse avec attention, puis s'esclaffa.

— Il y a une différence entre jalousie et sixième sens. Je te parle d'instinct.

Kaya souffla.

— C'est ça ! L'instinct de jalousie !

Elle retira sa main de la sienne, passa devant lui puis se stoppa net après quelques pas.

— Oh ! Je te préviens ! Tu n'as pas intérêt à, ne serait-ce, songer à me faire virer de mon boulot pour rassurer ton instinct.

Ethan resta interdit devant la menace proférée et symbolisée par l'index levé en avertissement. Pourtant, il ne pouvait nier le fait que l'idée ne lui avait pas échappé.

— C'est ta vie ! Fais ce que tu veux, je t'aurais prévenue.

Il repassa devant elle, aussi solennel qu'irritant. Kaya soupira.

Si ce n'est pas de la jalousie, cela ne t'empêche pas de t'inquiéter pour moi un minimum, n'est-ce pas ?

18

IMMATURE

— Bon sang ! Tu marches trop lentement ! Même un escargot irait plus vite. Ce qui te sauve de la comparaison est que, pour l'instant, tu ne baves pas !

Kaya lança un regard assassin à Ethan.

— Désolée, j'ai mal au talon. Je crois que j'ai une cloque à l'arrière du pied.

— Eh bien, boite plus rapidement ! Les pizzas vont être froides.

— Tu pourrais être un peu plus conciliant. Ça y est ! On est plus amants et donc, tu t'entraînes pour devenir le champion toutes catégories des connards ?! Tu n'as pas à t'inquiéter, je crois que tu as montré que tu les battais tous ! Ta façon de mettre fin à notre relation est déjà bien suffisante pour te donner cette médaille. C'est inutile d'en faire des caisses ! Tu es déjà le summum du connard.

Ethan garda le silence un instant, mal à l'aise devant sa remarque acerbe, mais méritée. Cependant, il pouvait aussi reconnaître que son humeur était à l'envie de meurtre, entre les pizzas qui refroidissaient dans ses mains, la lenteur de Kaya à marcher et surtout…

Ce putain de connard de PDG de mon cul !

Il ruminait la petite confrontation de la boutique en continu. Il n'avait rien aimé de cette situation : Kaya, toute souriante devant son patron, le pseudo beau gosse qui frimait de son expertise en couleur, ou lui se débattant à répondre pour gagner face à son rival, sans donner l'image de l'ex jaloux.

J'ai échoué sur toute la ligne. Elle me croit jaloux et... je le suis bien ! Quelle merde !

Il pouvait retourner le truc dans sa tête un millier de fois, c'était bien la jalousie qui l'avait poussé à entrer dans cette boutique et à se battre verbalement avec ce poseur bellâtre pour marquer son territoire.

Je n'arriverai jamais à vivre sans elle si je dégaine les armes dès qu'elle fréquente un homme.

Il se trouvait aussi idiot que pathétique. Et plus ça l'énervait, plus il marchait vite et plus elle traînait le pas derrière, et plus il s'énervait davantage.

— Je pars devant, rentre à ton rythme ! déclara-t-il alors.

— C'est ça ! Abandonne-moi dans la rue ! Je ne suis plus à ça près !

Ethan ferma les yeux. Elle avait le don d'enfoncer le couteau dans la plaie de sa culpabilité.

— Le carton contenant les pizzas est déjà froid, bon sang !

— Et alors ! Ça se réchauffe, des pizzas ! rétorqua Kaya, agacée par sa rigueur culinaire.

— T'es sérieuse ? Des pizzas réchauffées, c'est dégueulasse ! Autant en acheter des décongelées dans ce cas, au lieu de se faire chier à en commander chez un pizzaiolo !

Désabusée, Kaya soupira.

— J'ai compris ! Je te ferai à toi aussi des pizzas ! Comme je dois en faire à Simon, je ne suis plus à ça près pour que Monsieur arrête d'exprimer encore sa jalousie, en prétextant faire une syncope s'il ne mange pas une VRAIE pizza CHAUDE.

— Qu… quoi ? Je… je n'ai jamais demandé ça ! Ce n'est pas pour ça que je…

— C'est ça ! À d'autres !

Elle lui offrit un petit sourire tout en passant devant lui en boitant. Il s'esclaffa alors, sidéré par sa répartie et son aplomb, puis l'observa s'éloigner avec un drôle de sentiment de nostalgie.

Nous revoilà donc à se renvoyer des piques dans la tronche à défaut de s'embrasser… nous savons tous deux comment cela peut finir.

Il s'inquiéta à l'idée de craquer et de retomber dans ses bras. Il avait maintenant compris qu'il n'était pas paré pour la rendre heureuse. Kaya était peut-être un enfer bien pire que celui lié à son passé. Elle symbolisait ses faiblesses, son impuissance, son pire échec.

C'est à se demander ce qui me fait souffrir le plus ? Elle ou moi…

Il repensa aux jours suivant l'incident, sa convalescence à l'hôpital, la justification foireuse de ses parents pour que les médecins le laissent rentrer à la maison des Abberline en arguant le suivi psychologique de Cindy comme professionnel traitant, son enfermement dans le silence face à Cindy, impuissante sur les raisons de son geste, la colère de sa sœur qui avait finalement prédit l'inévitable, l'inquiétude de son frère à le voir à nouveau meurtri mentalement et physiquement, et le refus alarmiste de son père pour rentrer sur Paris. Il s'est vite forgé une nouvelle carapace pour quitter les États-Unis et reprendre une nouvelle vie. L'idée était d'oublier ce qui le liait à Kaya récemment. Il n'avait pas la force de rester ni au Sanctuaire ni dans sa chambre chez les Abberline. Les souvenirs étaient trop vifs. Il devait partir vite et avait donc décidé une nouvelle fois de tout enfouir en lui.

Rien ne me sauvera. Rien ne changera… Pardon, Kaya.

Ethan jeta les pizzas sur le comptoir avec fatigue. Fatigue surtout psychologique. Il lui avait fallu un aller-retour, à récupérer des pizzas avec Kaya, pour comprendre qu'une rupture entre eux était loin d'être suffisante pour dire qu'il ne l'aimait plus et que le karma les poursuivait malgré tout. Il avait fallu moins d'une heure pour voir son cœur retourné dans tous les sens. C'était l'effet Kaya. Cela aurait dû être une formalité. Ça ne l'était toujours pas.

Trempée, Kaya s'assit sur un des tabourets du comptoir et enleva sa chaussure. Elle siffla de douleur en voyant l'ampoule sur son tendon d'Achille déjà bien entamé.

— On va pouvoir enfin manger ! s'enthousiasma Simon, avant de grimacer en voyant le carton des pizzas gondolées par la pluie.

— Tu peux les réchauffer, elles sont froides, grâce à Miss « Je-ne-peux-pas-marcher-vite » ! Enfin, si tu aimes des pizzas baignées dans l'eau !

— Oh eh ! Ça va ! s'agaça Kaya. Comme si je pouvais prévoir qu'il allait pleuvoir durant notre périple !

— Ça a l'air douloureux… remarqua alors Oliver.

— La cloque a percé et le frottement se fait directement sur la chair… lui répondit alors Kaya tout en regardant d'un air douillet son talon.

— On a une trousse de premiers soins, si tu veux… fit Barney, bienveillant.

Kaya sourit avec amertume, se rappelant bien de cette fameuse trousse ayant permise de soigner Ethan il y a quelque temps.

— Je sais… j'ai déjà soigné quelqu'un avec ! insista-t-elle bien tout en regardant Ethan avec ardeur.

Ethan s'agita.

— Tu pouvais bien le faire ! Je t'ai sauvée de cette armoire à glace qui te collait quand tu dansais.

Kaya pesta. Elle retrouvait bien le connard de leur début : arrogant, suffisant, égocentrique.

— Je vais te soigner ! déclara alors Oliver, tout en lui caressant le bras gentiment, ce qui n'échappa pas aux yeux d'Ethan. On prendra aussi une serviette pour t'essuyer ; tu es trempée.

Kaya lui sourit, reconnaissante.

— J'ai juste besoin d'un pansement…

— Il vaut mieux désinfecter avant ! insista Oliver avec bienveillance. Barney, elle se trouve où, cette trousse ?

Il n'eut pas le temps d'entendre la réponse de Barney. Ethan attrapa la main de Kaya. Il décolla ses fesses de son siège pour qu'elle le suive, laissant Oliver seul avec ses intentions. Toute la bande regarda Ethan tirer Kaya sans ménagement vers une banquette du club avant de la faire asseoir. Barney, Simon, Sam se mirent à rire légèrement devant l'attitude soudainement investie d'Ethan.

— Il veut lui rendre la pareille, on va dire ! s'en amusa Simon.

— Il n'est vraiment pas fin quand même ! fit remarquer Sam. Tu parles d'une rupture ! Tu les laisses une heure ensemble et déjà, il ne veut plus la lâcher !

Oliver observa le couple maudit avec intérêt, mais resta silencieux. Ethan alla chercher la trousse de premiers secours et la serviette, puis revint, l'air toujours faussement agacé. Il s'agenouilla devant elle et examina attentivement son pied. Kaya se mit à rougir de son attention soudaine. Sentir ses mains sur ses pieds lui rappelait tout à coup combien elles lui manquaient sur son corps. Elle sentit un frisson lui traverser l'échine. Ethan lui jeta un regard furtif et s'aperçut de son trouble, qui se répercuta aussi sur lui. Il baissa instinctivement les yeux et toussota.

— Quelle idée d'acheter de telles chaussures, je vous jure !

— Tu marchais trop vite ! D'habitude, je n'en ai pas !

— Donc, tu vas dire que c'est de ma faute ou bien tu le fais juste pour me faire chier ?

— Pas du tout ! Je ne suis pas comme toi ; je n'impose pas les choses ! C'est un accident.

Il prit une compresse stérile qu'il aspergea d'antiseptique.

— Tu n'es pas obligé de me soigner. Oliver comptait le faire.

À la mention du prénom d'Oliver, Ethan appuya sur sa plaie avec la compresse. Kaya cria de douleur.

— Ça ne va pas ! Ça fait mal !

— Ouais, c'est ça !

Il appuya de nouveau et Kaya retira son pied de ses mains.

— Tu ne peux pas être un peu plus doux, bordel ?!

— Je n'ai pas de raison de l'être ! fit-il, laconique. C'est toi qui es juste douillette !

Kaya grimaça. Ils n'étaient plus amants, donc effectivement, elle devait oublier la douceur, la tendresse. Il lui reprit le pied qu'il reposa sur ses genoux avec force. Il attrapa ensuite un pansement et le lui posa sur sa plaie avec plus de délicatesse.

— Tu n'as plus d'excuses maintenant. On est quittes et tu peux marcher.

— Merci ! répondit alors la jeune femme, comme si on lui avait écorché la bouche.

Il rangea alors les pansements dans la trousse, puis essuya le visage de Kaya avec la serviette, en silence. Leurs regards se croisèrent à nouveau. Des réminiscences de tendresse leur revinrent en mémoire. Un baiser sur les lèvres, un sourire, un échange de regards et le plongeon dans les pupilles de l'autre. Ethan se recula soudainement pour reprendre de la distance. La tentation était présente, la peur de craquer et de ne pas savoir comment se justifier ensuite le gagnait. Il s'essuya à la hâte le visage tout en gardant les yeux baissés. Kaya se pencha alors et lui déposa un baiser sur la joue.

— Un peu de ta douceur fait du bien de temps en temps... Merci.

Elle se leva ensuite et alla rejoindre les autres au comptoir. Ethan resta quelques secondes sans bouger, le cœur battant douloureusement dans sa poitrine.

Je suis bien trop avenant... quoi que je fasse, je serai toujours faible dans mes sentiments, faible dans mon attitude...

♛ ♛ ♛

— Tiens, tiens, tiens ! Voyez qui vient nous voir ! Ça faisait un bail ! Qu'est-ce qui t'amène ?

Ethan frappa alors le poing d'Eddy et de Sébastian avec le sien pour les saluer.

— Salut ! N'ai-je pas le droit de vous rendre visite pour le plaisir ?

— Tu viens toujours ici quand ça va mal, le Bleu.

Ethan s'esclaffa, peu convaincu.

— Je vais bien. Contrairement à ce que tu penses.

Ethan s'assit alors sur le canapé où Eddy et Sebastian étaient vautrés.

— Comment vont les Blue Wolves ?

— Bien. Comment va Kaya ? fit Eddy sans tourner autour du pot.

Eddy lui offrit un grand sourire, sachant très bien que les discussions futiles d'Ethan ne cacheraient pas le vrai sujet amenant sa présence dans ces lieux.

— Je ne sais pas. Sa vie ne me regarde plus.

— Ah bah voilà ! Nous y sommes ! Je savais bien qu'il y avait quelque chose qui n'allait pas ! Elle t'a quitté pour de bon ! Et je parie que ça te fait chier.

— Elle ne m'a pas quitté. C'est moi qui l'ai fait.

— Tsss ! Ce tombeur ! fit Sébastian.

Eddy observa attentivement l'attitude sérieuse d'Ethan.

— Parfait ! déclara-t-il tout en tapant des mains. Quelle bonne nouvelle ! Je peux donc la draguer sans me soucier de ton avis.

Ethan plissa les yeux, se rendant compte que ses amis pouvaient lui planter un couteau dans le dos.

— Prends rendez-vous ! le railla Ethan. Oliver et le patron de son boulot sont déjà sur les rangs.

— Ah donc, c'est ça qui te dérange. Pour quelqu'un qui ne s'en soucie pas, tu es quand même bien informé.

— Pas… pas du tout ! répondit-il, gêné. Je dis ça comme ça.

— Donc même l'Olive est attiré par elle ? Whouuua ! Il aurait donc bon goût ? Remarque, c'est sûr qu'il est toujours mieux que toi pour elle !

— Sale bâtard ! Je n'ai pas besoin de tes jugements !

Eddy posa son index sur sa bouche avec un sourire plein de malice. Il se délectait de le voir autant à fleur de peau dès qu'il s'agissait de Kaya.

— Quoi ? Ce n'est pas ce que tu penses ? Ce n'est pas pour ça que tu l'as quittée ?

Ethan se mut sur son séant.

— Et tu paries sur qui pour passer derrière toi ? Oliver, le patron ou moi ? Non, parce que si j'ai tes faveurs, ce sera du tout cuit ; si les autres sont mieux que moi, je dois savoir en quoi ! Après tout, c'est toi qui la connais le mieux… en même temps, je suis sûr que je peux lui faire découvrir des plaisirs qu'elle n'a jamais connus avec d'autres hommes !

Le sourire provocateur d'Eddy ne quittait pas son visage. Et le pire dans tout ça, c'est qu'Ethan savait qu'il faisait mouche avec ses remarques. Ça l'énervait. Sa jalousie réapparaissait aussitôt.

— Putain ! Ouais… je n'aurais pas dû venir. Je n'ai pas besoin de tes moqueries ou tes allusions provocatrices... Pourquoi j'ai toujours envie de t'achever une bonne fois pour toutes, te faire fermer ta sale gueule ?

Eddy se leva.

— Mais viens, le Bleu ! Tu sais très bien comment cela va se finir. Tu vas vouloir me battre et tu vas finir par bouffer le bitume. Tu peux faire tout le taekwondo que tu veux, tu ne m'auras pas ! Le combat de rue reste le meilleur.

Ethan se leva à son tour.

— Arrête de me prendre pour un gamin. J'ai grandi depuis.

— C'est ça ! Pourtant, tu viens ici pour quoi si ce n'est pour te faire plaindre que ta chérie fréquente d'autres mecs que toi et qu'elle ait finalement tourné la page « Ethan » aussi rapidement ?

Ethan serra les poings, la colère montant en lui.

— Ferme ta gueule, bon sang !

— Ouuuh ! C'est qu'il s'énerve en plus ! J'en tremblerais presque.

Eddy et Sebastian rirent de sa boutade.

— Enfin bon…, ce n'est pas comme si tu l'avais quittée parce qu'elle ne t'aimait pas. C'est vrai, après tout. Toutes les femmes sont folles de toi.

Ce fut le mot de trop, la provocation qui fit exploser sa colère. Il savait qu'il disait juste, mais l'entendre, l'encaisser, était dur. Son cynisme, ses sarcasmes, toute cette ironie le blessaient. Il n'avait pas obtenu des mots d'amour de sa belle et il savait qu'il ne les aurait jamais.

Un monstre, c'est ce que je suis, c'est ce que je resterai.

Il fonça alors sur Eddy et frappa sa joue du poing.

— Tu ne sais rien de moi, bâtard !

Eddy contra le second avec aisance.

— Non, mais il est évident que tu attends que je te cogne pour calmer la colère en toi. Tes attaques sont pathétiques. Tu fais du taekwondo et tu te bats comme une fillette. Tu le fais exprès ? Frappe vraiment si tu es un homme !

— Arrête de te la jouer psychanalyste et pro de la boxe !

Il tenta une troisième attaque, mais Eddy para en esquivant et en le poussant par derrière d'un coup de pied dans le cul. Ethan s'étala sur le canapé et sur Sebastian. Il se releva, la haine de plus en plus perceptible.

— Tu n'es qu'un gamin ! affirma Eddy. Regarde-toi ! Tu veux me frapper parce que je vise une femme, ta femme. Arrête de jouer les mecs distants alors que tu es possessif. Si vraiment ce qu'on disait sur votre relation t'indifférait, tu ignorerais mes propos. Or, tu en es incapable, car rien n'est vraiment fini de ton côté. Mais c'est tellement plus simple de rejeter la faute sur les autres.

— Je t'ai dit de la fermer ! cria Ethan tout en fonçant à nouveau sur lui, le poing levé en direction de son ami.

— Il n'y a que la vérité qui fâche.

Le poing d'Ethan était à deux doigts de toucher le nez d'Eddy, mais il esquiva de nouveau. Un coup en réponse porté dans les côtes puis un autre sur son visage finirent par mettre Ethan à terre.

— Alors, le bitume est bon ? Tu es venu pour ça, non ? Pour que je te frappe et que tu puisses te défouler, ou bien est-ce pour que tu puisses souffrir davantage par la portée de mes coups ? Les deux, avoue ! Tes cours de taekwondo auraient aussi pu faire l'affaire, mais tu voulais que je te frappe plus que toi tu ne voulais me frapper, juste parce que je te connais et pour que je t'aide à effacer une autre douleur : celle que tu ressens actuellement, n'est-ce pas ? Est-ce que maintenant tu te sens mieux ? J'en doute.

Ethan se tortilla au sol, le coup dans les côtes étant très douloureux.

— Assume tes choix. Tu l'as quittée. OK, on a compris. Mais ne rejette pas la faute sur l'Olive, le patron ou moi, si elle va voir ailleurs. Si ça te gêne, alors prends rendez-vous aussi et ne nous fais pas chier. En attendant, tu es pathétique. Effectivement, tu ne la mérites pas. Tu es indécis, tu te cherches des excuses bidons, tu n'as aucune volonté. Tu n'as rien d'un Blue Wolf. Rentre chez toi.

Tu donnes une mauvaise image aux jeunots de la bande. Ce n'est pas ce qu'on leur inculque. Reviens nous voir quand tu seras un homme, puisque tu t'époumones à nous dire que tu n'es plus un gamin !

— Je n'ai pas de raison à me mettre sur la liste des prétendants : elle ne m'aime pas et ne m'aimera jamais.

Ethan souffla ses paroles à demi-mot. Eddy, qui s'était éloigné pour se rasseoir sur le canapé, revint vers lui et s'agenouilla à côté de lui.

— Elle ne t'a pas dit ce que tu voulais entendre et donc, tu en déduis que c'est plié ? Et en plus, tu es capricieux ! Elle est venue te voir aux USA. N'est-ce déjà pas une preuve en soi de son attachement pour toi ? Ah mais oui ! Monsieur veut tout et doute.

— Tu ne l'as pas vu avec ce bébé dans les bras. Elle était radieuse et moi, je me suis senti minable.

— Pourquoi ça ? demanda Sébastian.

— Je ne pourrai jamais lui donner d'enfants... murmura Ethan, avant de tousser.

— Pourquoi ? Tu es stérile ? Depuis quand ? commenta Sébastian.

— Je ne veux pas être père.

Eddy le toisa, le regard dur.

— Alors, ne pleurniche pas et assume ton choix, car là, ce n'est pas une question d'impuissance, mais de volonté. Si vraiment tu souhaitais la rendre heureuse, tu n'aurais aucune limite à son bonheur, même pas celle de ton passé. Tu ne te poserais aucune question. Tu foncerais et serais confiant aussi bien sur ce que tu es que sur ce que tu veux.

Ethan écarquilla les yeux soudainement, à la mention d'un mot si important pour lui qui avait changé sa façon de voir les choses.

Aucune limite à son bonheur... les limites... j'avais oublié ce mot...

Il repensa à son vécu avec Kaya, aux limites qu'il avait déjà dépassées pour elle.

Depuis quand sont-elles revenues si franches, si affirmées ? Je n'en avais plus avec elle, alors pourquoi ces limites-là, je ne passe pas outre ?

Eddy sourit en voyant Ethan cogiter. Il avait enfin touché un point sensible dans la carapace de son ami.

— N'est-ce pas plus toi qu'elle qui redoute la vérité sur ton passé ? Ne l'incrimine pas d'une faute dont elle n'est pas responsable. C'est toi qui recules par peur. Si tu as si peur de toi, de ton image, comment veux-tu qu'elle aille dans ton sens ? Apprends d'abord à te pardonner, Ethan, une bonne fois pour toutes. Il est temps que tu digères ta vie adolescente. Visiblement, tu n'es toujours pas un homme. Tu t'enfermes toujours dans ta vie d'il y a vingt ans. Grandis un peu ! Passe de la chrysalide au papillon au lieu de tourner en boucle sur ce qui s'est passé avec ta mère.

Eddy retourna s'asseoir et fit mine de regarder son téléphone portable, comme si Ethan n'existait plus. Ethan se redressa en silence et les quitta. Leur conversation venait de se terminer ; Eddy y avait mis fin. Son ami avait soulevé un point important de sa vie : quelle limite de son passé peut-il vraiment dépasser pour que Kaya et lui puissent trouver le bonheur ? Il avait raison. Il n'avait pas avancé en vingt ans. Il restait toujours tourné vers le passé et encore, il se permettait de le reprocher à Kaya à propos de sa vie avec Adam. Il n'était pas un exemple et ne pouvait prétendre à son amour et à une guérison avec elle dans ces conditions. Le problème était-il vraiment lui avant d'être celui de l'acceptation de Kaya ?

Suis-je seulement capable de changer ? Je n'ai peut-être pas grandi, Eddy, car peut-être, tout simplement, j'en suis incapable…

19

RAPPROCHÉ

Kaya sortit de la douche à la hâte. La sonnette venait de retentir. Il était à l'heure et elle était à la bourre. Elle s'enveloppa d'une serviette, en prit une pour enrubanner ses cheveux et sortit en trombe de la salle de bain.

— Entre ! cria-t-elle.

Elle fonça ensuite dans la chambre pour s'habiller. Oliver entra, réalisant rapidement l'absence de Kaya dans le salon.

— J'arrive ! Je suis dans la chambre ! put-il entendre.

Oliver sourit et fit une inspection rapide des lieux. Kaya n'avait pas d'objets de valeur et peu de décoration. C'est en observant ses meubles qu'il remarqua un cadre avec une photo où elle apparaissait souriante, avec un homme.

— C'est Adam ! fit alors Kaya qui apparut tout à coup dans le salon, tout essoufflée. Salut !

Ses cheveux mouillés tombaient sur ses épaules et dégoulinaient encore, laissant des gouttes s'échapper le long de son cou jusqu'à glisser sur sa poitrine cachée en partie par un petit chemisier rose. Oliver bloqua sur ses gouttes coquines qui appelaient ses yeux à les suivre dans leur voyage sur la peau de

Kaya. Il toussota tout à coup, déviant rapidement ses yeux de la jeune femme.

— Salut ! répondit-il, gêné.

— Désolée ! Je suis à la bourre. La vendeuse qui devait prendre ma relève est arrivée en retard.

Kaya toussa, puis lui sourit.

— Tu devrais sécher tes cheveux, lui conseilla Oliver.

Kaya regarda ses mèches mouillées.

— Je ne vais pas te faire perdre plus de temps.

— Non, vas-y ! Va te sécher les cheveux ! C'est mieux !

Oliver n'osa trop la regarder, réellement troublé par sa peau brillante.

Je suis sûr qu'elle sent bon. Faut pas que je m'approche trop... hein ? Quoi ? Qu'est-ce que je raconte ?

— OK, je reviens alors…

— Oui, je ne voudrais pas que tu tombes malade.

— Je tousse déjà un peu. Je pense que c'est dû à la pluie de l'autre jour, quand je suis allée chercher les pizzas avec Ethan.

— Raison de plus ! Va te sécher les cheveux !

Kaya grimaça et s'exécuta. Oliver souffla une fois qu'elle disparut du salon.

Qu'est-ce que je fous ? Je déconne ou quoi ?

Il regarda à nouveau le cadre.

Adam… te voilà donc…

Kaya revint cinq à dix minutes après, les cheveux séchés et tout sourire.

— Tadaaa ! Voilà ! Toute séchée !

— Bien.

Elle toussa à nouveau.

— Tu te soignes ? lui demanda alors Oliver, intrigué. Tu pourrais avoir une forte fièvre.

— Ça va passer avec un peu de paracétamol. Ne t'inquiète pas.

Oliver réajusta une de ses mèches de cheveux de la main.

— Comment va ton pied ?

Kaya se mit à rire, face à sa prévenance exagérée.

— Bien ! Ça guérit vite ! Je n'ai presque plus rien. Ce n'est qu'une ampoule, mais merci !

Oliver comprit que son inquiétude allait peut-être trop loin, au vu de l'amusement de Kaya.

— Je t'ai ramené les livres sur les chats que j'ai. Regarde bien. Les races impliquent des caractères bien marqués, qui pourraient ne pas te correspondre. Certains demandent aussi beaucoup d'entretien. Mimi est un angora, mais peut-être que pour toi, le plus simple serait un chat de gouttière.

Kaya récupéra les livres.

— J'ai songé au chat de gouttière aussi. Pour l'instant, je ne sais pas encore si je peux élever un animal. C'est un coût, même si l'idée d'avoir un compagnon félin me séduit bien depuis que je te vois avec Mirabelle.

— Prends le temps de t'informer. Au pire, tu as Mirabelle et moi qui t'attendons à la maison…

Oliver réalisa l'ambiguïté de sa phrase et s'agita.

— Enfin, je veux dire… qu'elle sera heureuse de retrouver tes genoux !

Kaya lui sourit et lui tapota l'épaule.

— Je vais me faire une tisane au miel. Tu en veux une ? lui demanda-t-elle alors.

— Tu as mal aussi à la gorge ?

— Oui, mais ça va, Oliver !

— Tu devrais t'acheter des médicaments.

Il la rejoignit dans la kitchenette et la regarda faire chauffer de l'eau dans une casserole.

— Ce n'est qu'un rhume !

— Je vais passer à la pharmacie. C'est plus prudent. Attends-moi là, je n'en ai pas pour plus de dix minutes.
Kaya le retint par le bras.
— Oliver ! Non ! C'est bon !
Oliver contempla les mains de Kaya sur son bras.
— Je t'assure ! Tu n'as pas besoin d'aller jusque-là ! Merci pour ta gentillesse, mais la tisane suffira.
— Très bien…

Elle relâcha sa prise et attrapa un mug.
— Tu en veux une alors ?
— Non, ça ira ! dit-il plus sèchement qu'il ne l'aurait voulu.
Kaya pouffa alors.
— Ne fais pas cette tête ! dit-elle alors.
— Quelle tête ?
— Celle d'un homme contrarié de ne pas être écouté !
— Et tu ne m'aides pas à ne plus l'être.
Kaya posa le mug à côté de la gazinière, puis soupira.
— Tu n'es pas sympa non plus. Tu me culpabilises. Tu es tellement attentif à mon bien-être que j'ai l'impression d'être toujours une femme faible qui a besoin de quelqu'un pour avancer. Je ne veux pas non plus que tu te mettes systématiquement en quatre pour moi…
Oliver réalisa effectivement que, depuis peu, il en faisait beaucoup plus pour elle qu'il ne le devrait...
— C'est vrai que ce qui s'est passé avec Ethan dernièrement m'a beaucoup affectée, et que ta présence est un réel soulagement en plus d'être un magnifique soutien. Tu es son ami et pourtant, tu m'assistes plus que lui, mais je ne veux pas non plus que tu t'obliges à être aussi présent. Je sais que tu veux m'aider à positiver avec Ethan et être un pont entre lui et moi, mais tu n'as pas besoin

de t'impliquer autant. Même si je suis triste, même si j'ai un rhume, je vais bien !

Oliver contempla Kaya avec attention.

— Je ne m'oblige à rien. Si vraiment cela m'ennuyait, je ne serais pas là, Kaya. Je le fais parce que cela ne me gêne pas de le faire.

Kaya éternua à ce moment-là.

— Pardon ! lui dit-elle alors tout en reniflant.

Elle éternua à nouveau, ce qui fit rire Oliver.

— Mais oui, tu vas bien !

Il l'attrapa dans ses bras et posa sa main sur son front.

— Tu ne sembles pas chaude pour le moment. Il faut que tu te ménages quand même.

Kaya s'esclaffa, stupéfaite par son insistance.

— Oui, docteur ! déclara-t-elle, toujours dans ses bras.

— Ne t'en amuse pas ! s'agaça-t-il tout en tirant sur sa joue pour la blâmer un peu. Je suis sérieux, ça m'inquiète !

— Tu recommences à jouer les protecteurs ! le sermonna-t-elle. Je te l'ai dit : ça va !

Oliver souffla. Il caressa alors la joue qu'il venait de meurtrir l'instant d'avant.

— Désolé…

Son pouce frotta sa joue doucement. La vérité était qu'il doutait de l'être réellement. Il y avait cette affinité particulière entre eux. Kaya était ce genre de personnes pour qui il entrait facilement en résonance. Il n'avait pas besoin de forcer les choses, tout était simple. La communication était facile. Tellement facile qu'il s'étonnait d'aimer passer autant de temps avec elle. Jamais il n'aurait pensé apprécier autant sa compagnie. Si Ethan ne l'avait pas quittée, il ne serait sans doute pas devenu aussi proche d'elle. Quelque part, il lui était reconnaissant d'avoir cessé leur relation.

Cela lui a permis de découvrir qui était la femme que son ami aimait.

Il fixa ses prunelles vert noisette, puis ses lèvres. Cette proximité soudaine fit battre sa poitrine. Une envie sournoise vint s'immiscer dans son esprit. Sans réfléchir, il posa sa bouche contre celle de Kaya, qui écarquilla les yeux de surprise. Comme il s'en doutait, les lèvres de Kaya lui confirmaient qu'il pouvait y rester collé longtemps. Pourtant, ce fut Kaya qui initia un mouvement de recul. Elle quitta ses bras, désœuvrée. Oliver la fixa un instant, partagé entre ce moment merveilleux et le retour sur Terre, particulièrement gênant.

— Je… euh… pardon ! fit Oliver.

Kaya se mit à tousser. Elle n'avait peut-être pas de fièvre, mais devait cependant avoir les joues rouges.

— Je ne sais pas ce qui m'a pris ! Excuse-moi !

— Ce n'est rien ! répondit-elle, tout en faisant l'essuie-glace avec ses mains. Ce n'est… pas grave !

Un gros malaise s'installa entre eux, chacun n'osant plus regarder l'autre. Kaya trouva l'excuse de s'occuper de l'eau bouillante à verser dans son mug pour feindre son malaise. Elle ne s'attendait pas du tout à ça. Et elle ne savait pas du tout quoi en penser. Être embrassée de la sorte par un autre homme qu'Adam ou Ethan la déboussolait complètement. Oliver ne savait plus quoi dire pour justifier son acte. Le coup de tête, l'audace, se payait cher. Il réalisait en cet instant qu'il n'était plus l'ami d'Ethan et qu'il venait de franchir la barrière du rival. Cette perspective le troubla au plus haut point. Il trahissait son ami au lieu de l'aider. Il se disait soutenir Kaya pour l'aider à se réconcilier avec Ethan et il finissait par l'embrasser.

— Kaya…

— Écoute ! le coupa-t-elle rapidement. Je te propose d'oublier tout ça !

Oliver haussa un sourcil, perplexe. Kaya tenta de se justifier.

— Je ne dis pas que ça peut s'oublier vite, attention !

Oliver se mit à sourire, tout à coup flatté.

— Non ! Ne prends pas ça pour une invitation à recommencer ! Je dis juste que... la situation avec Ethan me suffit amplement. Je n'ai pas envie de compliquer ma vie avec... une autre histoire...

Oliver se frotta le nez.

— Je sais, Kaya ! lui répondit-il alors, plus apaisé. Je comprends et loin de moi l'intention de te détourner de lui. J'ai moi-même encore du mal à comprendre ce qu'il s'est passé.

Kaya lui offrit un sourire furtif.

— Je me demande toujours si je dois m'en détourner ou pas... lui avoua alors Kaya. Avec Ethan, tout est si compliqué !

— Vraiment ? s'en amusa alors Oliver. Donc, on recommence pour effacer les doutes ?

D'abord sur la défensive, Kaya sourit à sa boutade, sous de faux airs de nouvelles menaces de séduction. Oliver lui fit un clin d'œil pour la rassurer.

— Non ! En fait, je n'y arrive pas, je crois. Tu as raison ! Sans vouloir te vexer, tu m'embrasses, et la seule chose à laquelle j'ai pensé, c'est à la réaction d'Ethan. Pas forcément sa réaction à ton niveau, quoique tu risques d'avoir des problèmes avec lui s'il l'apprend, mais sa réaction vis-à-vis de moi. Je ne veux pas qu'il se dise que j'ai vite tourné la page, qu'il ne compte plus pour moi ou...

Oliver posa son index sur sa bouche pour qu'elle se taise.

— J'ai compris, Kaya. Tu n'as pas besoin de te justifier. Je sais vers qui va ton cœur actuellement.

Kaya baissa les yeux.

— Je suis désolée. Par moments, je m'en veux de n'avoir pas réussi à lui résister, et d'autres fois, je me dis que c'était sans doute inévitable pour nous deux.

— Je le pense aussi. Il y a quelque chose entre vous quand vous êtes ensemble qui semble évident.

— Vraiment ? Tu crois ?

Oliver opina du chef.

— C'est bien pour ça que je doute aussi qu'un de mes baisers puisse changer quelque chose entre vous. Même si vous êtes actuellement séparés, je sais que cette mise à distance ne durera pas, car il t'a dans la peau. Bien plus que quiconque sur cette Terre. Je sais qu'il reviendra vers toi tôt ou tard. Votre rencontre a changé beaucoup trop de choses en lui pour qu'il revienne en arrière. Sois juste patiente.

Kaya hocha la tête et lui sourit, reconnaissante. Oliver posa sa main sur la joue de Kaya, puis poussa un râle d'insatisfaction.

— Enfin, tu aurais pu quand même dire que tu as aimé ! lui lança-t-il, amusé.

Ethan, tu as intérêt à bouger rapidement ton cul concernant Kaya, sinon je ne sais pas si je resterai en retrait éternellement. Pour l'instant, je te laisse le bénéfice du doute. Tu es le numéro un dans son cœur, alors à toi de conserver cette place...

Alonso Déca inspira un bon coup. Il regarda sa tenue générale une dernière fois. Il avait opté pour quelque chose de décontracté, pas trop guindé. Lorsqu'il avait appelé Kaya deux jours plus tôt, il avait été soulagé qu'elle réponde et qu'elle soit plutôt de bonne composition pour discuter. Il n'avait pas pu prendre des nouvelles d'elle avant, en raison d'un voyage d'affaires à l'étranger. Son besoin de voir comment elle allait ne l'avait pas lâché durant son absence de la capitale. D'autant plus que leur séparation lors de la soirée de gala avait été plutôt rapide.

Aussi, aussitôt de retour au bercail, il n'avait pas hésité à revenir vers elle, s'excusant et souhaitant connaître les dernières nouvelles. Elle lui avait donc proposé de venir boire quelque chose à l'appartement. Il avait donc acheté des fleurs et des macarons, et s'était assuré qu'il était dans de bonnes dispositions pour la voir.

Il sonna alors à la porte de son appartement, la perspective agréable de passer un moment en tête-à-tête avec elle. Kaya lui ouvrit finalement la porte au bout de quelques secondes, mais son sourire s'effaça en voyant dans quel état elle l'accueillait, emmitouflée dans une couverture, le nez rougi et un mouchoir en papier dans la main.

— Désolée pour l'accueil. J'ai un vilain rhume. Je resterai juste à distance pour ne pas vous contaminer.

D'abord surpris, il lui sourit finalement, soulagé qu'elle n'ait pas décidé d'annuler leur entrevue. Il lui offrit les fleurs, puis entra, sur son invitation. Elle le remercia de cette attention et l'invita à s'asseoir dans le salon. Il déposa alors la boîte de macarons sur la petite table.

— Vous n'avez vraiment pas l'air en forme.

— C'est juste un méchant rhume. Ne vous inquiétez pas ! Que souhaitez-vous boire ? Café ? Thé ? Tisane ? Chocolat chaud ? Jus d'Orange ?

— Un thé ! Ça ira très bien.

Kaya se rendit dans la cuisine pour lui préparer son thé.

— Alors ? Comment cela se passe avec Ethan ? Vous avez eu des nouvelles ? entra-t-il dans le vif du sujet rapidement pour tâter le terrain.

— Je l'ai effectivement revu. Nous avons rompu.

— Je suis désolé. Je pourrais vous dire que je vous avais prévenue, mais cela m'attriste vraiment. Il a réellement fini par vous faire de la peine.

— Ce n'est pas son comportement coureur de jupon qui en est la cause. C'est un mal-être plus profond.

— Il y a toujours une raison à un comportement, je veux bien vous croire. Il n'empêche, vous souffrez au final.

Kaya prépara deux sachets de thé dans deux tasses, le sourire mélancolique.

— Je pense qu'il souffre aussi. Même s'il ne voudra jamais l'avouer, je reste persuadée qu'il agit à contrecœur.

Déca se mit à rire.

— Vous le protégez encore, malgré tout. Vous êtes admirable. Il ne mesure vraiment pas la chance qu'il a.

Kaya revint avec ses tasses de thé. Elle les posa sur la table, puis attrapa la boîte de macarons. Elle retourna dans la cuisine pour les présenter dans une assiette.

— J'ai aussi eu beaucoup de chance de l'avoir rencontré. Que vous le croyiez ou non, Ethan est un homme bon. Il a certes des défauts, mais c'est un homme vraiment très bon.

— Aaah ! Vous parlez comme une femme amoureuse. Finalement, vous êtes encore une de ces femmes tombées dans ses filets !

Kaya se mit à rire.

— À croire qu'il est très fort !

— Vous êtes aussi très forte, Kaya. N'en doutez pas. Je suis sûr que vous allez vous relever très rapidement de cette rupture.

Alonso regarda alors les deux tasses sur la table, avec espoir, lorsque tout à coup, il entendit un grand boom venant de la cuisine. Rapidement, il se leva du canapé, et fonça vers la cuisine, ne voyant plus Kaya. Il la découvrit alors allongée au sol, gémissante.

— Kaya !

20

MALADE

— Bon sang ! Je n'ai pas envie de me rendre à cette réunion ! Ethan desserra sa cravate, le visage marqué par la fatigue.

— On doit réussir à trouver des accords avec ces fournisseurs. C'est dur, mais nous devons trouver un terrain d'entente ; c'est pour le bien de l'entreprise.

Ethan accepta volontiers les propos d'Oliver sur la bonne marche de l'entreprise, mais toutes ces réunions l'ennuyaient. Les restaurants, les déplacements, toujours faire bonne figure, avoir le sourire, se battre sans cesse pour obtenir gain de cause... en ce moment, il n'avait pas la tête à ça.

— On a trois quarts d'heure de route avant d'arriver à la réunion et autant pour repartir ! dit alors Oliver. On risque d'arriver tard au bureau et ne pas pouvoir commencer grand-chose... On pourrait finir plus tôt aujourd'hui, qu'en dis-tu ?

Ethan haussa les épaules. Il n'était pas contre une pause dans son emploi du temps de dingue, mais il savait aussi que c'était mal de reporter encore tout le boulot qui l'attendait au bureau.

— Je préférerais que tu me déposes quand même au bureau. Prends ta fin d'après-midi si tu le souhaites.

Ils montèrent tous les deux dans la voiture, Oliver au volant. Ethan ferma les yeux pour se reposer un peu, mais au bout de quelques minutes, le téléphone d'Oliver sonna. Oliver passa alors l'appel en main libre dans l'habitacle.

— Oliver ?

— Bon sang, Kaya ! C'est quoi cette petite voix ? ! T'es où ? J'étais super inquiet !

Ethan ouvrit alors les yeux tout à coup et fixa Oliver, surpris par autant de familiarité. Oliver semblait effectivement très inquiet.

— Pardon, Oliver ! répondit Kaya, tout en toussant. Je t'ai posé un lapin, je m'en excuse.

Un lapin ? Ils avaient rendez-vous ?

— Qu'est-ce qu'il s'est passé ?

— Je suis chez Alonso Déca…

— Quoi ?! firent alors Oliver et Ethan en chœur, surpris par cette annonce.

Encore avec lui ?!

Ethan grinça des dents. Il ne supportait pas ce parasite.

— Tu es avec quelqu'un ? demanda alors Kaya. J'ai cru entendre une autre voix ?

Oliver regarda furtivement Ethan.

— Allô ?

— Je suis dans la voiture. Je conduis. Tu as dû entendre un écho. Qu'est-ce que tu fais chez lui ?

Ethan leva les yeux, blasé.

Un écho ? Bah voyons !

Kaya toussa à nouveau. Sa toux était grasse et persistante.

— Je te rappelle, tu conduis.

— Parle ! lui ordonna tout à coup Ethan.

— Ethan, tu es là ? répondit alors Kaya, prise au dépourvu.

Ne sachant plus du tout quoi lui répondre et voyant bien qu'Ethan s'était trahi à son air plus ou moins paniqué, Oliver trouva une nouvelle parade.

— Non, je suis seul. Je sais que tu voudrais que ce soit lui, mais ça n'est que moi !

Oliver lança un petit sourire entendu à Ethan qu'il rejeta d'un revirement de tête vers la vitre, en boudant.

— Tu as peut-être raison... lui répondit Kaya. Je dois avoir de la fièvre. J'ai la grippe. Alonso...

Alonso ? Mais elle va arrêter de le nommer par son prénom, bordel de merde !

— ... m'a trouvée inconsciente à l'appartement et m'a emmenée chez lui. Je ne suis vraiment pas bien et je suis très fatiguée, mais ne t'inquiète pas, il prend bien soin de moi. Je te rappelle dès que je vais mieux...

Oliver ferma les paupières un instant en entendant la triste nouvelle. Il ne savait si pour lui le plus grave c'était sa grippe, qu'elle fut retrouvée inconsciente ou qu'elle séjourne maintenant chez Déca. Quant à Ethan, il avait le terrible sentiment d'être l'outsider de l'histoire. Un bip accompagna son dernier mot, indiquant qu'elle venait de raccrocher. Oliver ne cacha pas sa contrariété. Elle devait vraiment être mal pour ne pas prendre la peine de leur dire au revoir.

— C'est donc pour ça qu'elle n'était pas chez elle hier. Elle était chez lui ! marmonna Oliver pour lui-même, mais Ethan l'entendit cependant parfaitement.

Oliver pesta contre lui-même, à ne pas être venu plus tôt la voir et à l'avoir écoutée plutôt que d'être allé à la pharmacie pour qu'elle se soigne. Ethan observa Oliver en silence.

— On ne peut pas la laisser chez lui ! s'exclama alors Oliver. Je n'ai pas confiance !

— Moi aussi, je m'interroge sur la confiance ! déclara alors Ethan, sarcastique.

Oliver tiqua à ces mots.

— Tu as l'air de t'être bien rapproché de Kaya..., fit Ethan, d'un ton réprobateur. Un rendez-vous ? Carrément ! On pourrait croire qu'il y a quelque chose de sérieux entre vous !

Oliver se mit à sourire.

— Ça y est ? Tu fais ton type jaloux ?!

— Non, je m'interroge juste sur tes intentions avec elle et sur le fait que tu le fasses dans mon dos. C'est tout. Combien de fois vous vous êtes vus depuis que j'ai rompu avec elle ? Non, parce que les petits plats, les appels et tout, ça laisse supposer que tu flirtes avec elle !

La voiture s'arrêta à un feu. Oliver en profita pour se tourner vers lui et posa son bras sur le volant.

— Kaya est une personne que j'apprécie beaucoup. J'avoue.

Ethan se tourna également vers lui.

— Tu veux coucher avec elle ? Sois direct ! Elle te plaît !

— Oui, elle me plaît. Je comprends ton attachement pour cette femme.

Ethan secoua la tête, effaré par la franchise de son ami.

— Seulement Ethan, tu oublies un détail. Un détail qui a toute son importance !

— Ah oui ? Dis-moi tout ! Et ne me sors pas que tu préfères le célibat, par pitié !

— Tu ne devines pas ce détail ? Alors tu ne connais pas Kaya aussi bien que moi ! Tu es vraiment nul avec les femmes !

Oliver lui offrit un grand sourire et démarra la voiture, le feu étant repassé au vert. Ethan pesta un « bâtard ! », n'aimant pas ses allusions d'intimité avec la jeune femme.

— En rentrant, je te dépose au bureau et je passe chez Déca.

Ethan se mit à rire.

— Évidemment, notre sauveur se doit de s'assurer du bien-être de Miss Lévy ! La sauver du grand méchant Ethan, lui sauver son pied de la méchante blessure, l'extirper des mains du vil Alonso Déca ! Quel héros !

Oliver se mit à sourire devant tant de sarcasme. Ethan déversait sa rancœur et sa jalousie sans même songer à se retenir à présent.

Tu es jaloux, l'ami ! C'est bien ! Lâche-toi !

— Aux dernières nouvelles, celui qui a joué au docteur avec son pied, ce n'est pas moi.

Il lui lança un regard entendu auquel Ethan répondit par une grimace de surprise, puis de confirmation agacée.

— Ne me prends pas pour un idiot. Tu vas bientôt me dire que tu agis uniquement en tant qu'ami voulant aider et être présent pour elle. À d'autres !

— Et toi, selon quel statut tu lui as soigné le pied ? Ami, ex-amant, ancien cosignataire de contrat ? Dans tous les cas, je remarque surtout que tu t'inquiètes beaucoup de ma relation avec elle, plus que de sa présence chez Alonso Déca. C'est à croire que je suis considéré comme un rival plus impressionnant que Déca. Tu me flattes !

Ethan ne broncha rien en réponse. Il se tourna du côté de la vitre et se renfrogna. Oui, il était jaloux et inquiet de la relation de Kaya avec Oliver. Il ne doutait pas que cela puisse fonctionner entre les deux et l'idée même de les voir ensemble lui retournait le cœur. Intérieurement, il préférait qu'elle reste seule, mais il n'avait aucun droit sur ses amours futures.

Ethan n'avait pas calmé son agacement de toute la réunion. Il s'était peu exprimé. Tout le monde attendait ses impressions, son avis, des suggestions, mais son esprit était fixé sur Oliver et sa relation avec Kaya. Il voyait bien depuis quelque temps leur rapprochement. Il sentait qu'il se passait plus que ce que Oliver laissait paraître. Il s'était efforcé de rester distant, de jouer les gars indifférents, mais l'épisode dans la voiture d'Oliver venait à nouveau de réveiller sa jalousie. Il avait beau essayer, elle revenait toujours plus insidieuse en lui. Dès qu'un homme s'approchait de trop près de Kaya, il sortait les griffes, il laissait parler sa possessivité. Avec Oliver, il ne savait comment interpréter vraiment les choses. Oliver savait souffler le chaud et le froid, le provoquer jusqu'à le pousser dans ses retranchements. Pour autant, il savait que Kaya pouvait s'émouvoir pour un type comme Oliver. Il inspirait la sérénité, la confiance, la sécurité. Pouvait-il accepter que ce soit finalement Oliver l'homme fait pour Kaya, celui destiné à partager sa vie ? En repensant aux propos d'Eddy, il pouvait affirmer qu'Oliver tenait le haut de la liste des prétendants du point de vue des caractéristiques d'un homme idéal pour elle. Pouvait-il seulement supporter cette idée de les voir ensemble ? Eddy n'avait pas tort. Il ne tournait pas la page Kaya. Il s'était ouvert le torse pour évacuer tout son amour, mais cela n'avait servi à rien. Il en était au même stade à ressentir de la frustration, de la déception alors qu'il débordait encore d'amour pour elle. Et sa jalousie confirmait qu'il était incapable de revenir au point de départ, avant leur rencontre. La réunion devenait secondaire, au point d'écouter d'une oreille distraite, alors qu'elle était importante pour Abberline Cosmetics. Il rongeait ses freins à ne pas tout envoyer balader pour s'occuper de Kaya et connaître les véritables intentions d'Oliver.

Lorsque la réunion prit fin, ils reprirent place dans la voiture en silence. Le sujet Kaya ayant été mis en pause durant la réunion, Oliver attendait une nouvelle salve de remarques d'Ethan, surtout au regard de son attitude distraite lors de la réunion. Pourtant, lorsque plusieurs carrefours plus tard, le silence dans la voiture demeura, Oliver prit les devants.

— Veux-tu toujours aller au bureau ? Tu ne sembles pas avoir la tête au travail.

Ethan se contenta d'un « hum… » en réponse, tout en regardant par la fenêtre de son côté. Oliver se mit à sourire face à son comportement boudeur depuis l'appel de Kaya.

— Tu veux qu'on y aille ensemble ? Je peux comprendre que tu sois aussi inquiet.

Ethan prit enfin la peine de le regarder.

— J'ai rompu avec elle. Nous n'avons plus rien à faire ensemble.

— Cela n'empêche en rien que tu sois inquiet. Vous avez beaucoup partagé tous les deux malgré tout et même si aujourd'hui, il t'est difficile de savoir si vous êtes encore amis, il n'y a rien de choquant à ce que tu viennes avec moi pour t'assurer de sa santé. Au nom de ce que vous avez vécu… ou bien juste parce que tu étais fortuitement avec moi toute la journée et que tu n'as pas eu d'autre choix que de suivre le chauffeur.

Oliver lui sourit d'un air entendu. Il connaissait bien Ethan et son besoin de se trouver des excuses pour être avec Kaya. Au-delà de ses doutes, il lui offrait une opportunité de la voir sans avoir besoin de trop s'impliquer sur les raisons de sa présence. Ethan regarda à nouveau par la fenêtre, sans montrer de réactions aux paroles d'Oliver. Il gardait son air songeur, marqué par des réflexions dont lui seul en savait la teneur.

— Je prends ça pour un accord ! s'en amusa Oliver.

— Je n'ai pas dit oui. Je vois juste que tu essaies de m'embrigader dans tes complots. Tu es tombé amoureux et tu oses nier que tu n'as pas des vues sur elle, que certains détails font que ça ne marchera pas entre vous, mais en attendant, je constate que ces détails ne te freinent pas pour aller la retrouver et pour m'entourlouper afin d'obtenir ma bénédiction sur votre couple.

Oliver se contenta de sourire malicieusement.

— OK, j'avoue ! Je te prends en otage pour aller la voir et pour avoir ta bénédiction si tu veux. Mais pourras-tu me la donner ? En attendant, on y va.

La voiture vira alors tout à coup à gauche, en direction de la maison d'Alonso Déca. Une fois devant la maison, Oliver sortit le premier de la voiture. Ethan hésita encore à le suivre, pris entre le refus de paraître inquiet et celui de voir malgré tout Kaya et de s'assurer des bonnes intentions de Déca. Finalement, il opta pour l'image du chevalier blanc allant au secours de la princesse kidnappée par le vilain châtelain. Une fois rejoint par Ethan, Oliver appuya sur la sonnette.

— Elle va être contente de te voir… lui souffla alors Oliver, amicalement.

Surpris, Ethan ne put répondre à Oliver, car une personne ouvrit la porte à ce moment-là. Une femme les observa alors, attendant de savoir l'objet de leur visite. Oliver s'arma de son plus beau sourire de sympathie.

— Bonjour, nous sommes des amis de Kaya. Il me semble qu'elle séjourne ici parce qu'elle est malade. Nous souhaiterions prendre de ses nouvelles.

La femme se montra perplexe devant la demande des deux hommes à la porte. Elle ne savait visiblement pas quoi leur répondre. L'un lui souriait généreusement pendant que l'autre, les mains dans les poches, regardait le jardin du voisin.

— Qui est-ce ? s'exclama alors une voix à l'intérieur de la maison.

Oliver et Ethan reconnurent rapidement la voix d'Alonso Déca et, très vite, ce dernier apparut à la porte, derrière la femme. La surprise du propriétaire au premier abord disparut lorsqu'il reconnut ses invités, pour laisser paraître un air dédaigneux.

— Tiens donc ! Voyez qui viennent là ! L'événement serait presque risible si je ne me doutais pas de la raison de votre venue. Ethan maugréa dans son coin, se doutant de l'accueil hostile à leur venue.

— On vient la voir effectivement... déclara Oliver, jouant l'indifférence face à cette condescendance. Pouvons-nous rentrer ?

— Elle n'est pas disposée à vous recevoir. Elle vous contactera quand elle ira mieux.

Il tenta de refermer la porte, mais Oliver posa sa main pour faire obstruction.

— J'aimerais qu'elle me le dise de vive voix ! Vous permettez ?

Il força alors le passage et entra dans la maison. Il se tourna vers la femme qui semblait être la gouvernante.

— Où est sa chambre ? lui demanda-t-il un peu sèchement.

La femme demanda silencieusement l'approbation de son patron. Face à l'intrusion de son invité qui semblait être prêt à en découdre, Alonso Déca céda et lui laissa le droit de le guider. Oliver la suivit volontiers.

— Tiens ? Les rôles sont inversés ? commenta Alonso, sarcastique.

Déca s'intéressa à Ethan, surpris de le voir encore sur le pas de la porte et restant le plus passif des deux.

— Tu veux un café froid ? Un gâteau périmé avec ?

— Je préfère ne pas polluer mes vêtements en entrant chez toi. Merci.

— Soit ! Tu as raison, les perdants restent dehors.

Alonso lui referma volontiers la porte au nez. Ethan soupira. Il s'était juré de ne plus penser à Kaya, de l'oublier. Il devait se faire une raison. Pourtant, l'univers devait se liguer contre lui à s'énerver à son sujet. Il retourna vers la voiture et buta sur un caillou. Il était bien à sa place, dehors, à attendre. Déca le lui avait bien rappelé.

Cela aurait dû être lui défonçant la porte pour entrer, mais ce fut Oliver qui se présentait en héros. Il était bien l'outsider.
Le petit ami actuel à l'intérieur, l'ex à l'extérieur...
Il s'efforçait juste de suivre son nouvel objectif. Malgré tout, il ne supportait pas d'être l'exclu, l'intrus ou encore le relégué au banc de touche. Même s'il savait qu'Oliver lui ferait un topo de la situation à son retour, il avait surtout hésité à rentrer par peur de craquer en la voyant en mauvais état.

Oliver entra dans la chambre et se précipita au chevet de Kaya qui respirait difficilement. Instinctivement, il lui toucha le front. Comme il s'en doutait, elle avait beaucoup de fièvre.

— Vous lui avez donné quoi en médicaments ? demanda-t-il alors à la gouvernante.

— Ce que le docteur nous a dit de lui administrer ! répondit Déca qui se posta derrière sa gouvernante.

— Ce n'est pas suffisant ! Vous avez vu son état ?

— C'est une grippe. Elle atteint le pic. Il faut attendre que cela redescende et que les médicaments agissent. Agathe change le tissu sur son front régulièrement. On ne peut rien faire de plus. Donc, maintenant que tu l'as vue et que tu vois bien qu'elle n'est pas disposée à te recevoir, sois élégant et laisse-la se reposer.

Après avoir observé longuement l'état de Kaya, Oliver se redressa et sortit de la chambre sans un mot. Déca le raccompagna volontiers jusqu'à la sortie. Ethan, de plus en plus impatient, attendait le verdict confirmant un éventuel soulagement, mais le visage d'Oliver crispé et grave quand il réapparut, fit augmenter son angoisse. Oliver regarda Ethan sans rien lui dire.

— Bon, et bien, merci d'être passés et à jamais ! lança Déca, heureux d'avoir finalement pu vite régler le problème. Il referma la porte d'entrée rapidement, laissant Ethan et Oliver sur le perron, comme deux malpropres.

Sans prévenir, Ethan fonça vers la porte, la rouvrit et entra, bousculant au passage Déca qui se trouvait juste derrière. Déterminé, il inspecta toutes les pièces jusqu'à trouver la chambre de Kaya. Déca tenta de faire barrage, en vain face au bulldozer Ethan. Lorsqu'il vit Kaya, son cœur lui fit mal. Ce qu'il redoutait était bien réel : elle était très pâle, sa respiration sifflait, elle était vraiment mal en point.

— Et merde !

Il se précipita à son tour à son chevet. Oliver s'invita à nouveau chez Déca et observa la scène avec Alonso, impuissants devant la présence imposante d'Ethan.

— Kaya, écoute, c'est moi... Ethan.

Il se tourna alors vers Déca, le regard dur.

— Bordel de merde ! Elle est brûlante ! C'est comme ça que tu t'occupes d'elle ?

Déca entra dans la chambre, ne souhaitant pas passer pour le sans-cœur de service.

— On lui a donnée ses médicaments. Le docteur est passé. On gère la situation. Agathe la rafraîchit régulièrement. Il faut juste qu'elle se repose. Donc, je vais te dire la même chose qu'à Oliver : rentre chez toi et laisse-la dormir.

Ethan regarda Kaya une nouvelle fois. Il n'aimait pas la voir dans cet état. Il lui caressa la joue, mais Kaya ne sembla pas être capable de réagir, tant la fièvre la mettait KO. Il observa sa poitrine se soulever jusqu'à ce qu'une nouvelle quinte de toux vint l'agiter. Ethan plissa les yeux, peu heureux de devoir se retirer. Il sourit alors à Déca.

— On ne me donne pas d'ordre ! Tu devrais savoir que tes capacités d'intimidation ne marchent pas avec moi. Tu sais pourquoi tu ne feras jamais le poids face à moi ?

Déca se trouva surpris par sa question.

— C'est simple. C'est parce que j'aurais toujours une longueur d'avance sur toi ! Je peux faire des choses que tu ne pourras jamais faire.

Il retira alors la couverture couvrant Kaya, passa ses bras sous le corps brûlant de la jeune femme et la porta hors de la chambre.

— Qu'est-ce que tu fais ? s'alarma Déca. Elle n'est pas en état d'être transportée.

— Je vais faire tomber sa fièvre !

Il se tourna vers Agathe.

— La salle de bain ! ordonna-t-il sévèrement.

Impressionnée, Agathe se contenta de montrer du doigt une pièce au fond de la maison. Ethan lui sourit.

— Parfait ! On va jouer au docteur !

21

INCROYABLE !

La salle de bain n'était pas très grande. Une douche, pas de baignoire, un grand tapis au centre. Ethan déposa Kaya sur le tapis et commença à ouvrir les placards pour chercher des serviettes. Déca tenta d'ouvrir la porte de la salle de bain, mais Ethan avait pris soin de la fermer à clé pour ne pas être dérangé.

— Ouvre ! Ce n'est pas à toi de prendre ce genre d'initiative ! cria Déca à travers la porte.

— L'as-tu déjà vue toute nue ? répondit Ethan. Si tu savais comme elle est belle ! Moi, j'ai déjà eu cette chance. Je ne crois pas qu'elle s'offusquera de la situation si je la déshabille pour son bien-être. Et je ne pense pas non plus qu'elle sera choquée de me voir tout nu. Ce sera... comme au bon vieux temps ! Toi, par contre, elle pourrait grimacer et tu accentuerais sa déconvenue ! Voilà pourquoi JE vais faire baisser sa température.

Déca frappa la porte de colère.

— Connard ! Ouvre cette porte !

À ses côtés, Oliver se mit à rire de son impertinence. Il était admiratif de son comportement dès qu'il s'agissait de faire valoir ses droits sur Kaya. Ethan avait toujours été brillant face à Déca ; il le prouvait à nouveau. Il mettait tout le monde d'accord sur le fait qu'aucun autre homme que lui ne pouvait avoir les faveurs de Kaya. Il était clair que Déca et lui ne faisaient pas le poids face à l'engagement passionné d'Ethan pour la jeune femme.

— Un détail… déclara-t-il alors, amusé.

Ethan était le détail qui faisait toute la différence avec Kaya. Il avait toujours su que son ami ne lâcherait pas l'affaire. Ethan était un homme hors norme à bien des niveaux, aussi quand il s'agissait d'amour, il était capable de déplacer des montagnes là où les autres se contentaient de déplacer des cailloux.

— Rends-toi à l'évidence, Déca… Il nous donne une bonne leçon d'amour. Tout prétendant est ridicule face à lui, face à sa disposition à vouloir tout pour elle.

Oliver posa sa main sur l'épaule de Déca, compatissant. À la fois perdu et clairement agacé, Alonso regarda Oliver sérieusement.

— Allons boire un café. Cela ne sert à rien d'attendre derrière la porte. De toute façon, il ne lui fera pas de mal. Ça, c'est certain ! Mais bon, sacré Ethan ! Il n'a pas pu s'en empêcher !

Oliver secoua la tête, toujours plus admiratif. Même s'il reconnaissait être déçu de lui-même face à cette situation où il avait été incapable de protéger Kaya, il avait toujours su qu'il était loin d'être à la hauteur de son ami.

Seul Ethan peut la rendre heureuse… j'ai fait le bon choix en le forçant à venir.

Ethan déshabilla délicatement Kaya qui se laissa faire, tel un pantin.

— Ce n'est pas possible ! Tu m'auras tout fait ! Et moi, je plonge tête la première comme un con.

Kaya sortit un peu de sa somnolence, sentant bien qu'elle était un peu malmenée depuis quelques minutes.

— Ethan... murmura-t-elle.

— Tais-toi ! lui ordonna-t-il, agacé, tout en se déshabillant. Tu as de la fièvre. Il ne faut pas que tu forces.

Il l'attrapa ensuite pour la soulever et la conduire vers la douche. Sans attendre, il fit couler de l'eau sur eux, suffisamment chaude pour que le choc thermique ne se ressente pas, mais moins chaud que la température corporelle de Kaya. Cette dernière toucha alors la joue d'Ethan et lui sourit.

— Tu es là... lui dit-elle alors, à moitié dans les vapes. Je savais que tu reviendrais.

Étonné, Ethan lui sourit.

— Ose me dire que tu l'as fait exprès et je t'étripe plutôt que de sauver ta caboche en surchauffe !

— Je t'aime !

Kaya l'embrassa sur la bouche pour joindre le geste aux mots. Ethan resta pantois, ne s'attendant pas à cet élan d'affection aussi franc et spontané. Son cœur se mit à battre déraisonnablement en ressassant dans sa tête le « je t'aime » qu'il venait d'entendre.

— Tu as vraiment de la fièvre ! Tu... tu délires !

Ne souhaitant pas se faire d'illusions, il attrapa le pommeau de douche accroché au-dessus de leurs têtes et l'arrosa généreusement, puis en fit autant sur lui, complètement chamboulé par la déclaration d'amour inopinée de Kaya. Il l'avait souhaitée, il l'avait longtemps attendue et voilà qu'elle arrivait ainsi, comme un cheveu sur la soupe, venant interférer avec ses plans de renonciation à leur couple. Kaya s'accrocha alors un peu plus à lui et enlaça son cou.

— Ne pars plus... ne me quitte plus.

Ethan sentit sa poitrine brûler. Les mots de Kaya étaient autant de lames tranchantes sur son torse. Jamais on ne l'avait retenu.

Jamais on ne lui avait demandé de rester. Jamais il ne s'était senti aussi indispensable à la vie de quelqu'un et pourtant, il devait rejeter cela. Il avait attendu cet acte toute sa vie et il était malgré tout obligé d'y renoncer. Il avait mal. La femme qu'il aimait voulait seulement être avec lui et il devait refuser cette demande, parce qu'ils n'avaient pas d'avenir ensemble, parce qu'il était incapable de la rendre heureuse sur le long terme, parce que son passé jalonnait son présent et son futur.

Il leva la tête, cherchant désespérément un répit à la souffrance qui l'assaillait. Il regarda ensuite Kaya, blottie contre lui, complètement dépendante physiquement de ses bras la maintenant debout. Cela faisait tellement longtemps qu'ils ne s'étaient pas retrouvés ainsi, peau contre peau. Il lui caressa le creux du dos.

— Tu es vraiment incroyable. Je te dis de te taire et tu déblatères les pires conneries au monde. T'es vraiment née pour me faire chier ! Toujours à me contredire, à me mettre la tête à l'envers. Même malade, tu es une teigne. C'est fou !

Il lui caressa les cheveux. Le poids mort que représentait le corps de Kaya commença à lui peser sur les bras. Il prit alors la décision de s'asseoir comme il pouvait avec elle dans le bac à douche.

— Non, mais franchement ! Me retrouver tout nu avec toi, et cela sans même faire l'amour ! Incroyable !

Il jeta à nouveau un œil vers Kaya pour vérifier son état. Elle toussa alors.

— Et en plus, t'es dégueulasse ! Tu veux me refiler ta merde ! C'est ça, ta vengeance ? Peine perdue ! Je suis vacciné contre la grippe. Essaie toujours ! Tu n'y arriveras pas.

Il laissa glisser ses doigts sur la nuque de sa souffrante.

— Tes cicatrices… répondit doucement Kaya dans un sursaut de lucidité, tandis qu'elle les touchait du bout des doigts.

Ethan examina son torse un instant, surpris par le changement de sujet. La dernière fois que cela avait été mis sur le tapis, c'était lorsque tout avait basculé. Se remémorer son acte et les conséquences engendrées le mirent mal à l'aise. Pourtant, Kaya sourit et caressa ses cicatrices comme si de rien n'était, comme si finalement le problème était ailleurs.

— Je sais, je devrais songer à un chirurgien esthétique… se contenta-t-il de répondre, même si rien ne changeait en dessous. Mais bon, il n'y a déjà plus ces foutus points qui me tiraient la peau et me grattaient !

La tête posée contre son torse, elle déposa un baiser sur ses plaies fraîchement soignées. Même s'il était blessé, même s'il l'avait quittée, même s'il l'avait rejetée, Ethan ne repoussa pas cette attention. Comme une fâcheuse habitude, il s'en accommodait facilement, il s'en sentait presque soulagé qu'elle le fasse.

— Pardon… lui souffla-t-elle alors.

Un nouveau pincement au cœur étreignit la poitrine d'Ethan. L'attitude de Kaya lui faisait autant de mal que de bien. Pourtant, il ne retenait finalement que sa douceur, sa chaleur, au-delà de la culpabilité de chacun. Il déposa instinctivement un baiser sur le haut de sa tête.

— Kaya, ce n'est pas de ta faute. C'est moi qui ne tourne pas rond. Je ne suis pas la personne qu'il te faut. Finalement, je suis bien l'homme de la transition entre Adam et quelqu'un de mieux pour ton avenir. C'est ainsi.

Kaya toussa à nouveau. Si la présence d'Ethan la rassurait autant que l'encourageait à ne pas sombrer, ses derniers mots la blessaient une nouvelle fois.

— Ça suffit ! Tais-toi ! lui répondit-elle, sentant un regain de vitalité. Tu vas m'énerver et faire monter la fièvre !

Surpris par son ton réprobateur soudain, Ethan prit en pleine face la remontrance de Kaya, avec stupéfaction. Il n'y avait bien qu'une personne capable de le faire taire et Kaya l'était. Elle y arrivait sans problème, même malade, même à moitié agonisante. Tellement estomaqué par son audace, il ne trouva rien à redire. Enfin presque…

— C'est toi qui parles depuis tout à l'heure ! Si tu arrêtais de dire des âneries et oubliais mon merveilleux corps, mes cicatrices et mes lèvres, on n'en serait pas là !

Kaya tenta de se redresser, poussée par l'adrénaline et la colère, et le fixa. L'eau tiède de la douche semblait agir sur son manque d'énergie et la requinquait. Malgré ses yeux vitreux, la lionne se réveillait.

— J'ai la grippe…, mais je ne suis pas encore morte ! Tu vas voir ce que j'en fais de tes lèvres, connard d'abruti !

Elle écrasa alors sa bouche sur les lèvres d'Ethan une nouvelle fois. Ethan, complètement démuni, ne bougea plus. Il ne savait plus ce qu'il devait faire. Repousser ses avances, accepter ou non le prétexte de sa grippe pour agir, jouer l'indifférence ? Kaya se mit à califourchon sur lui et l'embrassa à nouveau.

— Puisque tu es vacciné, puisque je suis en total délire à cause de la fièvre, tous les prétextes sont bons pour m'accrocher à toi ! Autant délirer à fond…

Elle l'embrassa une troisième fois. Il ne fallut pas plus à Ethan pour l'aider à choisir l'option la meilleure. Il l'enlaça brusquement de ses deux bras musclés et répondit de façon plus sauvage à son baiser. La vérité était que tout chez elle lui manquait et assouvir ce manque était aussi douloureux que réparateur. Soulagée, Kaya sourit entre ses lèvres.

— Ne t'inquiète pas, tu n'es pas responsable des suites de mon délire. On n'a qu'à dire que tu n'avais pas le choix. Ça te va comme excuse ?

Ethan fixa Kaya un instant.

— Toi… t'es vraiment pas croyable !

Il l'embrassa de plus belle, ne souhaitant plus de retenue à présent. Il dévala ses mains le long de son dos, puis de ses fesses qu'il serra ardemment. Sa poigne fit tressaillir Kaya qui frissonna.

— Ta fièvre va monter ! lui fit remarquer alors Ethan, bien conscient que Kaya n'était pas au plus haut de sa forme et qu'elle prenait sur elle.

— Tu sais ce qu'on dit : « il faut combattre le mal par le mal ! » Fais monter une autre fièvre en moi !

Ethan grogna à ces mots chargés de promesses. Il était à bout. Tout se bousculait en lui. Entre renonciation à leur relation et renonciation de soi, son cœur vacillait. Pourtant, il était prêt à se perdre dans ses bras, à tout oublier encore une fois. Sa langue retrouva celle de sa belle, et le monde autour n'exista plus. Plus rien n'avait plus d'importance que leur soif de retrouver l'autre après plus de deux mois de séparation. Ethan se saisit d'un sein de Kaya qu'elle lui offrit volontiers en se redressant et en portant sa tête contre elle. Chacun avait besoin de tout toucher de l'autre, et bien plus encore, le besoin de ne faire qu'un prit le pas sur le reste. Sans plus de cérémonie, Kaya s'empala sur le sexe d'Ethan et se mit à gémir. Ethan prit une grande inspiration, en sentant la chaleur de Kaya sur son sexe. Il posa alors un instant son front sur son épaule.

— Je te déteste, Kaya. Putain de bordel de merde ! Je te déteste !

Kaya se mit à rire. Elle couvrit alors sa tête de bisous.

— Je devrais avoir de la fièvre plus souvent !

— Tu es surtout inconsciente !... Et moi aussi !

Ethan la souleva alors pour mieux ramener son bassin contre le sien. La légèreté de Kaya fit place à une concentration plus marquée pour atteindre toujours plus de plaisir mutuel. Par moments, sa tête lui tournait. Elle avait des vertiges. Sa respiration devenait plus sifflante, mais elle ne voulait rien lâcher ! Il n'en était pas question. Ethan était là. Elle se devait de lutter pour rester avec lui, pour lui rappeler la profondeur de leur relation. Même si elle devait y laisser toutes ses forces, il devait savoir qu'il lui manquait.

Les coups de reins s'enchaînèrent jusqu'à l'issue finale où tous deux se retrouvèrent lessivés. L'eau continuait de couler sur eux, mais aucun des deux ne bougeait, savourant cet ultime instant avant que la suite des événements n'arrive et fasse éclater leur bulle de nouveau. Kaya finit par s'endormir sur son épaule, complètement vidée. Ethan toucha son front et sourit.

Mission accomplie... le mal par le mal ? Toi alors !

Il la souleva une nouvelle fois, éteignit l'arrivée d'eau et la porta jusqu'au tapis pour l'essuyer. Il déposa un nouveau baiser sur sa tête et la rhabilla. Kaya semblait moins pâle. Elle avait repris des couleurs, même si la grippe était loin d'être guérie. Il enfila ses vêtements et la garda une nouvelle fois dans ses bras quelques minutes. Quelques minutes de plus avant un nouvel adieu. Quelques minutes juste pour ancrer en lui ces derniers instants de bonheur. Il respira une dernière fois ses cheveux parfum d'abricot et soupira de tristesse.

— Tu m'as manqué. Tu me manqueras toujours, Princesse.

Il se releva, ouvrit la porte de la salle de bain et la transporta jusqu'à sa chambre où il la déposa et la recouvrit de sa couverture avec soin. Alonso et Oliver se précipitèrent à la chambre pour voir comment Kaya allait. Elle semblait plus apaisée. Ethan lui caressa une dernière fois les cheveux et se tourna vers Oliver.

— On y va !

Il s'avança alors vers la sortie et s'arrêta à hauteur de Déca.

— Prends soin d'elle...

Puis, il quitta la maison sans ajouter un mot de plus. Oliver regarda alors l'hôte de la maison.

— Merci pour Kaya.

Il alla ensuite rejoindre Ethan à la voiture.

— Ça va ? lui demanda-t-il alors, une fois dans l'habitacle. Envie d'un brownie ?

— Je déteste le chocolat ! Ne dis pas des inepties, s'il te plaît !

Oliver lui sourit tristement.

— Et moi, je déteste les salsifis ! Tu le savais ?

Il fallut une semaine avant que Kaya retrouve son appartement. Alonso s'était très bien occupé d'elle. Elle ne le remercierait jamais assez de sa gentillesse. S'il avait essayé quelques compliments et deux ou trois remarques séductrices, Kaya avait esquivé poliment. La tornade Ethan avait laissé des séquelles et Déca l'avait bien senti dans le comportement de Kaya. Elle était distraite, souvent la tête ailleurs. Même s'il ignorait ce qu'il s'était passé dans cette salle de bain, la venue d'Ethan Abberline avait affecté la jeune femme encore plusieurs jours après, au point que Kaya devienne hermétique à ses avances. Il n'avait finalement pu que reconnaître qu'Ethan avait une avance sur lui qu'il ne pourrait rattraper. Il tenait bien Kaya dans sa main.

Kaya se regarda dans le miroir. Même dix jours après, elle se sentait encore très faible et fatiguée. Elle avait aussi bien maigri.

— Je n'ai rien rêvé de ce qu'il s'est passé. Je ne me souviens plus de tout, mais j'ai encore des images très claires de nos baisers...

Elle ressentait encore la langue d'Ethan sur son téton pointu, excité par le désir, ses baisers sur sa peau, son souffle erratique alors qu'il partageait leur envie extrême de l'autre.

Kaya se mit à rougir. Ces images ne la quittaient plus depuis des jours. Si elle avait eu des appels d'Oliver pour s'enquérir de sa santé, elle n'avait pas eu de nouvelles d'Ethan. Comment allait-il ? Pensait-il à elle comme elle pensait à lui depuis ? Elle n'espérait pas un retour de son amour en grande pompe, mais elle s'étonnait toutefois de s'imaginer le voir débarquer pour s'imposer à elle comme unique homme pour son cœur, comme unique connard de sa vie, comme nouveau contractant d'un accord où il reprendrait un simulacre de relation, encore plus tordu que ce qu'ils avaient déjà testé. Elle attendait la moindre excuse qu'il aurait trouvée pour pouvoir à nouveau se fréquenter régulièrement.

Elle se mit à rire. Toutes ses manigances lui manquaient. Même les clauses lui paraissaient aujourd'hui acceptables pourvu qu'elle n'éprouve plus ce manque de lui. Depuis son retour à Paris, elle avait réalisé ce qu'elle avait perdu avec la fin de leur histoire. Tout était bien plus imprégné en elle que ce qu'elle pensait. Des sourires, une complicité, un détail, l'écho d'un moment, une odeur… Tout la ramenait à ce qu'ils avaient partagé. Le soir, elle regardait les étoiles par la fenêtre en s'imaginant que, lui aussi, était assis au sol devant la fenêtre de son appartement, comme lorsqu'ils avaient eu leur première fois. La douche, le métro, les motos dans la rue, la crêperie pas loin du magasin où elle travaillait, tant de choses anodines au premier abord, mais qui lui rappelaient tout ce qu'il lui avait fait vivre en peu de temps. Une intensité folle dans un court moment. Une parenthèse bienvenue qui lui avait fait envisager la vie autrement. Ethan l'avait menée vers plus de joie et de bonheur. Il l'avait sortie de sa mélancolie tout simplement.

Encore une fois, il était venu à elle chez Déca pour son bien-être alors qu'elle restait incapable de l'aider en retour. Elle s'était toutefois montrée entreprenante et égoïste. Où était vraiment le bonheur d'Ethan dans tout ça ? Même s'il continuait de souffrir intérieurement, il donnait encore. Sa distance prenait du sens pour Kaya. Il se protégeait encore de sa gentillesse. Elle soupira. Elle tournait en rond. L'état dépressif d'Ethan l'affligeait autant qu'elle s'enfonçait dans une culpabilité à faire empirer son état.

Dépressif. C'était un mot qui n'avait pas été prononcé par les Abberline ou par Oliver. La spirale dans laquelle Ethan se plongeait depuis tant d'années relevait bien d'une forme de dépression. Ses scarifications, ses moments avec, puis tout à coup le chaos... le souvenir de ses yeux vitreux, vides de toute vie quand elle l'avait trouvé dans la salle de bain, son torse et ses mains pleins de sang. Elle hésitait encore à vouloir s'accrocher à un espoir. N'était-elle pas la goupille pouvant déclencher l'explosion ?

Si je me tiens loin de lui, il retrouvera sa vie d'avant, celle qu'il avait calibrée pour garder la tête hors de l'eau... s'il m'a quittée de la sorte n'est-ce pas parce que je suis un danger dont il souhaitait s'éloigner ?

Pourtant, elle ne cessait de repenser aux paroles d'Oliver sur l'alchimie qui émanait de leur couple. Elle pensait également qu'Adam et elle étaient faits l'un pour l'autre, telles deux âmes sœurs. Une larme se mit à couler sur sa joue alors qu'elle se fixait dans le miroir. Adam ou Ethan, elle en revenait au même constat : elle était malsaine pour eux. Elle regarda son annulaire sans bague de fiançailles. Donner cette bague était son aveu d'échec à être aimée. Aimer apportait le danger et être aimée aussi. Elle se souvenait de ce moment où elle avait rencontré tous les amis d'Ethan chez lui, autour de plateaux de sushis, et du rire jaune d'Ethan concernant l'amour. Aujourd'hui, elle comprenait son point de vue : l'amour ne l'emportait pas sur tout. Il était une illusion, quelque chose qu'on pense toucher du doigt et qui vous échappe tôt ou tard.

Elle quitta la salle de bain et alla s'habiller dans sa chambre. Il faisait beau dehors. Le printemps s'installait doucement.

— Ma relation avec Ethan a permis au moins d'avancer sur une chose… murmura-t-elle tout en regardant par la fenêtre avec un doux sourire ?

Elle alla dans le salon et mit ses chaussures, puis sa veste pour sortir. Elle regarda alors le cadre où elle était enlacée par Adam.

— Il est temps d'apprendre de cette expérience, Kaya !

Kaya chercha à droite, puis à gauche, un indice à sa surprise.

Un verre et une bouteille de vodka ?

La bouteille était sévèrement entamée. Le verre rempli semblait indiquer par la présence de saletés dedans qu'il était là depuis plusieurs jours.

Un clochard se serait amusé sur ta tombe, Adam ?

Agacée par le manque de respect et de civisme des gens, elle prit le verre et la bouteille, puis les jeta à la poubelle. Le gardien du cimetière ne semblait pas être là. Elle retourna auprès d'Adam et s'agenouilla devant sa tombe.

— Salut ! Ça faisait un bail…

Elle contempla l'épitaphe avec tristesse.

— Le temps passe si vite…

La date de sa mort lui prouvait que le temps apaisait les âmes chagrines.

— J'ai été aux États-Unis ! J'ai voyagé pour la première fois hors de France. Ça y est ! J'ai visité quelques trucs. C'était super…

Elle sourit. Elle réalisait que de nouveaux magnifiques souvenirs étaient venus s'ajouter dans sa mémoire depuis la mort d'Adam. La vie avait repris son cours et la sienne aussi.

— J'ai du mal à croire que je vienne te voir avec autant de sérénité. Jamais je n'aurais cru me sentir si apaisée te concernant !
Elle se mit à rire.
— J'ai toujours été persuadée que ma vie s'était arrêtée avec la tienne. Pourtant, aujourd'hui, j'ai envie de vivre. Pas vraiment pour moi, mais pour lui...

Ses yeux s'embuèrent.
— On croit que l'amour, ça vous arrive qu'une fois dans votre vie. Je pensais que je ne pourrais plus vivre le bonheur de l'amour qu'on partage, depuis que tu es parti. Visiblement, c'était sans compter sur un connard qui s'est mis à jouer avec mon cœur pour me prouver qu'il pouvait encore ressentir plein de choses !
Elle renifla et regarda autour d'elle. Une vieille dame se recueillait sur la tombe d'un proche.
— Je ne peux pas continuer à me complaire dans le rôle de la veuve éplorée. Je t'aime, Adam, et je t'aimerai toujours. Cependant, aujourd'hui, je dois être franche avec moi-même : mon cœur s'emballe pour un autre. Je dois accepter le fait que je suis à nouveau amoureuse. Je dois mettre ce mot sur les sentiments que j'éprouve sans avoir peur ou honte... J'aime cet homme. Je pense plus à lui qu'à toi. C'est dingue ! J'ai mis du temps à le croire, et je dois me faire une raison : notre amour s'est figé avec ta disparition. Ethan a dégelé mon cœur. Il l'a réchauffé. Il l'a consolé, il l'a dorloté. Il en a pris soin.
Elle posa sa main sur le marbre qu'elle caressa.
— Si je reste accrochée encore à toi, je vais passer à côté de nombreuses choses. Ethan a besoin de moi. Je l'ai blessé déjà une fois. Il attendait que je lui donne entièrement mon cœur et je n'ai pas osé parce que j'avais peur. Peur de passer de toi à lui avec trop de facilité. Quelle amoureuse sérieuse je fais si je t'oublie aussi vite ?

Elle sourit.

— J'ai rencontré Victor aux États-Unis. Le monde est petit ! Il m'a dit que je devais vivre et profiter, que mon deuil ne pouvait pas durer éternellement, que je devais voir l'avenir, mon avenir sans regret. Je vais suivre son conseil, Adam. Je dois mettre fin à mon deuil. C'est le moment. Je n'avais, jusqu'à aujourd'hui, pas vraiment compris comment on pouvait ne plus pleurer devant une tombe. Dorénavant, je sais que je ne pleurerai plus devant toi. Ce fut un magnifique moment. Je n'ai pas à pleurer d'avoir perdu ce que nous avions. Je dois juste accepter d'être heureuse d'avoir connu tout ça.

Elle se releva, soulagée.

— Je suis heureuse de t'avoir aimé, Adam. Je suis aussi heureuse d'aimer Ethan, aujourd'hui. Je ne sais pas quel avenir j'ai avec lui, mais je te promets que je vais me battre. Comme d'habitude. Même s'il m'a plusieurs fois blessée, même s'il me fait douter sur l'amour et ses désillusions, je vais m'accrocher. Si j'ai pu y renoncer, je sais maintenant que j'ai besoin de lui dans ma vie.

Elle se mordit la lèvre, lui sourit une dernière fois et lui dit au revoir de la main.

— Adieu, Adam, et merci pour tout…

22

RÉVEILLÉE

Ethan attrapa son réveil et se concentra afin de bien déchiffrer l'heure qu'il indiquait. 2 h 30. Il jeta le réveil à côté du lit et contempla le plafond de sa chambre. Il avait encore bu comme un trou. Il ne savait plus trop comment il avait atterri sur son lit ; il était juste certain de s'être un peu assoupi. Les détails lui échappaient avec les effluves d'alcool. Il se mit à rire, amer. L'alcool avait quelque chose de pervers. Il permettait d'oublier, mais il s'arrêtait uniquement sur les éléments futiles de la vie, tandis que les choses importantes, il ne s'en préoccupait pas. Il se frotta les yeux de la paume de ses mains. Pourquoi n'arrivait-il pas à oublier Kaya ? Il buvait pour ça. Il avait beau essayer, la douleur restait. Elle était là la journée, la nuit, dans ses pensées, dans ses rêves, même quand il ne l'attendait pas. Il en pleurerait tant elle devenait une obsession. La retrouver chez Déca avait tout fait vaciller en lui. Il ne cessait de ressasser son « je t'aime ». Aussi apaisant qu'insidieux. Peu importait si elle avait dit ces mots dans un état de lucidité ou non, la vérité était qu'il souffrait encore plus. L'issue restait la même : il n'avait pas le droit de lui donner espoir. Il avait craqué et il le regrettait. C'était pire que tout. Lui dire « oui, donnons-nous du plaisir, mais non, n'allons pas plus loin ». Il détestait souffler le chaud et le froid avec elle. Il savait qu'il devait être plus catégorique dans son positionnement.

Il regarda son téléphone. Une photo de Kaya était sur son fond d'écran. Il l'avait d'abord enlevée, se persuadant du dicton « loin des yeux, loin du cœur ». Mais depuis son apparition chez Alonso Déca, Kaya ne cessait de marteler sa tête. Il avait besoin de la voir, de l'entendre, même un peu.

Tu me manques…

Il caressa le visage de Kaya à travers l'écran du bout des doigts. Il avait tellement aimé ces retrouvailles dans cette douche. Même si elle était malade, délirante, faible, il avait voulu faire abstraction de ces détails pour s'accorder un répit. Kaya était sa souffrance autant que son repos.

— Allons-nous devoir jouer au chat et à la souris encore longtemps, entre des « je t'aime » et des « je te déteste » ?

Il se tourna sur le côté et posa son téléphone sur le matelas. Kaya n'était pas très photogénique sur la photo. Il l'avait prise par surprise, ce à quoi elle avait répondu par des « non ! Je dois être horrible ! » Il se mit à rire. Elle n'était pas à son avantage sur cette photo. Il devait le reconnaître.

Et pourtant, je te trouve toujours aussi belle…

Il pianota sur son téléphone, faisant défiler avec difficulté les différentes parties de son répertoire jusqu'à tomber sur son numéro de téléphone.

— C'est fini ! cria-t-il alors. Pour moi, c'est impossible ! Tu dois comprendre que rien ne pourra réussir entre nous. Je vais tout supprimer de toi ! Tiens-toi prête !

Il appuya sur le bouton « supprimer » et s'étala à nouveau contre le matelas. Il ferma un instant les yeux. Son cœur battait fort. Il avait fait le premier pas vers l'acceptation d'une fin vraiment définitive entre eux.

— Je n'ai plus son numéro ! Hé hé !

Il se mit à rire quand soudain, il entendit un bip, suivi d'un « allo ? » lointain. Il fit tout à coup un bond et regarda plus attentivement le téléphone, pensant avoir des hallucinations dues à son ébriété.

— Allô ? put-il alors entendre à nouveau. Ethan ? C'est toi ?

Son assurance d'avoir fait disparaître le numéro de téléphone de Kaya disparut. Il pesta silencieusement contre lui-même. Il avait appelé plutôt que de supprimer le contact.

— Ethan ? Tu es là ?

Il contempla le téléphone comme un objet suspect. Il ne savait s'il devait lui répondre que c'était une erreur. Kaya resta silencieuse, cherchant sans doute à écouter ce qu'il faisait. Si elle savait qu'il mordait actuellement son poing pour réprimer sa rage d'être le plus stupide des ivrognes, elle en rirait sans doute.

— Ethan ?

Il l'entendit alors soupirer à travers le téléphone. Il lui donnait encore de faux espoirs. Il se trouvait nul.

— OK, tu n'as pas dû voir ton appel... je raccroche. Bonne nuit...

Il entendit des bips de fin d'appel comme autant de craquements dans son cœur. Il n'avait pas parlé. Malgré tout, juste l'entendre un peu l'avait mis dans tous ses états. Il passa ses mains sur le visage.

— Quel con !

Kaya raccrocha son téléphone avec déception. D'abord bien agacée d'être réveillée en plein milieu de la nuit, elle s'était calmée rapidement en voyant le prénom d'Ethan sur l'écran. Son cœur s'était accroché tout à coup aux branches de l'espoir : il voulait lui parler.

— Idiote ! C'est juste une erreur. Tu espérais trop son retour encore une fois…

Elle souffla, posa son téléphone tristement et se recoucha tout en sachant qu'elle allait à présent ruminer sa déception et sa crédulité.

Ethan regarda à nouveau son téléphone avec peine. Son cœur continuait de taper contre sa poitrine. Le manque d'elle était plus qu'évident. Sa décision de la supprimer de sa vie devenait encore plus compliquée.

Je dois te supprimer de mes contacts, Kaya… c'est le début de ma désintoxication.

Ethan s'encouragea. Il devait le faire une bonne fois pour toutes. Il prit le téléphone et retomba sur sa fiche contact. Il plaça son pouce au-dessus de l'icône poubelle, puis hésita. Ne plus jamais entendre sa voix…, c'était comme lui arracher le cœur de la poitrine. Il grimaça.

— Juste encore un peu, est-ce un mal ?

Dans un élan de folie, il relança l'appel, posa rapidement le téléphone sur le lit et attendit, assis en tailleur. Les bips résonnèrent successivement, faisant augmenter sa tension artérielle. Allait-elle décrocher à nouveau ? Pouvait-il seulement mettre ce second appel sous l'excuse de l'erreur d'appel ? Il n'y avait pas réfléchi. Son envie avait pris le pas sur sa raison. Son cœur sauta un battement lorsqu'il entendit un nouveau « allo ? » au bout de quelques secondes.

— Ethan ? Qu'est-ce que tu fous ? Il est 2 h 30 du matin !

Il posa ses mains sur la bouche pour ne pas qu'elle l'entende pouffer comme un idiot.

Kaya avait fait un nouveau bond dans le lit. Son téléphone s'était une nouvelle fois allumé, la sonnerie avait appelé son attention à nouveau. Elle s'était alors précipitée dessus et son visage s'était paré d'un immense sourire : ce n'était pas un accident. Il voulait passer du temps avec elle. Elle avait hésité un instant, se demandant si elle ne s'emballait pas encore.

Va-t-il me parler ? Il se fout sans doute de moi... c'est juste pour répondre à son besoin d'être un connard... mais je m'en moque ! Jouons son jeu !

— Tu as quelque chose à me dire ? continua-t-elle, faussement en colère. Tu exagères ! J'aimerais dormir !

Ethan sourit tout en regardant son téléphone. Tout son corps se réchauffait au son de sa voix. Qu'elle le pourrisse ou qu'elle soit douce, il était heureux de l'entendre. Il s'allongea alors à côté du téléphone.

— Je sais que tu es là ! Tu ne peux pas m'appeler deux fois par erreur.

Ethan grimaça, grillé pour cette excuse. Il mit ses deux mains sous sa tête, en guise d'oreiller.

— Pourquoi tu ne me parles pas ?

Il passa sa langue sur ses lèvres, amusé de la sentir s'agacer à parler dans le vide, tandis qu'elle soufflait à travers le combiné.

— T'es vraiment un connard ! Demain, je fais l'ouverture du magasin. Tu as le chic pour me réveiller à des heures pas possibles ! Tu m'as fait la même avant que j'aille te rejoindre en Amérique.

Elle se tut un moment. Le souvenir de cette époque les rattrapa tous les deux.

— En plus, demain, je travaille avec Aya. C'est une catastrophe, cette fille ! Elle est gentille, attention ! Disons que même en lui répétant trois fois son erreur, tu peux être sûr qu'elle va recommencer ! Elle ne comprend rien. C'est fatigant et pourtant, même si je viens de commencer à la boutique, je me suis plus vite adaptée qu'elle. C'est certain.

Ethan regarda son téléphone avec admiration. L'écouter parler de son quotidien lui faisait plaisir. Devant son silence, Kaya décida de changer de stratégie.

— Tiens ! D'ailleurs, t'as le bonjour de mon patron ! Tu te souviens ? Andréa Lorenzo !

Kaya prêta alors attentivement l'oreille du côté d'Ethan. Elle sourit. Elle entendait bien de l'agitation à côté. Il était bien là. Il écoutait. C'était certain !

— Il est très gentil ! continua-t-elle, pleine d'assurance et tentant de le faire sortir de son mutisme. Je pense que j'aime bien mon patron ! Si je vends bien, il m'a même promis une prime !

Ethan attrapa son coussin pour le mordre, afin qu'elle n'entende pas ses insultes à l'encontre de l'autre enfoiré de patron. Il sentait déjà la colère monter en lui.

— Bah quoi ? Tu ne dis rien ? en rajouta-t-elle alors une couche.

Kaya se retint de rire. Ethan fut surpris de sa question avant de comprendre son petit jeu tout en provocation.

— Tu ne t'énerves pas ? Tu ne me dis pas qu'il me paie plus pour mieux me mettre dans son lit ou un truc du genre ?

Ethan maugréa silencieusement, observa le plafond de sa chambre et croisa les bras. Il ne supportait vraiment pas ce type. Il devait trouver un moyen de la sortir de ses griffes. En même temps, dans sa situation actuelle d'ex-petit ami, il lui était difficile d'agir. Il ferma les yeux un instant.

Calme-toi ! Elle ne fait juste que te provoquer pour que tu craques et que tu parles. Elle mise sur ta jalousie pour ce type, pour que tu te trahisses dans tes sentiments. Tu dois passer outre… soit plus fort, voyons !

Il inspira un bon coup pour se calmer. Kaya était malicieuse, mais il était plus filou que ça.

— Tu peux penser ce que tu veux… en attendant, ce travail occupe ma tête ! Ça me fait du bien.

Ethan fixa sur son téléphone avec attention. Il ne pouvait lui en vouloir de se jeter à corps perdu dans le travail. Il était dans le même processus : s'occuper pour oublier.

— Je… je voulais te dire merci… finit-il par entendre avec hésitation. Merci de t'être occupé de moi chez Alonso. Enfin, pour la maladie, tu vois…

Ethan pouffa de cette allusion équivoque, avant de réaliser qu'il avait sans doute été trop bruyant et qu'elle avait dû l'entendre à travers le téléphone. Kaya regarda son écran, bien convaincue de l'avoir entendu rire.

Je n'ai pas rêvé, il écoutait bien ? C'était un rire, non ?

Kaya écarquilla les yeux. Une pensée plus lugubre lui vint en tête.

Attends, attends, attends ! Pourquoi il m'appelle ? Ce n'est pas pour m'entendre déblatérer des inepties alors qu'on a rompu. Oui, c'est lui qui a voulu poser une distance entre nous ! Il s'en fiche de moi. Alors…, ce n'était peut-être pas un rire !

— Ethan ? Tout va bien ? Je réalise que je me suis peut-être induite en erreur…

Ethan leva les sourcils, perplexe.

— Mon Dieu ! Ethan, parle-moi ! J'ai pensé que tu t'amusais avec moi. Pardon ! Je n'avais pas compris !

L'angoisse et la culpabilité s'emparèrent d'elle. Le chagrin vrilla sa gorge.

— Tu n'avais pas grand monde qui pouvait t'aider ! Je n'y ai pas pensé sur le coup ! Tu as recommencé, c'est ça ?

S'apercevant de son changement de ton beaucoup plus dramatique, Ethan se redressa, interloqué par ses propos.

— Tu agonises et moi, je te raconte ma vie ! Quelle idiote ! J'appelle l'ambulance tout de suite et j'arrive ! Ne t'inquiète pas ! Je suis là.

Ethan bloqua sur son téléphone, incrédule.

Quoi ?!

— Ne perd surtout pas tout ton sang ! Tiens le coup, je fonce !

QUOI ?!

Ethan comprit soudain sa crainte. Il se précipita sur le téléphone.

— Non ! C'est bon ! Je vais bien ! lui cria-t-il alors, paniqué.

Kaya, qui avait déjà sauté de son lit pour s'habiller, se calma immédiatement.

— Je vais bien ! répéta-t-il plus calmement.

— Tu n'as rien fait ? demanda-t-elle pour confirmation d'une petite voix.

Ethan souffla, navré de l'avoir induite en erreur.

— Non, mon torse va bien…

Il put entendre le soulagement de Kaya mélangé à son chagrin. La soupape se relâcha et elle pleura à grands flots.

— Kaya… je vais bien, ne pleure pas ! Pardon de t'avoir fait peur.

— J'ai cru que tu avais recommencé, que le cauchemar recommençait.

Ethan culpabilisa. Si ce moment avait été intense à l'époque, il réalisait le choc que cela avait été aussi pour Kaya.

— Je revois encore tout ce sang sur toi et partout dans la salle de bain. Je ne savais pas quoi faire. Je me suis refait dix mille fois le scénario dans ma tête, cherchant les options les meilleures pour changer les choses. J'avais même envisagé de revoir mon attitude si ça se reproduisait. Être moins passive, être plus courageuse et prendre les choses à bras-le-corps, mais là, toutes mes résolutions se sont dissipées face à ma peur de te retrouver si mal en point. Je tremble et j'ai peur. Je suis pitoyable ! Tu parles d'un soutien !

Ethan passa sa main sur son visage une nouvelle fois. Entre la fatigue, l'alcool et les cachets faisant moins effet, il se sentait mal. Il avait même la nausée.

— Calme-toi ! Tout va bien ! Cela ne s'est pas reproduit.

Kaya acquiesça, séchant ses larmes tant bien que mal.

— Je ne pensais pas que tu interpréterais la situation dans ce sens… commenta Ethan, vraiment désolé.

Kaya tiqua à ces mots. Sa tristesse fit place à la colère.

— Oui, c'est vrai ! Tout est de ta faute ! Si tu m'avais parlé, je n'aurais pas tout imaginé ! Et comme d'habitude, tu as fait ton connard pour me mettre dans tous mes états, parce que quitte à te faire souffrir, autant me rendre la pareille ! Œil pour œil, dent pour dent ! Tu m'énerves ! Tu m'énerves ! TU M'ÉNERVES ! JE TE DÉTESTE !

Ethan décolla son téléphone de l'oreille.

Ou comment passer de la bonne humeur, au chagrin puis à la colère… typique de Kaya !

Pourtant, il en sourit. Il y avait un doux goût de nostalgie en l'entendant lui crier qu'elle le détestait.

J'aime quand tu me détestes comme ça…

— En tout cas, ce n'est pas ce que tu m'as dit dans la douche, chez Déca…

Ethan sourit à cette évocation.

— Je… c'est-à-dire que… oui, d'accord ! On l'a fait dans la douche ! Je ne te déteste pas tant que ça !

Ethan se mit à rire en entendant son embarras.

— Tu m'as dit tout l'inverse, même ! C'est la première fois que tu me le disais même… Tu m'as bien décontenancé sur le coup !

— Comment ça ? l'interrogea alors Kaya, perdue.

Ethan marqua un temps de pause, surpris par ce revirement.

— Attends ! Tu ne te souviens pas ?

— Je... si... on a... tu as soigné ma fièvre !

— Oui... et ça a débuté comment ?

— Bah quoi ! Je ne vais pas te donner des détails sur comment on fait l'amour !

— Je te parle de paroles ! Tu te souviens qu'on a baisé, OK, mais tu ne te souviens pas de ce que tu m'as dit avant tout ça ?

— Euh... à quel moment ?

Ethan se tut quelques secondes. Sidéré et blessé, il resta scotché à son lit. Ce moment tant attendu, tant apprécié...

Putain ! Elle ne s'en souvient pas ? ! Sur tous les détails de ce moment, il a fallu qu'elle oublie le plus important ! Foutue fièvre !

— Qu'est-ce que je t'ai dit ? insista Kaya.

— Rien. Laisse tomber !

— Non, j'ai des moments flous... sans doute dus à la fièvre ! Dis-moi s'il te plaît !

— Ça... n'a pas d'importance. Tu devrais aller dormir. Je vais raccrocher.

— Ethan, attends ! Ne raccroche pas ! J'ai aimé... ce moment avec toi ! Même si j'étais malade et que j'ai des trous ou des défauts de mémoire, ce qui est sûr, c'est que je me rappelle toutes ces sensations que tu m'as procurées. Je suis contente de l'avoir fait... enfin je veux dire heureuse... et je ne regrette pas ! Voilà.

— OK... se contenta de lui répondre Ethan, malgré tout meurtri par son plus gros oubli.

— Tu me crois, hein ?! lui demanda-t-elle d'une petite voix.

— Kaya, je suis fatigué.

— Moi aussi, je suis fatiguée ! Tu m'as réveillée en pleine nuit, mais je t'ai écouté, alors toi aussi, tu m'écoutes maintenant !

Un nouvel accès de colère vint perforer le tympan d'Ethan.

— Oui, je te crois... lui dit-il alors avec lassitude.

— Tu ne sembles pas convaincu ! C'est parce que je ne me souviens pas de tout ? Qu'est-ce que j'ai dit, bon sang ?
— QUE TU M'AIMAIS ! Voilà ! T'es contente ?
— Oh ! Heiiin ! J'ai dit ça !?

Ethan se frotta l'arête du nez. Il commençait à avoir mal au crâne.
— J'ai vraiment dit ça ? l'entendit-il se le murmurer à elle-même.
— Tu étais malade... ça n'a pas d'importance. Tu délirais. Laisse tomber.
— Comment ai-je pu oublier ça ? Ce n'est pas possible ! Tu es sûr de ce que tu as entendu ?

Ça y était ! En plus du mal de crâne, son cœur se figeait à présent. Autant lui perforer l'organe avec une épée. Oui, il avait dû délirer lui aussi. Comment pouvait-elle déclarer une telle chose ? Même si elle semblait être réellement étonnée. Sans doute était-ce ce qui lui faisait le plus mal : son étonnement. Comme si c'était invraisemblable...
— OK, j'oublie... se contenta de dire Ethan, défaitiste. Tu ne le pensais pas... j'ai compris ! Écoute, j'ai mal au crâne, je raccroche.
— JE LE PENSAIS ! le coupa-t-elle rapidement.

Il se passa plusieurs secondes de silence où chacun ne sut quoi dire.
— T'es toujours là ? demanda-t-elle au bout d'un moment, hésitante et inquiète. Je le pensais..., même si je ne m'en souviens pas. Pardon ! Ça ne fait pas crédible, mais tout ce que j'ai pu faire ce jour-là, c'est sans regret.

Ethan soupira. Ses mots lui réchauffaient le cœur autant qu'ils le cisaillaient. Il ne devait pas s'accrocher à ses mots, car cela ne changerait en rien son impossibilité à la rendre heureuse. Malgré cela, il avait juste envie de la prendre dans ses bras et lui dire...

— Il n'y a rien que je ne pourrais également regretter avec toi, Kaya.

Kaya ferma les yeux, savourant ses paroles qui lui regonflaient le cœur même si cela ne changeait en rien la situation. Tout ce qui comptait pour elle, c'est que ce câlin prévu ne soit pas de l'ordre du regret ou de l'accident, qu'il avoue, même à demi-mot, qu'il l'avait aimée.

— Bonne nuit, Ethan. Fais de beaux rêves !

Ethan s'esclaffa. Faire de beaux rêves était un souhait qui lui semblait compliqué et pourtant, il ne voulait finir cette conversation qu'avec cette ambiance douce.

— Bonne nuit, Princesse !

23

DÉMENT !

— Bon sens ! Qu'est-ce que j'ai faim ! Avec Ethan en machine à bosser non-stop, je n'ai pas pris le temps de manger à midi.

Kaya observa Oliver dévorer son assiette avec plaisir.

— Tu ne manges pas ? Je t'invite au resto et c'est comme ça que tu fais honneur au plat ?

— Désolée, je n'ai pas très faim. Et t'entendre dire qu'Ethan ne se nourrit pas bien m'inquiète aussi.

Oliver avala sa bouchée de viande avant de lui répondre.

— Ethan a dû honorer beaucoup d'engagements avec des repas au restaurant en compagnie de partenaires commerciaux. Ne t'inquiète pas. Il n'est pas affamé non plus. Mange plutôt que de compatir et d'entamer un régime par solidarité. Tu as dû maigrir avec cette foutue grippe, non ? Il faut que tu reprennes des forces.

Kaya répondit affirmativement, mais l'appétit n'y était pas pour autant.

— Tu t'es bien rétablie ? lui demanda quand même Oliver.

Kaya sourit, Docteur Oliver était de retour.

— Ça va à peu près. Je suis encore très fatiguée. Je pense que je dois encore avoir des restes de maladie.

Oliver la contempla un instant.

— Ça fait combien ? Quinze jours ? Trois semaines ?

— Oui, presque trois semaines.

— Es-tu sûre que ce soit encore ta grippe ? Tu as peut-être juste simplement besoin de plus de repos. Tu sembles faire pas mal d'heures au travail…

— Oui, on a une des vendeuses en arrêt maladie. On compense toutes pour combler son absence. Ce n'est pas le moment de poser un arrêt maladie à mon tour.

Oliver fronça les sourcils.

— Et donc, il faut se sacrifier pour le bien-être des autres ? Tu vis au Japon ?

— Je ne peux pas les lâcher sous prétexte que je suis fatiguée.

Oliver regarda les autres tablées. Il ne pouvait la blâmer à vouloir bien se faire voir auprès de son employeur, surtout après son absence due à sa grippe.

— Ethan m'a appelée l'autre soir...

Oliver tourna alors la tête à nouveau vers Kaya, surpris par le changement de sujet.

— C'était... une conversation bizarre.

Elle se mit à rire.

— Que t'a-t-il dit ?

— Rien !

Elle rigola de plus belle. Oliver la dévisagea, ne comprenant pas où l'humour était dans cette histoire.

— On a discuté. Enfin, surtout moi !

— Pourquoi t'a-t-il appelée ?

Kaya joua avec un petit pois du bout de sa fourchette.

— Va savoir ! répondit-elle, songeuse. J'étais contente qu'il m'appelle, même en plein milieu de la nuit.

— Sérieux ? Il a osé faire ça ?

— N'oublie pas de qui on parle ! Il impose, on dispose ! Ça se permet tout, un connard ! lui dit-elle avec un petit sourire amusé.

Oliver se mit à rire à son tour. Il reconnaissait bien là le caractère bulldozer d'Ethan. Kaya réalisait qu'elle avait beaucoup évolué depuis. Maintenant, elle en riait alors qu'avant, il lui était insupportable.

— Tu es contente ? lui demanda alors Oliver, heureux de la voir sourire à son sujet.

Kaya hocha la tête de façon guillerette.

— Oui !

Oliver s'avança un peu au-dessus de la table pour obtenir la confidence qui lui brûlait les lèvres.

— Tu ne m'as pas dit ce qui s'est passé chez Déca ? Les prémices d'une réconciliation ?

Kaya se trouva tout à coup gênée et rougit.

— De quoi vous avez parlé ? insista Oliver, en la voyant fuir son regard inquisiteur comme une coupable devant un juge.

Kaya rougit davantage.

— On n'a pas… vraiment parlé.

Elle s'agita sur sa chaise, la voix de plus en plus inaudible. Oliver comprit.

— Oh ! fit Oliver, mal à l'aise à son tour. C'était un moment interdit aux moins de seize ans… je vois…

Kaya toussota, ne sachant plus où se mettre.

— Oui, donc ça s'améliore entre vous ! en conclut Oliver.

— Je n'irai pas jusque-là ! rectifia Kaya rapidement. Si les raisons de son appel n'étaient pas claires, cela ne signifie pas pour autant qu'il veut renouer. Oui, on s'est retrouvés un bref instant chez Alonso Déca, mais rien n'est résolu. Loin de là…

Oliver posa sa main sur celle de la jeune femme.

— Kaya, il t'a appelée. Il voulait t'entendre. Il craque.

Kaya grimaça, ne souhaitant pas trop y croire de peur de souffrir plus.

— Allez, mange, va !

Kaya grimaça de dégoût cette fois.

— Désolée, je n'y arrive pas. L'odeur ne passe pas.

Oliver détailla son assiette, puis la mine pâle de Kaya.

— Tu n'as vraiment pas l'air dans ton assiette.

— Je crois que je vais rentrer et me reposer. C'est mon jour de repos. Je devrais faire plein de choses, mais là, je ne m'en sens pas la force.

— Je comprends. Je te raccompagne. Je paie l'addition et on y va !

— Non ! Ne te presse pas ! Prends au moins un dessert, je t'en prie !

— Ça ira ! lui déclara-t-il avec bienveillance. Rentrons !

— Je peux rentrer toute seule !

— Et je peux aussi te raccompagner ! La dernière fois, tu as refusé que je m'inquiète pour toi et tu as fini chez Alonso Déca. Je ne ferai pas deux fois la même erreur. C'est non négociable !

Kaya ne put infirmer ce fait et n'eut d'autre choix que d'accepter sa requête. Une fois arrivés, Kaya sentit un gros soulagement la gagner. Elle se sentait vraiment mal.

— Es-tu sûre que tout va bien ? s'assura Oliver. Tu n'as pas l'air bien.

— Je fais peut-être une rechute de certains symptômes de la grippe.

Elle haussa les épaules un instant, navrée, avant de foncer vers les toilettes pour vomir le peu de son repas. Inquiet de ce revirement, Oliver alla frapper à la porte des toilettes une fois sa crise passée.

— Kaya, est-ce que ça va mieux ? Tu as besoin de quelque chose ?

— Non ! Je suis désolée... put-il entendre à travers la porte.

— Ce n'est pas de ta faute, voyons ! On peut être malade. C'est peut-être une intoxication alimentaire liée au restaurant.

— Je n'arrête pas d'être malade ! J'en ai marre !

— Ce n'est pas la première fois que tu vomis ? l'interrogea-t-il, perplexe.

— Si, mais j'ai constamment des nausées. Cette grippe est une vraie plaie !

Elle sortit des toilettes, le visage blafard et épuisé.

— La grippe ne donne pas de nausées normalement. Dis... je peux te poser une question ? lui demanda alors Oliver, le visage grave.

Elle haussa les épaules et alla se nettoyer la bouche dans la salle de bain. Oliver la suivit alors.

— Et si ce n'était pas la grippe, mais autre chose ? lui suggéra-t-il, après réflexion.

— Comme quoi ? lui demanda-t-elle, tout en s'essuyant le visage avec une serviette.

— Kaya, je suppose que vous n'avez pas utilisé de préservatif lorsque vous étiez chez Déca ?

Immédiatement, Kaya regarda Oliver avec plus d'attention, commençant à comprendre où il voulait en venir.

— Tu penses que...

Oliver haussa les sourcils pour confirmer ses dires, tout en lui suggérant une réponse qu'il attendait. Elle se mit à réfléchir quelques secondes et la panique commença à se lire sur son visage.

— J'ai sauté la pilule le temps de ma guérison chez Alonzo. Je n'ai carrément pas pensé à la prendre et je n'étais pas en état d'y penser de toute façon.

— Et donc ? continua Oliver, voulant maintenant confirmer son doute.

De plus en plus inquiète, Kaya fonça chercher un calendrier sur le frigo de la cuisine. Elle s'agita alors, faisant des allers-retours dans la kitchenette, tout en s'arrachant les cheveux d'inquiétude et se mordant la lèvre.

— Non, ce n'est pas possible ! Ça ne peut pas être ça… il ne veut pas d'enfant et moi, je ne suis pas prête !

Oliver, qui l'avait suivie, l'attrapa par les épaules pour qu'elle se calme et lui fasse face.

— Avant de s'alarmer, il faut s'assurer que c'est la bonne hypothèse. Écoute-moi, je vais aller acheter un test de grossesse à la pharmacie. Toi, tu restes là et tu te calmes.

Les larmes montèrent aux yeux de la jeune femme. Oliver comprenait sa détresse.

— On avisera. Attends-moi ici ! Je reviens, OK ?

Kaya commença à se ronger les ongles, mais hocha la tête pour lui montrer son accord…

Le blanc globuleux des yeux de Kaya faisait face au test de grossesse. Dans un simulacre du *Cri* de Munch, Kaya se tirait les traits du visage avec les mains dans une mine d'effroi en voyant le nombre de semaines indiquées sur le test.

— Ça veut bien dire ce que ça veut dire, n'est-ce pas ?

Oliver contempla le test et le compara à la notice sous tous les angles.

— Ça a l'air ! Il faut confirmer cela auprès d'un docteur, mais je crois qu'on a résolu l'affaire des nausées et de ta fatigue chronique !

Kaya se laissa tomber sur le canapé, tel un poids mort.

— Je suis vraiment maudite ! Tout, mais pas ça !

Oliver ne sut trop quoi lui répondre pour qu'elle garde le moral. Il était aussi navré qu'elle. Il était vrai que sa situation était plutôt compliquée pour l'instant.

— Prends le temps de laisser retomber la nouvelle. On a encore le temps, à en juger la datation de grossesse du test, pour voir ce qui te paraît le mieux.

Kaya fixa une nouvelle fois le test posé sur la petite table du salon, avec une tristesse évidente.

— Je ne peux pas lui dire ! Ethan va me tuer !

— Il ne fera pas une chose pareille. Au pire, oui, une grosse colère, mais c'est tout.

— Tu es enthousiaste ! Je ne suis pas aussi optimiste que toi.

— Et toi ? Comment vois-tu cette arrivée soudaine d'un bébé dans ta vie ?

Kaya se redressa sur le canapé et le fixa, interloquée. Elle prit le test dans les mains et le contempla.

— Je n'arrive même pas à savoir si je dois être heureuse ou pas. C'est de la folie !

Elle caressa son ventre du bout des doigts.

— J'ai un mini connard dans mon ventre. C'est fou ! On a réussi à fabriquer quelque chose de dingue ensemble sans se disputer !

Elle s'esclaffa, à la fois triste et finalement fière d'avoir en elle le fruit de son union avec Ethan. Pragmatique, Oliver se leva du canapé et chercha son médecin dans le répertoire de son téléphone.

— Tu dois confirmer avant toute chose cette nouvelle. Je vais t'orienter vers mon médecin traitant, mais dis-toi qu'avant de penser à Ethan, tu dois penser d'abord à toi. Tu vas le porter, ça va changer beaucoup de choses dans ton quotidien, avec ou sans aide du père de cet enfant. Es-tu prête pour cela ? Ou bien dans le sens inverse, te sens-tu prête à avorter ? Comment considères-tu l'avortement ?

Kaya regarda à nouveau son ventre avec la difficulté de s'imaginer son corps changer dans les mois à venir. C'était un challenge évident et déroutant. Pouvait-elle seulement survivre seule avec un bébé ?

— Promets-moi de ne rien dire à Ethan pour le moment. Je ne veux pas l'ennuyer avec ça pour l'instant. Tu as raison, je dois faire d'abord le point sur moi-même avant d'envisager quoi que ce soit avec Ethan.

Oliver lui sourit.

— C'est plus judicieux, oui. Je te promets que je garderai le secret.

Il s'approcha alors d'elle, renonçant à appeler le docteur quelques instants, et s'agenouilla devant elle. Il lui attrapa les mains et la fixa.

— Kaya, tu n'es pas seule. Je t'aiderai du mieux possible. C'est promis.

— Merci… répondit-elle, extrêmement reconnaissante. Tu es un ami en or !

Elle se mit à rire tout à coup.

— Mais j'ai un médecin traitant, je n'ai pas besoin du tien, Oliver ! J'ai l'impression que cette grossesse va te donner une nouvelle excuse pour être encore plus protecteur avec moi !

Tous deux se mirent à rire face à cette certitude.

Le téléphone d'Oliver sonna alors, les interrompant dans l'analyse de cette situation.

— Allô ! déclara alors Oliver.

— C'est Sam ! On a un problème ! On vient de m'appeler : Ethan vient d'avoir un accident de voiture. Un camion l'a percuté. Il est à l'hôpital.

— Merde ! C'est grave ?

Il jeta un œil vers Kaya qui se demandait ce qui se passait.

— Je ne sais pas. Je m'y rends avec BB.
— OK, on arrive aussi.
— On ? répéta Sam, surpris.
— Kaya est avec moi.
— ENCORE ! Ma parole, mais tu vis avec elle ou quoi ? Il se passe quoi entre vous ?!
— Écoute, ce n'est pas le sujet. On se retrouve à l'hôpital.

Oliver raccrocha et observa Kaya avec un air grave.
— Kaya, j'ai une mauvaise nouvelle...
— Qu'est-ce qu'il se passe ? Qu'est-ce qui est grave ? le questionna-t-elle, voyant que l'appel n'était pas de bon augure.
— Ethan a eu un accident de voiture. Il est à l'hôpital.
Kaya eut l'impression que le sol se dérobait sous ses pieds. Les flash-back des policiers venant sonner à sa porte pour lui annoncer la mort d'Adam lui revinrent en tête. Puis les souvenirs de la morgue et de l'enterrement d'Adam.
— Non ! Pas ça...

Elle prit alors rapidement sa veste, son sac, et sans plus d'égard pour Oliver, fonça vers la porte d'entrée.
— Kaya, attends ! Je viens avec toi !
Il soupira, en voyant la porte déjà se refermer sur lui.
Ethan, tu as un timing incroyable pour lui retourner le cœur...

— Je vous dis que je vais bien !
— Monsieur, vous devez rester allongé tant que nous n'avons pas tous les résultats d'examens. Vous avez eu un grave accident. Votre tête a été touchée. Nous devons tout vérifier.

Deux infirmières plaquèrent Ethan contre le matelas tandis qu'il tentait de se relever.

— Qu'est-ce qu'il se passe ici ?

Une voix masculine vint interrompre la dispute. Un homme apparut dans la chambre d'hôpital. Sucette à la bouche, lunettes rondes vissées sur le nez, il s'approcha du lit et d'Ethan. D'après sa blouse blanche, Ethan devina rapidement qu'il s'agissait d'un docteur.

— Ah ! Un docteur ! Signez-moi une autorisation de sortie. Ce n'est pas trois points de suture sur le front qui nécessitent tout ce protocole.

— Ce n'est pas moi qui signe cette autorisation.

Il fit un signe aux infirmières de les laisser seuls.

— Quoi ? Et bien, allez chercher le responsable ! Vous servez à quoi dans ce cas ? Pourquoi vous êtes là ? s'agaça Ethan, impatient.

Le docteur sourit.

— Ce n'est pas moi qui signe votre autorisation de sortie, c'est le Docteur Bellamy. Cependant, c'est lui qui m'envoie. Il la signera uniquement si j'estime qu'on peut vous relâcher.

Le docteur lui offrit un petit sourire sournois, tout en tournant sa sucette dans sa bouche. Ethan le fusilla du regard. Il visa alors un petit badge sur sa blouse blanche, portant son identité et son secteur d'activité médicale.

Docteur S. Courtois… je t'en mettrai, moi, des courtois !

Il serra un peu plus les dents en lisant en dessous : psychiatre. Le Docteur Courtois regarda ses notes sur un porte-documents.

— Je dois dire que vous êtes un patient qui m'interroge…

— Je n'ai pas besoin d'un psychiatre.

— Qui vous prescrit vos antidépresseurs et anxiolytiques ?

— Ah ? Donc vous savez que je suis suivi par quelqu'un. Affaire réglée ! Je sors !

Ethan se leva pour sortir du lit. Le Docteur Courtois posa la paume de sa main sur son torse pour le stopper. Visage à hauteur de l'autre, les deux hommes se toisèrent du regard.

— Retirez rapidement votre main de mon torse ! le menaça alors Ethan, la voix froide, tout en posant sa main sur le poignet du docteur.

Le Docteur Courtois regarda la main de son patient serrant son poignet, puis sourit.

— Intéressant...

Il retira sa main et attrapa son stylo dans la poche de sa blouse pour noter alors quelque chose sur une feuille de son porte-documents.

— Qu'est-ce que vous écrivez ? demanda alors Ethan, sur la défensive.

— Aversion tactile sur la zone pectorale.

Il fit déplacer d'un coup de langue sa sucette de sa joue droite à sa joue gauche. La joue gauche ainsi gonflée par la sucette, il affichait un air décontracté qui ne faisait qu'agacer Ethan. Il pouvait sentir le danger que représentait cet homme. Il était de ceux qui, l'air de rien, pouvaient retourner la situation en sa faveur. La sucette à la bouche, les cheveux longs attachés en une queue de cheval basse, l'air un peu baba cool... tout cela était des artifices pour endormir ses patients, pour les appâter dans ses pièges de psychiatre. À y regarder de plus près, les deux infirmières avaient semblé être en admiration devant lui quand elles le avaient vu arriver. Il avait les cheveux gris, mais aucune ride visible. Il lui était difficile de lui donner un âge. Dépigmentation avancée des cheveux ou simplement parce qu'il ne semblait pas être affecté par les taces de la vieillesse, ce docteur demeurait un mystère. Même son nom était un piège annoncé. Courtois, mais sournois. Et pourtant, il devait bien avoir une réputation allant avec la perniciosité qu'il dégageait dans la pratique de la psychiatrie. Les infirmières le respectaient. S'il officiait à l'hôpital, sans doute avait-il des heures d'expérience au compteur ? La méfiance d'Ethan augmenta jusqu'à sentir le vent tourner en sa défaveur et s'inquiéter plus que de rigueur.

— Vous voulez m'enfermer ? s'inquiéta Ethan. Je ne suis pas fou !

— Non, vous ne l'êtes pas... vous êtes même quelqu'un avec un grand sens de la réflexion et du contrôle...

Le docteur lança alors un regard transperçant à Ethan.

— ... Jusqu'au dérapage qui mène dans le décor !

— C'est un camion qui m'a percuté ! objecta rapidement Ethan, tout en plissant les yeux de méfiance.

— Oui, c'est un camion, mais vous avez très bien compris où je veux en venir. Antidépresseurs, anxiolytiques, un peu d'alcool, les cicatrices sur le torse très récentes... au vu des clichés photographiques faits aux urgences lorsque vous avez été admis et que vous étiez inconscient, ces cicatrices ont une histoire qui vous touche personnellement. Elles sont antérieures à l'accident de camion, mais récentes. Votre réaction lorsque j'ai posé ma main dessus a été à l'autodéfense immédiate. Vous n'êtes pas fou, c'est vrai, mais je pense que vous avez malgré tout besoin d'extérioriser certaines choses, non ? Chose que vous tentez de refermer immédiatement par des points de suture.

Le psychiatre regarda alors son pansement sur le front. Ethan blêmit face à son diagnostic.

— Je n'ai rien à vous dire. J'ai déjà un docteur.

— Qui est-ce ? Un médecin généraliste ? Un psychologue ? Ou un confrère psychiatre ?

— Cela ne vous regarde pas !

Monsieur Courtois retira sa sucette de la bouche et souffla.

— Vous êtes têtu. Vous avez une sacrée force de caractère, malgré vos faiblesses qui vous poussent à absorber plus de médocs que la dose sans doute prescrite. J'aimerais établir plusieurs hypothèses sur cette carapace que vous avez construite pour vous protéger...

Ethan jaugea le docteur. Il reconnaissait qu'il était plutôt bon. Il émettait un pseudo début de description de profil de patient pour pouvoir chercher s'il brûlait ou refroidissait dans ce qu'il diagnostiquait. Ethan savait qu'il devait rester de marbre, malgré ses attaques sur son self-control, mais intérieurement, ce docteur lisait bel et bien en lui.

Le docteur sortit alors une nouvelle sucette de sa poche.

— Vous en voulez une ? Elle est à la pomme. Allez !

Malgré son insistance, Ethan refusa, sentant que cette offre cachait un nouveau stratagème pour affaiblir sa garde.

— Je ne suis pas un gosse.

— Comme si seuls les gosses mangeaient les sucettes !

Le docteur se mit à rire.

— Non, continua-t-il. Effectivement, vous êtes un homme. Un vrai ! Pas une mauviette qui s'extasie devant une sucette.

L'animosité qu'Ethan ressentait envers le psychiatre continuait d'augmenter au fur et à mesure de ses allusions sarcastiques. Il savait qu'il le poussait à réagir de n'importe quelle façon.

— À quoi jouez-vous ? Vous vous amusez peut-être, mais moi, j'ai autre chose à faire ! répondit alors Ethan, à bout de patience. Signez ce foutu papier, que je me casse !

— Vous ne m'avez pas dit qui vous soigne. Qui vous prescrit les médocs ?

— Pourquoi est-ce si important pour vous ? Vous voulez les dénoncer ?

— Non, aucunement. Donc ILS sont plusieurs ?

Ethan serra les dents.

— Vous estimez que je suis mal soigné…

— Je ne sais pas. Je pense cependant que vous avez besoin d'aide.

— Et vous pensez faire mieux ?

Le psychiatre se mit à rire.

— Qui vous soigne ? Un dealer ? Un proche ? Un comparse ? Soyons clairs. Je ne suis pas le meilleur psychiatre, mais un des meilleurs. Et si vous voulez tout savoir, voilà ce que je crois…

Il ferma son stylo et le rangea dans sa poche, puis il retira la sucette de sa bouche.

— Je crois que vous souffrez d'un mal qui vous déprime depuis longtemps. Je pense même à une période de l'enfance ou de l'adolescence. Je pense aussi que ces stigmates sur votre torse, ce n'est en rien dû à un accident. J'ai vu suffisamment de cicatrices dans ma vie de psychiatre pour savoir que ce sont des scarifications. Pourquoi ? Parce que l'axe de ces cicatrices part au niveau du cœur et descend jusqu'aux dernières côtes de votre côté droit. Or vous êtes droitier. Vous m'avez stoppé avec votre main droite tout à l'heure, donc de votre main droite, vous prenez un objet tranchant et vous vous ouvrez le torse de gauche à droite.

Il mima alors le geste de son pouce.

— La diagonale a aussi son sens ! continua-t-il sérieusement son analyse. C'est symboliquement un rempart, une défense, par rapport à la verticalité ou à l'horizontalité. Elles couvrent ainsi tout votre plexus et indiquent visuellement à la fois qu'il ne faut pas vous toucher, vous aborder d'un point de vue émotionnel, mais aussi pour vous qu'il ne faut pas ouvrir votre cœur à des sentiments. Je parie même que vous les regardez souvent dans la glace. Vos deux cicatrices suivent cette trajectoire diagonale, mais ne sont pas parfaitement parallèles, ce qui me fait dire que ce n'est pas une machine ou un outil, un objet avec deux pointes qui vous les a faites, mais bien vous ! La seule chose que je n'arrive pas à expliquer, c'est pourquoi deux ? Le nombre peut permettre de renforcer l'effet voulu. Ici, la libération de votre mal dans la scarification, mais aussi dans le rempart que forment ces deux diagonales. Mais je suis sûr qu'il y a un autre sens, n'est-ce pas ?

Ethan s'était raidi. Sa colère s'était dissipée pour laisser place à la stupeur et à la peur. En quelques minutes, cet homme venait de l'analyser et de dresser un bilan assez juste de sa situation. Il avait lu en lui avec une aisance déconcertante.

Monsieur Courtois lui sourit alors.

— Vous êtes muet tout à coup. On perd le contrôle ?! Je vise juste ?

Il s'éloigna alors d'Ethan et posa son porte-documents sur la petite table, sous la télé accrochée au mur.

— Soyons honnêtes ! Je ne suis pas votre ennemi. Je suis plutôt un nouvel allié de circonstance. Je vois ici un homme qui tente de rester debout malgré sa souffrance. La question est : combien de temps tiendrez-vous encore debout ?

Ethan baissa les yeux.

— Vous voyez beaucoup de choses bizarres alors que c'est juste un accident de voiture où un camion m'a percuté.

Il avait voulu donner cette réponse factuelle, mais Ethan sentait bien qu'il était ébranlé. Sa voix si pleine d'assurance l'instant d'avant faillissait.

— Soyez heureux de vous dire que ce camion vous ait mis sur mon chemin. Je peux vous aider, Ethan Abberline, à condition que vous reconnaissiez que vous avez besoin, non pas de l'aide des docteurs qui vous suivent, mais de la mienne.

Les mains d'Ethan serrèrent le bord du lit. Sa mâchoire palpitait. Parler de lui comme d'un cas clinique de psychiatrie l'inconfortait grandement.

— Je ne suis pas une pression supplémentaire à votre fardeau ! poursuivit alors le psychiatre. Je ne suis pas là pour vous accabler. Je suis là pour vous soulager. Je suis là pour vous écouter et trouver des solutions à votre dépression. Vous êtes dépressif. Vous avez un trouble, un mal, qui vous force à prendre une personnalité forte, dans le contrôle, pour ne pas qu'on devine votre part faible. Et cette personnalité control-freak est en train de vous écraser. Elle n'est pas vous. Du moins pas entièrement. Paradoxalement, l'autre personnalité, qui est votre part faible, vous écrase aussi, je parie. Vous la vivez mal. Elle reste omniprésente parce qu'elle fait partie de vous et vous ne pouvez pas vous en défaire. Elle vous rappelle constamment votre honte, votre impuissance, ce qui vous échappe. Vous êtes coincé entre ces deux facettes de vous et ne savez plus qui vous êtes vraiment.

Le visage d'Ethan s'assombrit. Son cœur se serrait dans sa poitrine. Cet homme était un chirurgien mental qui était en train de le décortiquer. Il sentait sa pression mentale s'exercer sur lui et écraser sa volonté de lui résister.

La porte de la chambre s'ouvrit alors et Ethan vit Sam entrer avec BB, suivis d'une infirmière.

— Voilà ! Votre ami est là ! leur déclara-t-elle poliment avant de se retirer.

Le Docteur Courtois et Ethan se regardèrent un instant, comprenant chacun que cette arrivée impromptue leur permettait de faire une pause dans leur discussion. Ethan ressentit un grand soulagement.

— Bah alors, mon pote ! On nous fait des frayeurs ? lui dit alors Sam, tout en saluant d'un signe de tête le psychiatre. Je vais finir chez les fous si ça continue, avec tes histoires !

24

ACCIDENTÉ

— Tu vas vraiment finir par nous achever d'inquiétude ! fit sam, taquin.

Le psychiatre haussa un sourcil. Ethan leva les yeux, désabusé aussi bien par la remarque de son ami que de ce que devait penser le docteur Courtois.

— C'est moi qui ai eu des frayeurs en voyant ce camion me foncer dessus ! répondit-il à son ami, agacé. Pas toi !

BB s'approcha de lui pour le sermonner.

— Je suis enceinte ! Arrête de me stresser de la sorte ! Heureusement que l'infirmière m'a dit que tu t'en étais bien sorti. Imagine si tu étais dans le coma ! Tu veux me faire faire une fausse couche ?

— Oh ! Vous êtes enceinte ? fit Monsieur Courtois, tout sourire. Ça ne se voit pas encore vraiment ! Félicitations !

— Je finis le troisième mois ! Merci !

Elle lui sourit alors poliment, puis regarda son nom sur la blouse. Son sourire s'effaça en voyant la mention psychiatre. Restant alors plus silencieuse, elle regarda ensuite Ethan. Sam inspectait l'état général de son ami minutieusement, la main sur le menton et les yeux plissés, cherchant le moindre bobo sur sa carapace. Il ne semblait pas avoir remarqué la spécialité du Docteur.

— Tu as vraiment du cul ! fit tout à coup Sam. Juste une bosse sur le front ? C'est une blague !

— J'ai des points de suture sous le pansement ! Ce n'est pas une bosse ! J'ai un hématome sur les côtes gauches. J'ai aussi une fracture légère sur une des côtes.

— Oui, donc tu vas survivre ! railla Sam. Des petits bobos en comparaison avec la gravité de l'accident.

— Tu nous as fait une belle peur ! fit BB, vraiment soulagée.

— Je vais bien. J'attends juste la signature de sortie.

Il fixa alors sévèrement le psychiatre, qui lui sourit sournoisement.

— Il doit rester en observation cette nuit ! rétorqua alors Monsieur courtois, tout en croquant soudain sa sucette. Ordre du Docteur Bellamy. Ensuite, nous verrons demain s'il sort… ou pas !

Ethan s'agaça. Leur discussion juste avant qu'ils n'arrivent avait entraîné en fin de compte son refus de le libérer plus tôt ; il avait pris sa décision. Il n'avait plus l'intention de le lâcher. Il allait devoir se méfier de ce docteur fou chez les fous. Il suffisait de peu pour finir interné… Le docteur Bellamy n'avait rien à voir là-dedans puisque c'était lui le décisionnaire.

— Pas besoin d'une nuit à l'hôpital ! rétorqua-t-il malgré tout. Je vais bien.

— Moi aussi ! fit le docteur, et pourtant je reste ici aussi.

— Vous n'êtes pas malade ! s'énerva Ethan, devant ses amis. Et moi non plus !

— Qui sait ? déclara le docteur, tout en mâchant sa sucette. Après tout, à l'hôpital, on trouve toutes sortes de maladies ! Et même celles qui ne sont pas apparentes au premier abord !

Ethan resta sidéré de son impertinence. Il se foutait de lui ouvertement. Il savait que c'était pour analyser ses réactions.

— Je trouve cela plutôt prudent ! lui dit alors BB. Tu dois te ménager. Le choc a été rude. On nous a dit que la corvette était pliée.

Ethan blêmit à nouveau. Il n'avait pas pensé à sa voiture depuis.

— Merde ! Ma voiture !

Il fit alors quelques pas avant de s'arrêter et de se tenir les côtes, grimaçant de douleur.

— Calme-toi, mon pote ! lui fit Sam. Ça ne la ramènera pas à son état d'origine.

— Je dois voir ma Stingray ! cria-t-il alors, à bout.

— Elle a dû être remisée chez un garagiste en attendant. Mais tu as percuté un camion. Attends-toi à retrouver une épave…

BB s'approcha de lui et lui tint le bras.

— Il faut que tu restes tranquille ! lui dit-elle alors doucement. Tu dois récupérer. Le choc a été quand même violent d'après les indications qu'on a eues. Ton corps doit se reposer… et ta tête aussi !

— Fais chier ! grommela alors Ethan, tout en se tenant la tête.

— Allonge-toi ! lui conseilla BB, inquiète de son état. Cela ne sert à rien de t'emballer aussi vite si c'est pour que tu finisses par faire un séjour plus long ici dans quelques jours parce que tu ne te seras pas ménagé maintenant. Écoute l'avis des docteurs !

Ethan jeta un regard vers le psychiatre qui souriait tranquillement en entendant les conseils de BB. S'il y avait bien une chose qu'il ne souhaitait pas faire, c'était bien suivre les conseils de ce type.

La porte de la chambre claqua alors. Kaya débola en trombe dans la pièce, suivi d'Oliver. Après une rapide inspection des lieux, son regard se posa sur Ethan. Un soupir de soulagement sortit de la bouche de Kaya tandis qu'Ethan restait surpris de la voir venir ici. Elle fonça alors sur lui et l'embrassa sur la bouche, le visage d'Ethan pris en coupe entre ses mains. Elle serrait sa prise comme si sa vie se jouait sur ce baiser.

Ethan resta immobile, pantois. Il ne s'attendait pas à ce type de réaction de la part de la jeune femme, alors qu'ils étaient censés être séparés.

— Waouh ! fit alors le docteur Courtois. Et bien, il y a une femme qui semble bien heureuse de vous voir vivant.

Kaya relâcha sa prise, un peu essoufflée. Elle fixa intensément Ethan qui restait abasourdi par son comportement si attentionné. Ses prunelles vert noisette étaient remplies de tendresse. Il pouvait y observer au fur et à mesure un véritable soulagement à le voir plutôt en bonne santé et presque des larmes provoquées par la peur de le perdre. Elle lui sourit avec douceur, tout en lui caressant la joue. L'ébahissement d'Ethan laissa la place à de la reconnaissance à la constater si inquiète pour lui. Il lui sourit en réponse, pour lui signifier qu'il allait bien, mais tout à coup, l'attitude de Kaya changea. Le regard doux la seconde d'avant disparut pour laisser paraître un air plus dur, plus sévère. Elle fronça les sourcils, comme pour lui indiquer que, maintenant que la phase de soulagement était passée, elle allait exprimer la véritable raison de sa venue. Elle leva la main et la fit voler jusqu'à la joue d'Ethan, sous les yeux stupéfaits des autres, présents dans la chambre.

Ethan ne comprit pas ce qu'il venait de se passer. Il en arrivait à penser que, finalement, son coup sur la tête était plus grave que ce qu'il croyait. Il avait déjà pris des gifles de la part de Kaya. À chaque fois, la colère de la jeune femme était proportionnelle au coup porté. Il y eut des fois plus douloureuses que d'autres, mais là, la gifle était magistrale. Tellement cinglante que sa joue piquait encore. Mais Kaya n'en resta pas là. Elle le frappa alors. Une pluie de coups tomba sur le torse d'Ethan.

— Connard ! Tu es le pire enfoiré au monde ! Comment as-tu pu me faire ça ? À moi !

Ethan encaissa les coups, complètement sidéré par son soudain revirement de comportement. Alors que BB et Sam hésitaient à intervenir en voyant la façon dont elle s'énervait sur leur ami encore blessé, Ethan ne bougea pas. Il se laissa faire, ne parant aucun de ces assauts. Kaya frappait encore et encore, en pleurs. Elle évacuait à la fois son stress et sa détresse.

Le docteur Courtois ne perdit pas une miette de la scène. Il attrapa son porte-documents et nota de nouvelles remarques à propos de son patient.

— Intéressant... marmonna-t-il pour lui-même. Voilà une femme avec beaucoup de tempérament et un homme qui perd tout contrôle avec elle. Elle est le dominant et il devient le dominé. Elle a tous les droits sur son corps...

BB l'entendit murmurer ses paroles d'un air soucieux. Elle était persuadée que sa présence n'était pas anodine. Il psychanalysait Ethan. Elle ne savait si cela devait être bien ou pas. Méritait-il la présence d'un psychiatre ? Pourquoi un psychiatre plutôt qu'un psychologue ? Pour quelle raison la présence d'un psychiatre était-elle préférable ? Si elle n'ignorait pas le tempérament changeant d'Ethan, si elle reconnaissait des mystères autour de sa vie, elle ne savait que penser de tout cela. Cependant, elle pouvait reconnaître que ses propos étaient plutôt justes. Devant Kaya, Ethan baissait sa garde. Il la laissait prendre le pouvoir sur lui.

Kaya continua de pleurer tout en lui assénant des coups sur le torse et les épaules.

— Tu veux donc me faire souffrir à ce point ? C'est ainsi que tu veux me punir ?

Ethan chercha à comprendre où elle voulait en venir.

Pourquoi je chercherais à te punir ?

— Je ne voulais pas ça ! lui cria-t-elle, aux abois. Je ne voulais pas que tu en arrives là ! Jamais je n'aurais pensé que tu en arrives à de tels extrêmes.

Ethan soupira. Il saisissait à présent à quoi elle faisait allusion : l'incident aux États-Unis. Il avait déjà eu un extrait au téléphone l'autre soir, où elle avait paniqué. Cette virée à l'hôpital n'allait rien arranger à sa culpabilité.

— Mais aller jusqu'à ça ! continua-t-elle. C'est horrible ! Je t'interdis de jouer avec mes nerfs comme ça ! Sais-tu au moins ce que je viens de ressentir ?

La force des coups et leur fréquence ralentirent tout à coup jusqu'à ce qu'elle s'arrête, complètement vidée de son énergie.

— Tu le sais, mais tu t'en réjouis ! Me faire revivre cet enfer que j'ai vécu avec la mort d'Adam, c'est ça ta réponse de connard ?

Ethan écarquilla les yeux, surpris par cette mauvaise interprétation et le lien qu'elle faisait avec les causes de la mort d'Adam.

— Kaya, je n'ai pas provoqué cet accident ! tenta-t-il de se défendre. Je te jure que je n'avais pas l'intention de me foutre en l'air ! Et encore moins en choisissant cette méthode ! Et surtout pas pour me venger de toi !

Le visage défait de Kaya qui le contemplait tristement lui retourna les tripes. Il l'attrapa alors et la serra dans ses bras. Malgré la douleur de ses coups et celle de plus en plus vive de sa côte fêlée, il serra aussi fort qu'il put la jeune femme. Il lui caressa ensuite la tête pour la calmer alors qu'elle pleurait tout son soûl contre lui.

— Pardon de t'avoir effrayée de la sorte. Ce n'était pas mon intention. Ce qu'il s'est passé aux USA, ce n'est pas de ta faute. J'ai mal réagi et je sais que je t'ai fait porter plus ou moins la responsabilité, mais le problème, ce n'est pas toi, c'est moi. Je te le redis !

Ethan jeta alors un regard vers le psychiatre. Il savait qu'il se dévoilait devant lui, mais Kaya restait et resterait la seule chose importante à ses yeux. Si elle souffrait, il souffrait aussi. Il n'avait pas de doute là-dessus.

BB et Sam reprirent leur respiration en voyant la tension s'apaiser entre eux deux. Oliver sourit en les voyant tous deux enlacés, à tenter de s'expliquer.

— Je te déteste ! déclara-t-elle, tout en se mouchant presque sur son T-shirt.

— Je sais, je le mérite. Je n'ai pas pensé à toi et à Adam. Pardon.

Kaya se détacha alors de lui. Même si les coups avaient cessé, elle ne s'en était pas pour autant excusée. Elle gardait un regard résolu et rancunier.

— J'en ai marre ! Je ne peux plus continuer ainsi, à attendre, à croire, à espérer. Je ne peux pas vivre ainsi en sachant qu'à côté, tu agonises.

Ethan la contempla, perplexe.

— Je vais bien, Kaya. Où vois-tu que j'agonise ?

Kaya fronça les sourcils une nouvelle fois.

— Je pensais que te laisser de l'espace te permettrait d'aller mieux, mais c'était une erreur ! Je sais que ça ne va pas.

La voix chevrotante de Kaya devenait de plus en plus assurée.

— Avec Oliver, nous avons demandé à l'infirmière ton état général avant de rentrer dans la chambre. Je me suis présentée comme ta petite amie pour avoir tous les détails et qu'elle me considère comme la personne la plus proche de toi.

Ethan commença à redouter à présent ce qu'elle allait lui annoncer.

— Je sais que tu as un excès de médicaments dans le sang. Ton accident n'était pas de ta responsabilité, mais qu'en est-il de ta clairvoyance pour l'éviter ? Tu as eu beaucoup de chance.

Le psychiatre se mit à sourire.

Cette femme… me plaît !

— Ça ne peut pas continuer comme ça ! Les anxiolytiques ou antidépresseurs, ce n'est pas ce qui va t'aider. La solitude non plus.

Subrepticement, elle se toucha le ventre et prit une grande inspiration.

— C'est fini, Abberline ! Assez joué !

Elle pointa alors son index vers lui.

— À connard, connasse et demie ! Je vais te montrer de quel bois je me chauffe ! Jusqu'à présent, je t'ai laissé me balader, mais aujourd'hui, je t'annonce que c'est toi qui vas me suivre dorénavant. Prépare-toi ! C'est décidé ! Je te veux, Ethan Abberline ! Et quand je veux, j'engage tous les moyens possibles pour y parvenir ! Et moi, je n'ai pas besoin de tableau pour m'en rappeler ! C'est ancré, ici.

Elle montra alors de son pouce son cœur et lui sourit aussi fièrement qu'avec plein d'audace. Ethan la fixa et déglutit. Tout à coup, il eut l'impression de devenir une proie dans le viseur d'un prédateur.

— Finie la paix, Abberline ! Finie la trêve. C'est moi qui déclare cette fois la guerre à ton cœur ! Je vais te sauver, connard !

À suivre...

Je te veux !
7) Pas sans toi...

Rien ne va plus !

Kaya a lancé la pire sentence à Ethan, la plus délicieuse aussi. Alors qu'il s'efforce de l'oublier, voilà qu'elle décide de ne rien lâcher entre eux et lui crie la plus belle preuve d'amour qu'il puisse recevoir. Bien plus belle qu'un « je t'aime ! ».

Comment réagir dans ces conditions alors que le Docteur Courtois s'amuse à disséquer son comportement et le pousse dans ses retranchements ? Comment Kaya va-t-elle mettre en pratique sa menace ? Quelles cartes va-t-elle jouer pour le faire flancher ?

Ethan n'est pas au bout de ses surprises !

Retrouvez bientôt votre princesse préférée prête à tout pour séduire M. Connard !

Postface

Si vous lisez ces lignes, c'est que vous venez de finir ce 6e épisode de JTV. Ce tome fut écrit assez rapidement, à ma grande surprise. Il a été commencé fin 2019, après la fin du T5, puis mis en pause et repris début janvier 2021. Deux autres livres sont sortis durant cette pause et retrouver Ethan et Kaya fut un vrai plaisir. Tout s'est vite enchaîné quand je l'ai repris. J'ai testé la dictée vocale et j'ai gagné du temps à ne pas recopier mes cahiers. Entre ma tablette reMarkable et la dictée vocale avec Dragon, je gagne beaucoup de temps. Le revers de la médaille, c'est que la retranscription n'est pas parfaite et j'ai une plus grosse vigilance à avoir lors des relectures et corrections, au niveau des fautes de frappe.

Aussi, ne m'en veuillez pas si vous en croisez quelques-unes au cours de votre lecture. N'hésitez pas à me les remonter.

Il m'a fallu donc deux mois et demi, de mi-janvier à fin mars, pour tout retranscrire sur ordi ce qui était sur cahier et écrire ce qu'il manquait encore. Ça m'a mis une pêche d'enfer et puis, patatras ! Nouveau confinement et le moral rechute. On s'avance, se trouve une organisation et tout saute. Un virus repasse par là et on recommence.

J'avoue, c'est déprimant. Du coup, on retrouve une organisation, on revoit ses priorités. Faute de pouvoir agir librement avec les enfants collés aux basques, on réfléchit, on s'informe et se forme.

C'est comme ça que me viennent pas mal d'idées d'histoires, mais aussi dans le relationnel entre vous et moi. Je vous sonde sur mon groupe Facebook et il ressort de belles idées.

De ces réflexions sont nés des mots de ralliement.

#cassiaddict et **#cassiromance** ont été soufflés et sont devenus les noms de notre lien auteure/lecteurs. Comme un cri, un code de reconnaissance unique. Je l'utilise dans mes publications et vous pouvez employer ces deux hashtags dans vos publications me concernant pour dynamiser ce que symbolise notre relation et montrer notre communauté aux autres qui voudraient nous rejoindre. Cette idée me plait bien. Mettre un mot sur quelque chose d'indéfinissable et spécifique auquel on s'identifie. C'est comme mettre le mot « attachiant » pour définir le couple Ethan/Kaya. C'est unique, il y a l'idée de lien et d'opposition. C'est cool !

J'espère que vous penserez à mettre un peu partout ces deux hashtags lorsque vous posterez votre avis sur ce nouvel épisode. J'ai hâte de connaitre tous vos émois sur ce tome. Kaya a encore beaucoup évolué...

JORDANE CASSIDY
20/04/2021

Remerciements spéciaux

Merci à
Nicole C., Marie-Christine L. et Anne-Françoise P.
pour leur aide dans la relecture des tomes de *JTV* et *d'À votre service !*
Les meilleures traqueuses de coquilles #cassiaddicts !

Merci à ma team bêta-lectrice, Corinne, Camilla, Lili et Cindy, qui comme d'hab, répondent présentes !

Merci à mon mari, le sniper de la correction !

Merci à Eric pour sa relecture ! Allez visitez son blog littéraire *Toshokan* !

Bonus

ALONSO

Nom : DÉCA
Prénom : Alonso

Age : 38 ans
Taille : 1m78
Poids : 75kg
Groupe sanguin : O+

Situation professionnelle : Responsable communication chez L'Oréal

Qualités : perspicace, travailleur, rusé, franc, fouineur
Défauts : mauvais séducteur, franc
Ce qu'il aime : son métier, ses acquis, voir Ethan dans la mouise !
Ce qu'il n'aime pas : voir Kaya en mauvaise posture, Ethan Abberline
Petites manies :
Dicton : "la curiosité peut nous offrir de belles surprises."
Objet fétiche : sa maison. Une grande fierté, symbole de sa réussite.

ABIGAIL

Nom : Jones
Prénom : Abigail

Age : 53 ans
Taille : 1m62
Poids : 63kg
Groupe sanguin : A+

Situation professionnelle : Secrétaire de direction

Qualités : discrète, méthodique, consciencieuse, quadrilingue
Ce qu'elle aime : ses enfants aujourd'hui adultes, les séries TV
Ce qu'elle n'aime pas : quand Ethan est soupe au lait, sauter son repas du midi pour le travail, quand ses enfants ne lui donnent pas de nouvelles
Petites manies : maniaque du rangement. Elle peut repasser dix fois derrière Ethan pour ranger son bureau !
Dicton : " l'ordre dans son esprit commence par le rangement de ses affaires !"
Objet fétiche : Le cadre de ses enfants petits, sur son bureau.

CONFIDENCES

Sous la couette !

— Oh oui ! Ethan ! Encore !

Kaya pouffa dans son oreille, amusée de lui dire ces mots. Ethan lui mordit alors le lobe de son oreille en réponse.

— Et ça te fait rire ! En attendant, tu ne me repousses pas, donc je prends ça pour une vérité sortant de ta bouche pleine de provocation.

Il lui donna un nouveau coup de reins qui ne laissa pas Kaya de marbre, puis un second où elle se mordit la lèvre tout en le fixant, et enfin un troisième où il finit par l'embrasser après avoir attrapé sa lèvre en pleine torture de ses dents. Kaya passa ses bras autour de son cou et l'embrassa à son tour.

— Tu es heureuse ? lui demanda-t-il alors.

— Tu viens de t'arrêter ! Donc non !

Ethan s'esclaffa et lui redonna un coup de reins pour la forme avant de se retirer d'elle et la retourner comme on retourne une crêpe. Kaya poussa un léger cri de surprise.

— Tu sais que plus tu joues les impertinentes et plus j'ai envie de toi ?! Je t'ai rajouté déjà sept suçons depuis qu'on s'est allongés sur ce lit. J'en viens à croire que tu en redemandes. Tu y prends goût ?

Il caressa alors sa fesse gauche, puis sa fesse droite, chacune déjà marquée par sa fougue. Kaya accepta ses caresses comme autant de provocations augmentant son excitation et son désir d'être encore un peu plus chouchoutée par ses soins.

CONFIDENCES

Elle cambra ses fesses vers lui avec espièglerie. Ethan la regarda faire, à s'amuser maintenant à agiter ses fesses sous son nez. Il laissa tomber sa tête, séché par autant d'audace. Finalement, il s'allongea sur elle et la serra contre lui.

— Je pense à chaque fois être au maximum de ce qu'on peut aimer d'une personne, mais chaque jour, je me rends compte que je t'aime un peu plus encore que la veille. Kaya, tu es en train de me rendre complètement dingue de toi. Je t'aime à en crever.

Il la serra encore un peu plus contre lui et respira ses cheveux au parfum d'abricot.

— Je suis tellement heureux de ce qu'on vit depuis qu'on est vraiment ensemble. J'aimerais que tu sois aussi heureuse que moi.

Kaya sentait toute sa chaleur contre son dos. Elle caressa ses bras l'encerclant. Elle pouvait sentir ses lèvres lui déposer des baisers dans le cou.

— Je crois que je préfère finalement ce contrat aux autres… finit-elle par lui avouer. Je me sens plus à l'aise, parce que je sais maintenant que tout n'est plus un jeu pour toi, un passe-temps, un échange de bons procédés. Il y a des sentiments, tu n'es pas celui qui est hermétique aux émotions, comme tu l'as prétendu jusqu'à maintenant. C'est compliqué de s'investir dans de telles conditions, quand on a quelqu'un en face qui se moque de ce que l'autre peut éprouver. Je sais que je peux avoir totalement confiance en toi dorénavant, parce que tu me montres ce que tu ressens, parce que je ne suis pas la seule à vivre avec mes émotions.

Ethan ferma les yeux, soulagé de l'entendre dire cela.

CONFIDENCES

— J'aurais dû être franc bien avant, mais je n'étais pas sûr de ce que je voulais vraiment.

— Même si tu n'aimeras pas ce que je vais te dire, Victor m'a guidée vers toi.

Ethan se décala d'elle à l'écoute du mot Victor et l'observa plus attentivement.

— Il m'a posé la même question que toi. Suis-je heureuse quand je suis avec toi ? Je crois que je peux dire que je suis heureuse quand on est ensemble. Tout le reste ne compte plus quand on est ensemble. Et je crois que je suis heureuse de… l'amour que tu me portes.

— Vraiment ? lui demanda-t-il, surpris et incrédule.

— Oui ! lui répondit-elle, amusée. Même si tout est encore nouveau, je peux dire que oui, j'aime ta tendresse. Elle me fait un peu peur, mais elle me fait du bien.

Elle se mit à rire légèrement.

— Je ne pensais pas que tu en avais autant à exprimer !

— Je te l'ai dit : « tu m'inspires ! ». Et plus les heures passent, et plus tu m'inspires ! J'ai envie de tout avec toi.

— Je ne comprends pas pourquoi je t'inspire autant. Je n'ai rien d'extraordinaire. Je suis quelqu'un d'assez basique, normal. Je ne vois pas pourquoi tu es aussi… autant… Enfin, tu vois quoi !

— Non, dis-moi ! Je suis autant quoi ?

Ethan sourit à son oreille, amusé par ses confidences aussi douces que bienvenues pour son cœur.

— Ethaaaan !

Ethan rit de plus belle et l'embrassa sur la joue.

CONFIDENCES

— Tu sais très bien l'exprimer ! C'est... visible ! À plusieurs égards !

Ethan se mit à rire à son tour.

— J'ai plein de choses à te prouver, de toutes les façons possibles.

— Je t'aime, Kaya Levy. Je n'y peux rien, c'est comme ça. Je suis juste ultra réceptif à tout ce que tu es. Il en fallait un et c'est tombé sur moi !

Kaya ne répondit rien.

Et Adam alors ? Cela voudrait-il alors dire que ce n'était pas le bon ? Il en fallait un et ce n'était pas lui, mais Ethan ? Ethan, es-tu vraiment le seul et unique possesseur de mon cœur ou finiras-tu par être dans mon passé tôt ou tard ? Seras-tu finalement toi aussi relégué au statut du « a essayé, mais n'a pas réussi », comme Adam ?

— Je vais d'ailleurs te prouver que ça ne peut être que moi, Princesse ! lui déclara-t-il alors tout en se repositionnant au niveau de ses fesses pour lui faire un nouveau suçon. Il n'y en a qu'un qui marquera autant ton corps, et c'est moi !

Kaya ferma les yeux pour ressentir au mieux ses preuves d'amour, pour apprécier ce moment de tendresse avec lui.

— Ethan...

— Mmmh ?

— Tu avais raison sur un point depuis le début... Tu combles un vide en moi, celui de ne plus pouvoir être aimé par quelqu'un... Me consoler, me rassurer, répondre à ma libido... Autant de choses

CONFIDENCES

que je ne vivais plus depuis la mort d'Adam. Je pensais que je pouvais me passer de tout cela, mais tu m'as rappelé que j'étais une femme avec des besoins et que cela me manquait en fin de compte.

Ethan délaissa la peau de sa fesse pour la fixer avec attention. Elle se tourna alors et s'assit. Ethan se redressa à son tour, surpris par ce nouvel aveu.

— Merci de m'aimer, Ethan. Merci. Ça me fait tellement du bien d'être choyée, de me sentir en sécurité, de ne plus être seule... Elle lui sourit timidement, mais ce fut ses yeux noisette emprunts d'une certaine tristesse, mais aussi d'une grande reconnaissance qui le touchèrent. Son cœur se serra un instant avant de battre à nouveau aussi fort qu'un tambour contre sa

poitrine. Il fonça sur ses lèvres et la colla contre lui.

— Tu me diras merci quand j'aurai fini de te câliner. Moi, je vais te dire merci d'être juste là, dans mes bras. On n'a jamais eu de séance « sexe » avec pour prétexte celui de se dire merci. Voilà encore une nouveauté entre nous !

Kaya se mit à rire.

— Pardon ! C'est vrai, je vous ai interrompu, Monsieur Abberline ! Je ne cesse de vous empêcher d'exprimer votre amour !

— Et mes mercis ! Vilaine ! Fais-toi pardonner et... console-moi, en plus de me dire merci !

Il l'embrassa et l'allongea à nouveau sur le lit.

— Putain ! C'est malin ! À me dire des trucs comme ça, j'ai vraiment très faim de toi maintenant !

Kaya pouffa.

CONFIDENCES

— Oh non ! Je vais encooore me faire dévorer !

Elle éclata de rire alors que l'ogre Ethan attaquait déjà son cou...

CONFIDENCES

Le seul amour de ta vie

Mon maître est quelqu'un de merveilleux. Toujours présent, il sait être attentionné, très doux. Voilà pourquoi, moi, Mirabelle, je suis chanceuse. Et pour prouver ma reconnaissance envers ce maître si merveilleux, je me suis toujours attelée à faire son bonheur. Quand j'estimais qu'une personne lui était dangereuse, je lui faisais savoir clairement.

Un chat a plus d'un coussinet sur sa patte pour montrer qu'il n'aime pas quelque chose. J'ai ainsi viré la dernière femme qu'il a fréquentée. Même s'il a été triste, je n'avais aucun regret, car sa tristesse aurait été pire s'il avait persisté avec elle. J'ai éprouvé un immense plaisir à pisser sur ses chaussures, planter mes griffes sur ses mollets en minaudant un bonjour hypocrite ou encore en lui collant mon derrière devant le nez.

Pourtant, aujourd'hui, je sens que mon maître n'a pas le moral. Quelque chose le tracasse et je devine que Kaya doit en être la raison. Je viens alors le rejoindre sur le canapé et ronronne.

— Coucou Mimi ! me dit-il, tout en me caressant.

Je le vois soupirer tristement.

— Crois-tu que je vais finir comme un vieil aigri avec sa minette pour seule compagne ?

CONFIDENCES

Je le regarde, puis me frotte contre lui pour lui dire que cela
ne me dérange pas d'être la seule dans sa vie.
— Aujourd'hui, j'ai embrassé Kaya. Un vrai baiser. Je ne sais pas ce qu'il m'a pris, mais je l'ai fait. En y repensant, je sais que je l'ai fait parce que j'en avais très envie, parce
que Kaya est une belle personne avec qui je m'entends bien... J'avais envie de tester.
Je m'assois sur ses genoux. Je le sens tendu. Il continue de me caresser pour se calmer.
— Je crois que j'aurais pu continuer si elle ne m'avait pas arrêté, tu sais. Cela faisait bien longtemps que je n'avais pas désiré une femme comme ça.
Finalement, il m'attrape et me serre contre lui pour un câlin.
— Pourquoi a-t-il fallu que j'aie un coup de cœur pour la femme de mon meilleur ami ? Il va me tuer s'il l'apprend... Il a quand même une sacrée chance, ce crétin. Il ne comprend vraiment rien à l'amour, cet idiot. Mais je comprends aujourd'hui pourquoi il est tant attiré par cette femme ; Kaya est...
Il se met à rire. Il est très changeant dans son humeur.
— Je n'arrive même pas à trouver un adjectif pouvant suffire à qualifier tout ce qu'elle est.
Je miaule pour lui signifier que ce n'est pas grave. Je comprends. J'aime aussi l'odeur douce qu'elle dégage.

CONFIDENCES

— Elle m'a repoussé. Quelque part, ça me soulage, car elle prouve sa sincérité envers Ethan et elle m'empêche de faire une grave erreur vis-à-vis de mon ami, mais d'autre part, ça me blesse. C'est comme m'interdire de goûter à une friandise. J'aurais voulu qu'elle ne me repousse pas. Je voulais vraiment qu'elle aime... Crois-tu que je tombe amoureux ?

Je ronronne sans lui donner la réponse qu'il attend. Il doit se faire une raison : je suis la seule dans sa vie !

— Non, je dois cesser de croire en quelque chose qui n'arrivera pas. Kaya aime Ethan... et il aime Kaya. Je n'ai pas à être un élément perturbateur au milieu. Tant pis pour moi ! Même si je dois bien avouer que ce béguin m'a fait du bien. Peut-être est-ce simplement un signe du destin me disant qu'il est tant que je trouve aussi ma moitié ? Peut-être est-il temps que je sorte de ma torpeur et que j'envisage de ne plus vouloir vivre seul avec mon chat ? Qu'en penses-tu ?

Il me caresse et me pose finalement au sol. Je le regarde, ne comprenant pas pourquoi il se détache de moi tout à coup. Il me sourit. Il semble aller mieux tout à coup.

— Mimi, j'ai aussi envie de vivre une belle histoire d'amour... S'il te plaît, ne sois pas vache avec la prochaine femme qui viendra ici, OK ?

Vous avez aimé votre lecture, dites-le !

Laissez votre avis soit sur :

- sur les plate-formes de ventes sur internet où vous avez acheté le livre
- sur le livre d'or du site de l'auteur (www.jordanecassidy.fr)
- sur les sites communautaires de lectures tels que booknode, babelio, goodreads, livraddict
- sur les réseaux sociaux via vos profils ou pages
- sur la page facebook, instagram, twitter de l'auteur

Soutenez les auteurs, aidez-les à agrandir leur communauté de fans !

Envie de plus de lecture ?

Saga en 2 tomes.
Disponible en numérique et papier, chez tous les revendeurs.

♦ **Romance feel-good** ♦ **Projet d'avenir** ♦ **Triangle amoureux** ♦ **Amour véritable** ♦ **Relation patron/employée** ♦
"Je réaliserai tous tes voeux."

En recherche urgente d'emploi, Camille Bonin se présente à un entretien d'embauche pour être l'employée de maison de Valentin Duval, un architecte touchant sa bille. Alors que le rendez-vous se profile très mal pour la jeune femme qui cumule les maladresses, Valentin décide tout de même de l'embaucher, à sa grande surprise.

Débute donc sa prise de poste non sans certaines appréhensions, à commencer par être H24 à son service et devoir respecter un cahier des charges bien précis. Pourtant si tout semble extrêmement cadré, la présence de Camille dans la vie de Valentin pourrait bien changer les choses...

JORDANE CASSIDY

De formation littéraire, c'est en écrivant des fanfictions pour un manga que Jordane Cassidy s'est essayée à l'écriture. Avoir un cadre déjà défini lui permet alors de prendre confiance et d'acquérir l'engouement de lecteurs saluant son style : entre familier et soutenu, mélangeant humour, amour et action.

Après une pause de quelques années, elle revient sur son clavier, mais cette fois-ci pour écrire une histoire sortant entièrement de son imagination. Une comédie sentimentale érotique en 6 tomes : "Je te veux !", où elle prend le temps de développer les sentiments de ses personnages, entre surprises, déceptions, interrogations, joies, colères, culpabilité, égoïsme, etc. C'est une réussite ! Première sur le classement toutes catégories confondues sur le site MonBestseller.com, elle signe en maison d'édition et confirme le succès.

Aujourd'hui, elle continue d'écrire des romances contemporaines en autoédition.

SUIVRE MON ACTUALITÉ :

Entre dans la team #cassiaddicts !
Abonne-toi !

OÙ LA CONTACTER :

Site web : www.jordanecassidy.fr
Facebook : https://www.facebook.com/JordaneCassidyAuteur/
Twitter : https://twitter.com/JordaneCassidy
Instagram : https://www.instagram.com/jordane.cassidy/

TABLE DES MATIÈRES

1 - BIZARRE	9
2 - DÉBUTANT	25
3 - PASSIONNEL	37
4 - FRATERNEL	49
5 - JOUEUR	61
6 - RECONNAISSANT	75
7 - DÉROUTÉ	91
8 - DOUCE	105
9 - ÉTOILÉ	121
10 - CONDAMNÉ	135
11 - INGUÉRISSABLE	149
12 - ABANDONNÉE	161
13 - TRAHI	175
14 - AMER	189
15 - SOUTENUE	201
16 - FINI	213
17 - COLORÉ	227
18 - IMMATURE	243
19 - RAPPROCHÉ	257
20 - MALADE	267
21 - INCROYABLE !	279
22 - RÉVEILLÉE	293
23 - DÉMENT !	305
24 - ACCIDENTÉ	321
BONUS	335

Juin 2021